「爺很想妳。」他似乎也有些難堪，
捂在她眼睛上的手無意識地摩挲著，但還是抵在她耳邊繼續道：
「在牢裡牢外其實也沒什麼差別，但牢外有妳，那爺還是出來好了。」
不學鴛鴦老
中
白鷺成雙 著
U0141441
隨書附贈
《不學鴛鴦老》
典藏明信片
書裡的情，紙上的意
桀驁不馴將軍少帥 × 隱忍負重前朝公主
人氣
古風大神
白鷺成雙再一大作！
★甜虐齊飛，盛寵如夢——讀一頁便不忍放下！

目錄

第37章　真的沒有話要同爺說？

燭臺上飄出兩縷燈火熄滅後的白煙，屋子裡暗下來，只能看見人的輪廓。

花月睜著眼盯著帳頂上的花紋看了片刻，問他：「您除去將軍府三公子，可還有別的身分？」

李景允沒想到她會突然提這個，怔愣片刻，偏了腦袋不耐煩地道：「讓妳說自己，沒讓妳反過來問爺。」

黑暗裡花月笑了笑，用下巴將被子掖住，似嘆似悵：「妾身沒什麼好說的。」

眼神沉下來，與黑夜相融，李景允很想發火，想把庚帖和銘佩貼在她腦門上，問問她同床共枕的人，為什麼半句真話都說不得。

可是，他仔細一琢磨她的話，又好像明白了。

他不會對她說實話，那她也不會對他完全信任。

看起來柔軟可欺的人，戒心重得不是一點半點。

轉過頭去與她一起看向帳頂，李景允吐了一口氣，慨慨地道：「那爺可就不管妳了。」

「承蒙公子照拂，妾身已是感激不盡。」她的聲音從旁邊傳過來，輕輕軟軟的，像快入睡之前的低語。

李景允轉過身拿背對著她，心想說不管就不管了，她都不擔心自個兒，他何苦要多花心思擔心她。

屋子裡再無人說話，只有均勻綿長的呼吸聲，從深夜到黎明。

第二日。

李景允破天荒地醒來很早，殷花月前腳剛出門去，他後腳就一個翻身下了床，更衣洗漱，尾隨她出門。

說不擔心是一回事，但好奇又是另一回事，他往日都是醒了就想法子出府，壓根沒注意花月每天都在府裡做什麼。今日得空，打算跟著看看。

沒別的意思，反正閒著也是閒著。

給自己找足了理由，三爺不動聲色地跟了上去。

天還沒亮，那抹青色的影子在熹微的暗光裡顯得格外柔弱，她從東院出去，一路往主院走，沒走兩步就遇見了老管家，老管家給了她帳本，她點頭應了一句什麼，一邊翻看一邊跨進主院。

主院裡的帳房是個極為複雜的地方，李景允在將軍府這麼久，總共也就進去過兩回，印象中裡面有成堆的帳冊和一群焦頭爛額的帳房，每個帳房眼下都掛著烏青，活像是地府爬上來的惡鬼。

他看見殷花月若無其事地跨進去，眉間皺成了一團。

一個姑娘家，在這種地方攪合什麼？

摸去後院窗邊，李景允側頭往裡看。

還是那群眼下烏青的惡鬼，衣衫不整頭髮散亂，懷裡都抱著厚厚的冊子。可是現在，這群人竟然都圍在一張桌子旁邊，姿態恭敬地候著。

花月坐在那張桌子後頭，手裡捏了朱砂筆，飛快地往冊子上圈著什麼，一本圈完，有人哀嚎一聲，又十分感激地衝她行禮，抱起冊子就回到自己的位置上去。餘下的人如潮水一般圍上來，紛紛把冊子往桌上遞。

李景允看得都覺得窒息，修改帳目嗎？那麼多本，要改到什麼時候去？

桌邊那人神情很是專注，與在他面前的溫柔低眉不同，對著旁人，她臉上什麼表情也沒有，下筆乾淨俐落，身上透著拒人千里的清冷，任是資歷再老的帳房，也只能恭恭敬敬喚她一聲「殷掌事」。

沒由來地覺得有點高興，李景允抱著胳膊繼續看。

前些日子上山春獵，她似乎堆積了不少帳目沒清，就算已經做得極快，也足足過了一個時辰才看見長案本來的顏色。

整個帳房裡的人都鬆了口氣，紛紛拱手朝她行禮，他以為她會靠在椅子裡休息片刻，誰曾想這人只點了點頭，又起身出了門。

卯時剛過，花月去了一趟廚房，廚房裡的人看見她已經是熟悉得很，都不等她開口便迎上來道：「殷姑娘，今日廚房來了一批西湖鮮魚，公子爺可愛吃？」

她在食材架子旁邊站定，拿了一張紙出來道：「三公子不愛吃魚，給他改成粉蒸肉。昨日的鴿子湯他一口沒動，下次別往裡頭放山藥。早膳送粥過去，午膳多兩個素菜。」

「好嘞。」廚娘點頭哈腰地應下。

李景允靠在牆外聽著，心想她還真是了解他，看來在他沒注意的時候，她還花了不少心思。

唇角不著痕跡地往上勾了勾，他吸吸鼻子，故作不在意地繼續聽。

安排好膳食，花月想走，可剛一回頭，她就看見了小采。

作為傳遞消息的丫鬟，小采知道的事比霜降還多一些，此時看見她，神情很複雜，兩三步走上來低聲道：「您背叛了常大人？」

她的聲音很小，又是拉著人在牆邊說的，所以廚房裡那群忙碌的人不會聽見。

花月也就不顧忌了，靠著牆好笑地道：「我從未在常歸手下做事，如何談得上背叛二字？」

「可是，您說了去觀山會幫忙聯繫沈大人的，又如何會反過去壞他的事？」小采急得跺腳，「大皇子沒了，常大人是接手他舊部的不二人選，您得罪誰也不好得罪他啊。」

「是他先想殺我。」

小采滿臉狐疑地看著她：「可常大人說，您是鬼迷心竅，非要去救將軍府的三公子。」

眼皮垂下來，花月語調跟著就冷了：「他說妳就信？」

「本也不信，可……可主院那邊傳了風聲，說您做了三公子的妾室。」小采惱恨地道，「您這是何苦？好不容易聯繫上了沈大人，您大可回去他身邊，也好過在這地方看人臉色。」

「去沈知落身邊，然後跟他一起給周和朔當牛做馬？」花月笑了，她伸手替她理了理衣襟，輕輕撫了撫，「妳若是想去，我送妳去便是。」

臉色鐵青，小采退後半步，垂眼道：「奴婢沒這個心思，但是眼下常大人已經與沈大人握手言和，咱們底下的人都開始紛紛往那邊投靠，您要是不早做打算，以後再想報仇，可就沒這麼多人幫忙了。」

花月抬眼，認真地問她：「從始至終，我都只是妳們反梁復魏的藉口，什麼時候成了妳們甘願替我報仇了？」

面前的人僵住了，站在原地沒有動，過了好半晌，才道：「您別忘了，沒有我們遮掩，您的身分不一定能瞞得了這麼好。昨兒在衙門，您跟人暴露了身分，子時我們就收到了消息。您要是覺得與我們道不同不相為謀，那若是被周和朔察覺，我們也不會伸出援手。」

輕笑出聲，花月摸了摸自個兒背後：「上回我快死了，妳們也沒拉我一把，眼下又何必來威脅我。真想魚死網破，大不了妳們將我賣出去，我也將妳們統統抖出來，咱們大魏的餘孽，死也該死在一起。」

小采望著她，臉上出現了極為驚恐的表情。花月慈祥地拍了拍她的肩，然後轉身，表情冷淡地往外走。

一跨出廚房，她就恢復了尋常的神態，彷彿剛才什麼也沒發生一般，邁著碎步，端著笑意，繼續前往下一處。

訓斥不守規矩的下人，又指揮人修葺了半夜坍塌的舊牆，殷花月忙碌到了辰時，終於回東院去伺候三公子起身。

不知道為什麼，今日的李景允沒有起床氣，她只喊了一聲，這人便睜開了眼。

漆黑的眼眸像溫泉裡撈上來的玄珠，在晨光裡籠著一層霧氣，好看得不像話。他就這麼盯著她，一動不動。

花月別開頭，擰了帕子遞過去。這人伸手接了，靠在床邊半睜著眼問她：「去哪兒了？」

她笑著跪坐下來，低頭答：「妾身如今雖是富貴了，但府中尚無新的掌事接任，許多事情交接不了，還是只能妾身去處置，故而早起四處轉了轉。」

那麼繁雜的事務，在她嘴裡就只是「轉了轉」，李景允輕哼一聲，懶洋洋地擦了擦臉。

花月拿了新袍子來給他換上，整理肩頭的時候，她聽見他悶聲道：「真的沒有話要跟爺說？」

唇角勾出一個和善的弧度，她從善如流地反問他：「您呢，真的沒有話要同妾身說？」

面前這人惱了，揮開她的手自己將腰帶扣上，半闔著的眼裡烏壓壓的一片：「不說算了，爺才懶得管妳。」

笑著應下，花月轉身出去倒水，可等她端著水盆回來的時候，就見屋子裡放了一副分外眼熟的盔甲。

毯子塞在盔甲裡，成了一張紅色的臉，兩支銅簪往臉上一插，便是個極為生氣的眉毛。

李景允又出府了，沒知會她要去哪裡，只留了這麼個東西，無聲地控訴著他的憤怒。

要是之前，花月定是會生氣，萬一將軍來傳喚，她又沒法跟人交代了。

可不知道為什麼，回想起第一次看見這個場景，再想想現在，她倒是覺得好笑。

三公子不是這院牆關得住的人吶。

隨他去吧。

搖搖頭，花月放下水盆就要去收拾桌子，結果剛一動手，就聽得外頭有人朝這邊跑過來，步伐匆忙，氣喘吁吁。

「不好了。」霜降扒拉住門框，朝裡頭掃一眼，見只有她在，慌忙進來就道，「您快走，再晚就來不及了！」

花月被她這慌慌張張的樣子弄得有些懵：「妳先說清楚，我走哪兒去？」

咽了口唾沫，霜降急道：「剛剛傳來的消息，知道您身分的那個奴才，本是要發配去邊疆的，誰料突然被太子殿下帶走了。」

心裡一沉，花月垂眸：「太子好端端的帶走一個奴才做什麼？」

「還能為什麼，前朝遺奴。」霜降掐著她的手臂，快給她掐青了，「他們不傳話來我還不知道，您怎麼能隨便跟人暴露身分的，真當自己是什麼御花園裡隨便的一條魚，死生無妨？」

收拾好碗筷疊成一堆，花月無奈地道：「我也不是有意，那人先前就是西宮裡的人，突然見著了，我想遮掩也沒用。」

本來聽說是前朝遺奴，她就只是想見見，碰碰運氣，想著萬一能套話出來也是好的。誰知道一見面卓安就認出她來了，淚流滿面地跪在她跟前，要不是礙著柳成和在，都能給她磕頭了。

「他應該不會出賣我。」花月道，「妳先別急。」

霜降一指頭戳在她腦門上，恨不得給她戳個窟窿似的：「您是不是被男色迷昏頭了？那人要真是什麼忠奴，能突然背叛長公主告徐家一狀？新主尚且叛得，您這舊主又算個什麼？」

「……」眉心擰了擰，花月嘆氣，「我知道了。」

「我已經跟夫人說好了，就說您回鄉探親，且先出去躲幾天，萬一被查出來，也不至於被人在將軍府裡逮著。」霜降拉著她往外走，「車馬都準備了，您只管跟著去。」

被她拉了個踉蹌，花月下意識地回頭看了一眼坐在桌邊的盔甲。可也只來得及看一眼，她很快就被塞去了馬車上，帶著一包不知哪兒來的盤纏，晃晃悠悠地就上了路。

周和朔是個極其多疑之人，曾經因為懷疑姬妾偷聽了自己和沈知落的談話，而直接將人活埋，更是因為聽見臣下要背叛他的風聲，就帶人將其抄了家。

上回東宮遇刺，要不是因為牽扯的人是李景允，周和朔也不會善罷甘休。

沈知落很清楚這一點，所以一聽見卓安被抓回來的消息，他立馬趕了過去，想幫著說兩句話。

結果，周和朔只隨便問了兩句，就將人安頓下去了。

這和他一貫的作風不符，沈知落掃了上頭一眼，突然意識到他可能連自己也防備著，他只要在這裡，周和朔就不會問很重要的問題。

他稱病告了兩天假，周和朔很爽快地允了，派人送他出宮。

沈知落轉著羅盤，心裡沒由來地覺得慌張。

「我就知道是你的車。」

馬車行到一半，車轅上突然跳上來個人，車夫嚇得一勒馬，沈知落沒個防備，身子驟然前傾——

然後就被蘇妙一把接了個正著。

她懷裡抱著一堆東西，為了接他，嘩啦啦都掉去了車廂裡。蘇妙倒是不介意，順勢蹭他臉側一下，捏著他散落的墨髮輕笑：「這麼想我啊？」

微惱地推開她，沈知落道：「妳怎麼隨便上別人的車。」

「你也算別人？」伸手將地上的幾個紙包撿起來，蘇妙順手打開一個，拿出個扇墜在他的羅盤上比劃了一二，「剛好買了東西想送你。」

沈知落覺得荒謬極了：「蘇小姐，我這是天命乾坤盤，不是誰家公子的摺扇，不可能掛俗世之物。」

「嗯嗯。」蘇妙敷衍地應著，打量兩眼道，「還挺合適，來我給你掛上。」

沈知落懷疑她根本聽不懂人話。

趕著去找殷花月，蘇妙的突然出現讓他覺得煩躁，連帶著語氣也不太好：「昨日小姐不是還同兵部那位侍郎在一起？送他便是，拿來沾惹我做什麼。」

柳眉高挑，蘇妙樂了：「你這就吃上醋了？我與丹離只是恰好碰見，又不是故意走去一處的。還丹離呢，正經人家的姑娘，會上來就喚人的字？

沈知落收回羅盤避開她，冷聲道：「是不是碰巧也與在下無關，在下忙著去辦事，還請小姐下車。」

「辦什麼事，帶上我唄。」蘇妙眉眼彎彎地道，「我保證不礙事，你去哪兒我就在外頭守著，等你忙完了，我帶你去吃羅華街上新開的酒館小菜。」

「下車。」他沒有動容。

蘇妙嚶嚀一聲，雙手合十，央求道：「我有兩日沒見著你了，今兒就放縱我一回，可好？」

頗為頭疼地揉了揉額角，沈知落沉聲道：「妳不下車也可以，正好我想去的是將軍府。」

「去找我表哥？」蘇妙仰臉笑問。

搖了搖頭，沈知落看著她道：「去找殷花月。」

「……」

嬌俏的臉錯愕了那麼一瞬，嫣紅的唇抿起來，很快又鬆開，蘇妙嘆了口氣，小聲嘀咕：「別怪我沒勸過你，我表哥這麼多年從來沒對誰上心過，就這個小嫂子，他是放在心坎裡了，你若三番五次去找小嫂子，他生起氣來，保不準跟你拚命。」

輕哼一聲，沈知落扭頭看向窗外：「妳表哥是做大事的人，看著情深義重，可真到了要抉擇的時候，殷花月只會是被捨棄的那一個。」

嘴巴鼓了鼓，蘇妙不滿：「他不會。」

「我沒道理拿一條人命來與妳賭妳表哥到底會不會。」他不感興趣地搖頭，「我要做的就是在他捨棄之前把人救下來。」

撥弄了一下手裡的扇墜，蘇妙低低地笑道：「總有人說你無情冷血，該叫他們看看，想護著一個人的時候，大司命也是有血有肉的。」

她好像在難過，可臉上又笑出了兩個酒窩，灌了蜜似的甜。

沈知落看了她一眼。

蘇妙將散落的紙包重新抱回懷裡，一個個碼好抱緊，然後將扇墜放在他身側，擺手道：「突然想起丹離還說要請我吃午膳，我還是先不回去了，你見著花月，替我問聲好。」

說罷起身，豔紅的裙擺一揚，跟朵驕陽下的花一般捲下了車轅。在車旁站定，她還笑著對他揮了揮手。

外頭的車夫有些不知所措，扭頭看著裡頭問：「沈大人？」

沈知落冷著臉看著那抹紅消失在人群裡，收回目光，平靜地道：「繼續往前走。」

車輪往前碾了一段路，又驟然停下。

沈知落掀開簾子下來，淺紫的瞳子往後一掃，滿是不悅。

「大人？」車夫伸出腦袋來看他。

「罷了。」輕吐一口氣，沈知落擺手，「你先回去，我去隨便走走。」

「……是。」

車水馬龍，人聲鼎沸，沒一會兒就淹沒了紫棠色的背影。街邊剛揭開的蒸籠裡冒出霧氣，一縷縷地如雲一般向天上散去。

早上還晴了片刻的天，到晌午就有些陰沉了。花月站在別苑的庭院裡，聽著屋子裡頭幾個人爭吵。

「你不想又有什麼辦法？陛下的印鑑在沈知落手裡，只有他才能集結散落的舊部，你不與他牽線，我們難道就這麼單幹？」

「單幹有何不妥?這麼多年不也過來了。」

「是啊，過來了，然後連人家的衣角都沒碰上。」老人的聲音低啞又憤怒，「眼下更好了，小祖宗能自個兒把身分洩露出去，周和朔尚是只聽見了風聲，可他麾下的禁衛卻是想著立功呢。等人來把她命取走，你再說有何不妥吧。」

「你就是一根筋。」另一個聲音也生了氣，「在這地方誰找得來?再說了，有她在，不用咱們去找，沈知落早晚會上門的。」

聽得無趣了，花月打了個呵欠，望著頭頂上的烏雲。

裡頭的兩個人一個是前朝宮裡曾經的總管，另一個是她的乳娘，自打她出宮開始，兩人就借著她的名頭私下網羅大魏殘部，想著反梁復魏，重奪河山。

不過在他們眼裡，她可能跟沈知落手裡的印鑑是差不多的東西，有最好，沒有也無妨，誰也無法阻止兩位對權勢的嚮往。

他們來這兒也不是為了關心她，就是想吵一架，然後連哄帶嚇地提醒她別再惹麻煩，她已經被太子身邊的禁衛給盯上了，若再有麻煩，他們會直接捨了她，去投奔沈知落。

花月平靜地看著他們，內心毫無波瀾。

覆滅的王朝是不可能再活過來的，她的父皇在她面前倒下去的時候，也沒說過要讓她擔起殷家復興的重任。花月之所以沒有對他們的舉動提出過異議，只是因為她想殺周和朔，而他們恰好也有這個目標。

但眼下來看，他們靠不住。

孫總管和尹茹吵完了抬頭看的時候，花月正仰頭在瞧樹枝上的玉蘭花，側臉嫺靜柔美，溫和恬雅，好像完全沒有在聽他們的話。

無奈地嘆了口氣，尹茹搖頭：「也別指望她什麼，嬌生慣養著長大的小主子，除了任性妄為，也成不了別的氣候。」

在這件事上，孫耀祖與尹茹難得達成了一致，恨鐵不成鋼地衝她跺了跺腳，兩人一起從月門離開了。

庭院裡安靜了下來，枝頭上的玉蘭有些開敗了，柔軟的花瓣落下來，恰好落在她的掌心。

盯著看了兩眼，她突然想，李景允要是回到府裡，發現她不見了，會不會有點著急？

意識到自己又在想些虛妄之事，花月回神低笑，輕輕敲了敲自己的腦門：「成不了別的氣候。」

天邊徹底陰沉了下來，沒一會兒就開始下雨，雨打在瓦簷上劈里啪啦亂響，遮蓋了她的低語，也遮蓋了院牆外突然響起的細碎腳步聲。

第38章　給我種枇杷樹那種喜歡

酉時末，大雨傾盆。

烏沉沉的天際被閃電撕開一條口子，急光乍洩，將雨幕驟然照成一片慘白。雨水砸在瓦簷上，劈里啪啦直響，院子裡的花盆也不知是不是沒放好，被風一捲，「啪」地摔在了地上。

花月已經長大了，沒有小時候那麼怕打雷，但此時坐在桌邊看著時暗時明的花窗，她心裡也不太踏實，手指收攏，面色緊繃。

又是「咔嚓」一聲閃電，將院子裡的樹影映在了窗戶紙上，她不經意地看了一眼，卻看見那樹下好像有幾個人影。

只一瞬，天邊就又暗了回去，樹影和人影都重新沒於黑暗，雨水在窗臺上濺開，潮溼的泥土氣息溢滿口鼻，有什麼東西趁著夜色悉悉索索地朝這邊來了。

指節泛白，渾身發涼，花月沒敢出聲，左右看了看，踩著桌子悄無聲息地爬上了房梁。

剛將裙擺收好，門縫裡就伸進來一把利刃，雪亮的刃口往上一抬門栓，大門就突然被狂風捲開，「哐」地砸向兩側。

瞳孔緊縮，花月伸手捂住了自己的嘴。

她來的這別苑不容易被人找到，可換句話來說，一旦被人找到了，也沒人能救她。

幾個穿著蓑衣的影子進了門，開始四處翻找，溼答答的靴子踩在地上，留下了一串黏溼的腳印。這些人手裡都捏著短劍，行走間蓑衣擺動，黃銅色的腰牌一閃而過。

是周和朔麾下的人。

這些人武功極高，上回去將軍府抓她的時候，她連喊叫一聲的機會都沒有。

餘光瞥向旁邊的窗口，花月眼底暗光流動。

將櫃子和床底都找過之後，薛吉終於開了口：「門鎖著，人是一定在這兒的，左右也逃不了，不如早些出來，也免得動起手來傷著人。」

屋子裡沒有回應，薛吉瞇眼，抬頭四顧。

「大人。」身邊的禁衛小聲道，「窗戶好像沒上栓。」

薛吉跟著過去，指尖一抵，花窗就飄開了。他往外看了一眼，跟著就帶人翻了出去。

心跳得極快，花月盯了片刻，見他們沒有要馬上回來的意思，立馬勾著房梁跳回地上，飛快地朝門外一躥。

高大的影子倏地在門口出現，將她堵了個正著。

「真是厲害。」薛吉低頭看她，一步步將她逼回屋子裡，目光陰沉，「我就知道，上回那楚楚可憐的模樣定是妳裝的，三番兩次想從我手下逃走的丫鬟，哪能是什麼柔弱之人。」

呼吸一緊，花月連連後退，蒼白的小臉抬起來，無辜地對他笑了笑：「大人是不是有什麼誤會？」

「妳這副樣子，騙得了殿下，騙不了我。」薛吉冷笑，側臉上的刀疤顯得尤為猙獰，「我抓過形形色色的人，扮豬吃虎這一套，在我這兒不管用。」

說罷，劈手就抓住了她的手腕，反擰去身後拿繩子捆住。

花月吃痛，額上細汗涔涔，掙扎著道：「我當真什麼也不知道。」

薛吉完全不信：「妳要是心裡沒鬼，怎麼會從將軍府躲來了這裡。」

「大人誤會。」她委屈地低頭看向自己的小腹，「我可沒躲，過來養胎罷了。」

「……」薛吉狐疑地打量她。

先前在觀山上，似乎就有三公子身邊丫鬟借著身孕飛上枝頭的傳言，這話許是有兩分可信。但她是卓安改口供之前見過的最後一個人，極有可能與前朝有牽扯，帶回去查出點什麼，便是大功一件。

只猶豫了一瞬，薛吉就擺了擺手。

身後的禁衛用力將她推出了門，她踉蹌兩步站進雨幕裡，瞬間被雨水澆了個透。

撇開水張口喘氣，花月絕望地垂眼。

雨水是能沖刷一切的，今夜之後，院子裡什麼蛛絲馬跡都不會留下，李景允就算想找她，恐怕都找不到了。

風刮在溼透的衣裳上，貼著骨肉地涼。

「大人。」受著雨水，花月最後問了一句，「太子殿下與三公子怎麼說也算交好，您要真動了我這肚子，不怕三公子與你算帳？」

「三公子？」薛吉哼笑，「這大雨滂沱的天氣，他定是在棲鳳樓摟著佳人歡好，哪裡還顧及得了妳。

等他發現妳不見了，也不會找到我頭上來。」

好像也是，她嘆息，放棄了掙扎。

蓑衣在雨裡不停地往下淌水，薛吉很煩這樣的天氣，手裡的短劍有一下沒一下地拋著，抬步跨過月門：「女人就是愛慕虛榮，找個尋常人家嫁了什麼事也沒有，偏生要往權貴身上撲，怎麼死的都不知道。」

月門上有青綠色的藤蔓，久疏打理，亂七八糟地垂吊著，人一過，就勾住了雨帽的邊緣。

惱怒地嘟囔了一句，他翻過短劍就要去割。

然而，短劍剛碰著一截蔓枝，那層層疊疊的藤蔓裡就突然伸出一隻手，掌側擊在他腕口上，雨滴四散間乾淨俐落地繳了利刃，反手便朝他喉間一捅。

「噗哧——」

腥稠的東西在雨幕裡飛濺出去，快得讓人沒有反應過來。

薛吉睜大了眼，茫然無措的瞳孔裡映出一頂黑色的斗笠。雨水打在笠簷上，清淩淩地濺開，那斗笠緩緩抬起來，露出弧度極俊的下頷，和一雙烏黑如墨的眼。

「你知道自己是怎麼死的嗎？」來人輕笑著問。

後頭站著幾個禁衛如夢初醒，紛紛拔劍上前，薛吉驚恐地捂住自己的喉嚨，想開口說點什麼，人卻抽搐著倒了下去。

赤紅的血一縷縷地融進雨水裡，他想捏，卻怎麼也捏不住，眼眸瞪得極大，不甘心地往上看，卻只看見那人袖口裡如銀蛇一般飛出來的軟劍。

太子麾下的禁衛，武功深不可測，是以能讓殿下高枕無憂，宵小不敢犯分毫。

而眼下，六七個精挑細選的禁衛，在那人手下竟是不堪一擊，泛著光的軟劍擦著雨水飛抹過去，人倒下的時候，甚至沒想明白自己的傷口在哪裡。

有機靈的禁衛見勢不對，想逃走去報信，可那人如同鬼魅一般，眨眼就不聲不響地追了上來，從背後割開人的喉嚨，腳下半點漣漪也沒起。

臨死之前，薛吉終於明白了過來。

「是……你……」

先前那個闖東宮救走韓霜的人，殿下沒有懷疑錯，真的是他。

將軍府的三公子，李景允。

天邊又炸開一道閃電，李景允抬頭，英挺的側臉在光影裡顯得殺氣十足。他居高臨下地看著薛吉，似嘆似惋：「你是不是想問我，難道不怕太子殿下找我算帳？」

薛吉死死地瞪著他，眼白幾乎爆出。

緩緩低下身子，他勾著唇將他喉間的短劍又送進去一寸，學著他的語氣道：「這大雨滂沱的天氣，殿下定是在宮裡摟著佳人歡好，哪裡顧及得了你，等他發現你不見了，也不會找到我頭上來。」

一口血氣上湧，薛吉恨恨地看著他，死不瞑目。

將他的雨帽拉下來蓋住臉，李景允起身，回頭望向後頭站著的人。

殷花月怔愣地看著他，小臉煞白，如同一根溼透的蘆葦，顫顫巍巍地立著。

神色緩和，他收了軟劍，大步走過去將自己的斗笠戴在了她頭上，然後輕輕拍了拍她的背心：「喘氣。」

隨著他的力道一咳，花月大口大口地呼吸起來。她腦袋太小，斗笠戴不住，傾斜下來蓋住了半張臉。

胡亂伸手將斗笠拉上去，花月仰頭想說話，冷不防嘴上就是一痛。

用額頭替她頂住笠簷，他低下頭來，不由分說地便咬了她一口，不輕不重，落在唇上只一個淺白的印子，眨眼就消失不見。

「叫我好找。」低啞的聲音聽著有兩分惱意，還有些不易察覺的顫抖。

眼神軟了軟，她伸手拉住他的衣袖，剛想開口，就被他吻了回來。

清冽的雨水氣息，混著殺戮剛過的急喘，不由分說地闖進來，攪亂了她所有思緒。

腰身被箍緊，雨水也都被遮擋，她那惶惶不安的心好像終於歸了位，在這鮮血遍地大雨傾盆的地方，驟然找回了踏實的感覺。

緩慢地眨了眨眼，花月抓緊了他的衣裳。

李景允一頓，接著動作就更加猛烈，按著她的後腦勺，像是想把她揉進骨子裡。

雨越下越大，可是好像沒有先前那般陰森恐怖了。

花月坐在屋子裡，雨水還順著裙擺在往下淌。她不安地看了看窗外，小聲問：「那麼多屍體，被人發現了怎麼辦？」

李景允褪了外袍，伸手就去解她的腰帶：「發現不了，若不是府上車夫出賣消息，他們自己都找不到這地方。」

車夫？花月回憶了片刻，黑沉了臉。

府上奴才都是她管著的，這是她自己看走了眼。

剛有些生氣，腦門就被人一彈。

「不跟爺告罪，自個兒在這生什麼氣？」面前這人眸子烏壓壓的，比天邊的雲還暗，「妳知道爺為了找妳，花了多大的功夫？」

心虛地低頭，花月伸手按住自己的腰帶：「妾身也是不得已。」

「妳是不得已？妳就是蠢。」他掰開她的手，分外惱怒地將人抱過來，「別動。」

哭笑不得，她道：「公子又想與妾身親近。」

「近豬者笨，鬼才想同妳親近。」他冷聲低哼，嫌棄地將她溼透了的羅裙褪下扔去地上，然後扯來被褥，將她冰涼的身子整個裹進去，從外頭一併抱住。

「妳得明白一點——這世上最安全的地方就是爺的身邊，逃去哪兒都不如來跟爺喊救命有用。」他將下巴擱在她肩上，半瞇著眼道。

花月十分認同地點頭，然後問：「今日您在府裡嗎？」

「……」不太自在地輕咳一聲，李景允含糊地道，「爺又不是不回去了。」

懷裡的人笑了笑，裹著被子打了個呵欠，沒有要問他去哪兒了的意思，只拉過他的手，就著褪下來的袍子，將他指間的血跡一點點擦乾淨。

「妳好像很畏懼鮮血。」他垂眼看她，另一隻手揉了揉她半乾的長髮，「上回在山上，還說見過一次以後就不會怕了。今日瞧著，卻還是沒敢呼吸。」

軟綿綿地應了一聲，她沒多解釋，想就這麼糊弄過去。

然而，身後這人不知怎麼的突然就對這個感興趣了，半抱著她問：「以前有過什麼經歷？」

「沒有。」不太自在地動了動，花月將臉別到一側。

微微泛紅的耳垂出賣了她的謊言，李景允默不作聲地瞧著，拿下巴輕輕蹭了蹭她的頸側。

「癢。」她皺眉。

「小命都是爺撈回來的，讓妳受著點癢怎麼了？」他捏住了她的後頸，「別亂躲。」

這話說得實在太理直氣壯，花月琢磨了半晌也沒地兒反駁，只能任他抱著。

人一安靜下來，觸感就格外敏銳，她好像察覺到這人抱著她的手在輕輕發抖，像是極度緊張又驟然鬆弛之後的自然反應，不太明顯，但抖得她心裡跟著一軟。

「公子。」她遲疑地開口，眼尾輕輕往後瞥，「您今日要是趕不及救妾身，會不會很難過？」

抱著她的手一緊，接著那人就在她側頸上狠狠咬了一口：「妳說呢？」

眼眸微亮，她抿了抿嘴角，又試探著道：「不是死了養久了的狗的那種難過，是……會不會給妾身種棵枇杷樹，多年之後看著樹還能想起妾身的那種難過。」

李景允：「……」

他伸手摸了摸她的額頭，喃喃道：「淋多了雨，難免頭疼腦熱的——妳還有哪兒不舒服？」

還枇杷樹呢，他有那閒工夫不先把人救回來更好？

面前這人悻悻地別開了臉，像是對什麼失望了一般。李景允也不知道她在失望什麼，順手找了帕子來，就胡亂搓揉著她的腦袋，直到青絲乾透，才將她抱回床上。

一挨著床，花月打著滾兒就滾去了最裡頭，貼著牆背對著他。他又氣又笑，覆身上去咬住她的肩：「知恩不圖報，還跟爺尥蹶子，妳屬驢的？」

花月吃痛，倒也沒掙扎，咬牙悶聲道：「睏了。」

「先別睡，告訴爺太子的人為什麼抓妳。」他悶聲道，「不然下一回還是會有人來。」

翻過身，花月一本正經地道：「不就是因為前朝之事，說來也只能怪太子多慮，大魏覆滅多年，當下他的對手分明應該是奪權的中宮和長公主，他卻偏要和一群什麼也沒有的人為難。」

李景允在她身側躺下，手墊在腦後，嗤笑：「要不怎麼說妳蠢呢，真以為大魏沒了就是沒了？」

她不解地扭頭看他。

輕嘆一口氣，李景允道：「梁朝是入侵建國，人自然沒大魏的人多，眼下朝中大魏舊臣占了大半，宮裡各處也都還有魏人，要不是殷氏主族全滅，血脈無存，太子殿下怎麼可能睡得了這麼多年安生覺。」

「先前坊間就有流言，說殷大皇子死歸死，卻還留下了皇室血脈和先帝印鑑。太子為此屠殺無辜之人過百，遍尋無果，不了了之。結果春獵還遇見常歸想復仇，他對魏人，就更是深惡痛絕。」

李景允側眼，對上她若有所思的眼眸，微微一笑：「若只是普通的魏人，保命不難，可若是跟前魏皇室有牽扯，那可就不一樣了。」

睫毛顫了顫，花月飛快地垂眼，低聲道：「前魏皇室死得一個不剩了，還能有什麼牽扯。」

「未必。」他懶洋洋地道，「爺聽說，前魏皇帝有個私生女，坤造元德年十月廿辰時瑞生的，不知流落去了何處。」

渾身一僵，花月拉過被褥蓋住了半張臉，指尖冷得冰涼。

他怎麼會知道這件事？

前魏皇帝的女兒，打從還在腹中之時就被國師說是不祥之人，不能入族譜，不能有名分，養在西宮裡長大，連聲父皇母后都喊不得。近侍伺候，都只喚她西宮小主，就連殷寧懷，也從來不喊她妹妹。

她以為這個祕密會隨著大魏的崩塌而被埋葬，等她報了仇，就能悄無聲息地消失。

結果不曾想，在這麼一個雨夜，她從身邊人的嘴裡聽見，雲淡風輕得像是茶餘飯後的閒聊。

手指控制不住地發抖，花月咬了咬指甲，腦子裡一根弦繃得死緊。

李景允還在繼續說：「若真有這麼個人，被太子殿下找著了，那可真是要死無全屍了。」

他說得很輕鬆，尾音微微上揚。

然而，身邊的人聽著，卻是一動也不敢動，寒氣從她身上透出來，浸染了被褥，連帶著他都有些冷。

輕輕一哂，李景允伸手，握住了她抓著被褥的手指。

觸手如冰。

「怎麼冷成了這樣。」他臉色微變，將她雙手都拿過來，捂在自己手心裡，抬眼斥她，「想什麼呢？」

哆哆嗦嗦地從他身上吸了點溫度，她極為勉強地笑了笑：「妾身只是在想，公子都知道的消息，太子怎麼會不知？」

面前這人頗為不屑地撇了撇嘴角：「爺知道的比太子多多了，東宮那點情報網，大多還是爺給過去的消息。」

「那……」指尖動了動，她低聲問，「這個消息，爺也會給太子嗎？」

眼尾一跳，李景允凝神看她：「妳好像很在意這個事。」

「沒。」她極快地否認，思忖片刻之後，身子軟軟地就朝他貼了過來，「妾身只是好奇。」

被褥下的身子連中衣都沒穿，就這麼貼過來，線條柔滑溫暖。

輕吸一口涼氣，李景允暗暗咬牙，心想誰說殷掌事清冷來著？使起美人計來也沒見含糊，老實跟他招了也不會有事，可她偏願意走這歪門邪道的。

他是那種會為美色低頭的人嗎——

他是。

目光幽深地掃過她晶亮的眼，李景允沉默片刻，無恥地伸手點了點自個兒的唇：「這兒有點乾。」

花月一愣，倒也識趣，抓著他的肩爬起來，一口親在他唇上。

這人好像不是很滿意，眼含嫌棄地瞪著她。

心虛一笑，花月猶豫地攀著他的肩，又湊過去，極為緩慢地碾吻過他的唇瓣，舌尖小心翼翼地探了探，又飛快地收了回去。

「行了，爺不說出去。」捏著她腰身的手緊了緊，李景允盯著她水光泛泛的唇瓣，啞著聲音就又想往上壓。

花月連忙抵住他的心口，略微驚慌地道：「今日您也累了，先歇了吧。」

抵觸和害怕，從她的眼神裡清晰地傳達出來。她看起來很是緊張，生怕開罪了他，說完又朝他笑了笑，彌補似的給他看兩個彎彎的月牙。

李景允一怔，突然想起她說的「懂分寸」，身上燒起來的火頓時熄了大半。

殷花月沒撒謊，他再意亂情迷，她也是個懂分寸的人，可以親吻，也可以擁抱，甚至可以開玩笑說在想他，但她不會讓他越了界。

李景允突然發現，若不是有一層身分壓著，她對他，恐怕也會像對旁人一樣，清冷、淡漠、拒人千里。

這個發現讓他的心情瞬間很糟糕。

沉默地躺下身子，他扯了被褥蓋住自個兒，低聲道：「睡吧。」

「公子好夢。」身後的人說著，輕輕鬆了口氣。

應付他似乎讓她很為難，李景允冷著臉想，與他親近的時候，心裡恐怕也沒個好想法。

不過，既然落他手裡了，他可是不會放人的，不高興就忍著，他反正不心疼。

氣悶地入睡，李景允做了一晚上噩夢。

夢裡殷花月跟著沈知落往一個巨大的乾坤盤裡走，一邊走還一邊回頭朝他揮手：「公子不用送了，後會有期。」

送？他非把人抓回來打個半死不可。

打沈知落個半死。

……

「阿嚏——」莫名打了個噴嚏，沈知落看了看眼前飄過去的羅裙，那上頭脂粉極重，香味濃郁。嫌棄地抬袖擋住口鼻，他皺眉問：「妳要玩到什麼時候？」

蘇妙趴在一旁喝酒，她看起來酒量極好，兩個小罏子見了底，臉都沒紅一下。軟軟地靠撐在桌上，她斜眼看過來，媚眼如絲地道：「沈大人要是忙，就先走啊。」

先走，然後把她留在這龍蛇混雜的棲鳳樓？

沈知落氣笑了，他放了袖子冷聲道：「蘇小姐要作踐自己在下沒有意見，但頂著在下未婚妻的頭銜在外頭花天酒地，似乎不太合適。」

第39章　這玩意兒，她也沒有

聽他說得「未婚妻」三字，蘇妙的眼裡驟然流出光來，如桃花綻懷，似風情漫山。她抬手覆在他的手背上，微涼的食指輕輕敲了敲他手背上鼓起來的青筋。

「你又吃我的醋。」嬌嗔的嗓子，帶著勾人魂魄的輕挑。

沈知落陰沉著臉，淺紫的瞳孔裡透出十成十的厭惡來：「我沒有。」

她咯咯笑起來，也不與他爭，蔥白似的指尖點上旁邊的酒罈，眨眼就開了封泥。

「姑娘。」有人過來輕聲勸她，「沒您這樣喝酒的，傷身子，您要是想喝點，咱這兒還有桃花釀，也比這烈酒來得溫和。」

沈知落抬眼看過去，就見大堂裡迎客的俏官兒走過來，傾下身子來柔聲勸她：「我給您倒點兒？甜的，很好喝。」

蘇妙怔然地看著他，突然就軟了嗓子撒嬌：「小哥真好，溫柔疼人，聲音還好聽得緊。」

俏官兒被她這一誇，耳根直泛紅。蘇妙拉著他坐下來，又輕輕拍了拍酒罈子：「陪我喝兩杯？」

沒見過這麼討人喜歡的姑娘，俏官兒想說自己還忙，可看著她這摻了蜜似的笑臉，心下也不忍，還是坐下來將她手邊的烈酒換了，順帶給她拿了兩塊糕點。

蘇妙看得笑了，眼波盈盈地問：「你們棲鳳樓的招待這麼周全？」

像焰火在眼前盛開一般，這姑娘容色瑰麗得不像話。俏官兒紅著臉退後兩步，低頭道：「沒有哩，單是看姑娘心情不好，這些不收姑娘銀子。」

「這樣啊。」她抱著糕點盤子，狐眸彎彎，「那多謝小哥了。」

俏官兒胡亂點頭，步伐凌亂地離開了。

指尖沾了糕點上的糖霜，蘇妙伸出舌尖嘗了嘗，笑著回頭：「這還挺好吃。」

眼底一片陰冷，沈知落收攏衣袖站直身子，漠然道：「妳愛吃就吃個夠吧。」

說罷拂袖，星辰的光在她眼前一晃，遮雲蔽日般地朝外捲去，他走得極快，帶著幾分怒意，片刻就消失在了拐角。

手托著腮幫，蘇妙痴痴地看著，笑道：「整個棲鳳樓的好顏色，也抵不上他生起氣來的眉眼吶，嘖，真是惹人憐愛。」

隨身丫鬟木魚麻木地聽著，覺得自家小姐對「惹人憐愛」這四個字真的有很大的誤解。

「您還要喝？」木魚看了看大門的方向，「大司命要走遠了。」

「走就走吧。」她瀟灑地擺手，點了兩個姑娘來陪自個兒喝酒，眼尾媚氣橫生，「今兒要麼他來接我，要麼，我就喝死在這兒。」

沒必要啊，木魚直搖頭，誰都知道大司命心裡沒她，小姐自己也清楚，沈知落也就是礙著太子和三公子，才應承與她的婚事，哪裡又會管她的死活。

出了棲鳳樓的大門，沈知落在自己的馬車邊看見了常歸。

他一身粗布衣裳，臉上貼著亂七八糟的鬍子和刀疤，壓根看不出原來的面目。但沈知落認得他的眼睛，那雙靠仇恨撐著三分活氣的眼睛。

停下步子，他問：「有事？」

常歸已經與他言和，眼下對他倒是沒那麼仇視了，只似笑非笑地朝他伸手：「印鑑。」

沈知落從袖口裡掏出一疊蓋好印鑑的紙，遞給他。

「真是小氣。」嘀咕一句，常歸收了紙，又朝棲鳳樓裡看了一眼，「你就把人扔在這兒？」

繞開他往車上去，沈知落不鹹不淡地道：「輪不到你管。」

「不是小的要插手什麼。」常歸伸手按住他的車簾，半瞇著眼道，「東宮既然已經對你起了疑心，那你還不如早些跟她完婚，有將軍府做掩護，你我行事也更方便些。」

紫瞳裡閃過戾氣，沈知落在暗沉沉的車廂裡抬眼，目光像淬了毒的羽翎。

常歸瞧著，不覺得害怕，反而是更高興了些。他拍著手道：「知曉命數的國師，也難免有被自己的命數玩弄的時候。你瞪我也無用，聰明如你，自是知道該怎麼做的。」

乾坤盤轉了一圈，被他伸手壓住，沈知落垂下眼，渾身氣息突然暴躁。

常歸鬆手，飛快地躲了去，一邊躲一邊笑，笑得眼淚都快出來了。

曾經有人說，大魏的命數都在沈知落一人手裡，他掌風調雨順，也知天道輪迴。只要有他在，大魏必定昌盛百年。

可是啊，沒有朝代會一直統治天下，也沒有凡人真的能逆天改命。

他沈知落，也不過是個普通人。

越笑越厲害，常歸扶著街邊牆壁咳了兩口血，伸手一抹，盡抹在那疊紙上。

沈知落在車上坐了好一會兒，還是回到了棲鳳樓。

蘇妙已經喝高了，抱著個身段窈窕的歌姬，將臉埋在人家的胸口，嚶嚀地道：「姐姐妳好香啊。」

那歌姬被她弄得雙頰泛紅，支支吾吾地不知道說什麼是好。見著有人來，慌忙轉頭：「大人！」

沈知落看著她胸前埋著的那個人，眼裡的嫌棄蓋也蓋不住。

聞到他身上那股子奇異的香氣，蘇妙扭了扭身子，從白軟的團子裡抬起臉來，眼尾盡是狐媚顏色：「啊呀，你還是回來了。」

她舔了舔嘴唇，朝他伸手：「我可不能再喝了，再喝會死在這溫香軟玉裡。你送我回家吧？」

沈知落很想知道，對著他這張冷淡又充滿厭棄神色的臉，她到底是怎麼做到滿眼春色渴望不已的。

他捏著乾坤盤朝她示意，想告訴她他手裡沒空，要回家就自己起身。

結果蘇妙竟是直接伸手，抓住了他遞過去的羅盤。

山澤通氣、雷風相薄的乾坤盤，被她當塊木頭似的抓著，纖細的手指在上頭捏得泛白，瑩瑩的指甲圓潤乖巧，摳著初爻那一塊凸起，硬生生借力站了起來。

「㖿」地一聲響，初爻脫離乾坤盤，孤零零地落去了地上。

沈知落：「……」

「什麼東西掉了？」蘇妙迷迷糊糊地低頭，又仰頭一笑，「不管了，回家。」

她上前去抱他的胳膊，沈知落拂袖躲開，低身去撿那一小塊東西，淺紫的瞳孔裡盛滿怒火。

蘇妙沒看見，她伸手又去抱他，捏住他的胳膊朝他笑得又傻又甜。

初爻躺在手心，已經放不回乾坤盤上，沈知落牙咬得死緊，毫不留情、近乎粗暴地將她甩向一旁。

「咚」地一聲響，蘇妙頭磕在了木椅扶手上。

她身子一僵，眼裡有片刻的清醒。

「小姐！」木魚嚇壞了，連忙去將她拉起來。

額頭紅了一塊，蘇妙再抬眼，依舊像是在醉酒，眼神迷離，盯著沈知落，像是在看遠方的山。

「算啦，我找得到回家的路。」

揉了揉額角站直身子，她灑脫地擺了擺手：「也不是很需要你。」

一身酒氣，帶了三分桃花香，蘇妙勾手將荷包給了掌櫃的，摟過木魚就往外走，裙擺飄飄，像個來去不羈的桃花仙。

可是，桃花仙很委屈，一路搖搖晃晃地回到府邸，倒在床榻上睜大了眼。

木魚滿懷擔憂地看著她。

蘇妙想睡一覺，但直到天亮的時候，眼睛也沒閉上，就那麼盯著床帳出神。

情況不太妙，木魚焦急地往外走，想去請個大夫來。

不曾想，路過西小門，她撞見了翻牆回來的三公子和殷氏。

此時天光乍破，朝霞初染，一向獨來獨往的三公子抱著人從牆頭躍下來，被旺福逮了個正著。

凶惡的旺福張嘴就想咬人，可牙剛齜出去，一個氣味熟悉的人就被遞到了牠面前。

看清了是牠喜歡的那個姑娘，旺福到了嘴邊的咆哮變成了毫無氣勢的一聲「嗷嗚？」

李景允冷哼，將人摟回懷裡，分外欠揍地衝牠做了個大大的口型——爺！的！

「……」

木魚覺得，給小姐請大夫的時候，要不讓三公子也順帶看看吧？

花月被他按在懷裡，分外不自在地問：「公子，妾身能下去了嗎？」

李景允「嘖」了一聲，邊走邊道：「妳當爺想抱著呢？這麼沉。」

嘴上說著，手上卻是沒有要鬆的意思。

花月掙扎起來，哭笑不得：「沉就讓妾身自己走。」

「妳腳步聲重，爺怕妳把府裡下人驚醒了。」

這話倒是挺有道理，花月若有所思地點頭，然後一轉臉就看見了不遠處目瞪口呆望著他們的下人。

花月：「……」

木魚：「……」

李景允冷漠地鬆了手，花月跳去地上，理了理衣裙，掛上了從容的笑意：「這麼早啊。」

木魚朝他們行禮，還有些沒回過神，下意識地喃喃道：「奴婢去給小姐請大夫。」

「表小姐生病了？」

木魚點頭又搖頭，為難地道：「奴婢也不知道大夫管不管用。」

花月怔愣，目光飄向西院。

蘇妙是在男兒堆裡長大的姑娘，小時候沒少跟著李景允去練兵場上玩沙子，所以身子骨倍兒棒，哪怕她想學林黛玉生個病裝個弱都不行。

花月跨進門的時候，正撞見她下床來倒水喝，一整個茶壺拎起來往嘴裡灌，連個杯子也沒拿。

「表小姐。」她目光往下掃，落在她光著的玉足上。

腳趾一縮，蘇妙一個骨碌滾回床上，看看她，又看看後頭一臉不耐煩跟著進來的自家表哥，詫異地道：「大清早的，您二位這是來幹什麼了？」

「好意思問？」李景允進門就隨意坐下，背朝著她道，「一整夜不睡覺又作什麼妖呢。」

蘇妙看向木魚，後者無聲無息地將自己埋去了紗簾後頭。

輕嘆一聲，她攏了一把披散的青絲，嘟囔道：「睡不著你也管。」

花月拿了銀梳來，隨手就給她挽了一個髮髻，用梳子斜斜攏住。

「廚房裡今日應該準備了蓮子銀耳湯，還有八寶珍和棗糕，表小姐可有什麼想吃的？」她低頭看著她，溫柔又耐心地道，「要是都不想吃，還可以吃排骨麵，拉得勁道的麵條，澆上滷好的小排骨，滋味兒也不錯。」

蘇妙本來不餓的，被她這一說，肚子咕咕直叫。她咽了口唾沫，喃喃道：「家裡廚子做的麵條黏糊糊的。」

「表小姐若是想吃，我去給妳做，不會黏糊。」伸手替她抿了抿頭髮，花月柔聲問，「想不想吃？」

鼻尖聳了聳，蘇妙看她一會兒，突然「哇」地一聲撲上來把她抱住：「小嫂子——」

李景允嚇了一跳，扭頭看過去，就見那小混蛋抱著他的人，臉使勁往人胸口蹭。

「蘇妙。」他黑了半張臉，「撒手。」

「我不。」蘇妙扭著身子哭，一邊哭一邊蹭，「這人世間多的是冷漠無情，只有小嫂子待我如珠如寶，小嫂子妳別跟我表哥了，跟了我吧……」

額角一跳，李景允大步上前，扯了她的胳膊就要把人扔開。

「哇——」這下蘇妙是真哭了，一把鼻涕一把淚地抓著花月的手，委委屈屈地喊，「小嫂子~」

她這人本就生得好看，撒起嬌來神仙也頂不住，花月心裡跟著酸軟了一下，伸手就拍開李景允的爪子，將她摟過來道：「不哭不哭，有什麼委屈都跟我說說。」

李景允：「……」

他覺得蘇妙有毛病，這麼大個姑娘，為什麼還要撒嬌。跟別人撒嬌就算了，花月跟她熟麼就這麼抱得死死的。

更有毛病的是，對著他防備萬分的殷花月，眼下摟著蘇妙，跟摟著什麼寶貝似的，完全不在意她在她身上蹭，還拿了帕子給她擦臉，琥珀色的瞳子溫柔得不像話。

吃個女人的醋很離譜，李景允想。

更離譜的是，他吃得還有點重。

搬了凳子來坐在床邊，他冷眼看著殷花月，想讓她懂點眼色，趕緊把人鬆開來哄他。

結果這人頭也沒抬，自顧自地低聲問：「誰欺負妳了？」

蘇妙扁著嘴，鼻尖通紅：「沈知落。」

冷笑一聲，李景允道：「他能欺負妳？妳一拳能把他那身子骨給打散架。」

床上的兩個女人同時轉頭瞪了他一眼。

李景允閉了嘴。

花月嘆了口氣，一邊給她擦臉一邊道：「沈大人那個人，就是不太會疼人的，先前在宮裡，他身邊沒有宮女，就連太監也是一月一換，沒半個親近的人。」

蘇妙抽抽搭搭地問：「那他為什麼同小嫂子相熟？」

下意識地看了李景允一眼，發現他目光不太友善，花月抿唇，含糊地道：「我先前伺候的主子與他有兩分交情，所以也算面熟。」

光只是面熟，沈知落怎麼可能三番五次地來找她。

蘇妙心裡嘆氣，抱著花月細軟的腰，也不捨得難為她，只哽咽兩聲，又蹭了蹭她的肩。

花月有些不忍心：「妳要是實在受不住，就再想想法子，將軍府高門大戶，不愁嫁娶婚事。」

「定都定了，要是悔婚，不顯得我薄情冷血嘛？」蘇妙嘟囔，「再說了，這婚事打著賭呢。」

心裡一沉，李景允下意識地想去堵她的嘴。

可是已經來不及了，蘇妙張口就道：「表哥說的，我能去觀山把沈知落搞到手，讓他一整日出不得門，他就把他最愛的汗血寶馬送我。」

「……」

紗帳被風吹了起來，連帶著玉鉤上垂著的絲條也晃來晃去。

窗外有奴僕在掃昨夜的落花，掃帚聲一下又一下，沙沙作響。

花月想起了自己走投無路的那一天，眼前是跟著蘇妙走了的沈知落，身後是站著看好戲的李景允。

他當時說的什麼來著？

——也是，爺眼下就算想娶別人，一時半會也不會有人來當這個出頭鳥。

若是無心，便是一句自嘲的感嘆，可若這一切是他想好了的，那這話是說給誰聽的？

寂靜無聲的屋子裡，殷花月緩緩轉頭，看向了坐在自己旁邊的那個人。

李景允眼裡有一瞬的失措，可也就那麼一瞬，他收斂好神色，雙眸無波無瀾地朝她回視過來，表情裡沒有絲毫的心虛和愧疚。

「怎麼？」他道，「我讓蘇妙追求她喜歡的人，事成送她東西做嫁妝，有錯嗎？」

花月沉默，盯著他那漆黑如墨的眼看了許久，然後笑了：「沒有。」

「公子自然是不會做錯事的。」

即便他隨意犧牲自己表妹的幸福，即便他在她需要人幫忙的時候用蘇妙支走了沈知落，即便他可能一直在欣賞著她的狼狽和走投無路的窘迫。

但他是公子，他錯了也沒錯。

胸口微微起伏，花月抿唇，露出一個極為標準的假笑，然後移開了目光。

氣氛突然有些不對勁，蘇妙擦乾了臉，捏了捏她的手：「小嫂子，我說錯話了嗎？」

「沒有。」伸手替她將碎髮別去耳後，花月低聲道，「表小姐不用在意我，主人家是不用跟下人道歉認錯的。」

牙根一緊，李景允略微有些惱：「妳胡說八道什麼。」

「表小姐是想吃麵還是睡覺？」她像是沒有聽見他在說話，仍舊低聲問蘇妙。

蘇妙瞥著自家表哥，無辜地咽了口唾沫：「吃……吃麵？」

「那我去做，您稍等片刻。」

恭敬地頷首，花月起身往外走，路過李景允身邊的時候，他好像伸手抓了一下。

然而她正好收攏了手交疊在小腹前，與他的手擦指而過。

背後傳來一聲低咒，她沒細聽，抬步跨進了門外的晨光裡。

李景允坐在原處，渾身氣息低沉，眼神裡帶著刀子，一刀一刀地往蘇妙身上捅。

蘇妙抱頭哀嚎：「怎麼回事啊，我也沒說什麼呀。表哥你自己想想，肯定是你哪兒做錯了。」

「廢話。」李景允惱恨地低聲道，「爺要是沒做錯，會由著她甩臉色？早教訓人了。」

「喊——」蘇妙唏噓，連連搖頭，「我就知道你不是個好東西，小嫂子那麼好的人，怎麼突然就給你做妾了，你老實交代，是不是又誆人了？」

「沒有。」他答得飛快。

蘇妙瞇著眼，滿臉質疑地盯著他。

「行吧。」李景允退了一步，「是有那麼一點，但她不至於這麼快發現，眼下跟我生氣，肯定是不高興我撮合妳跟沈知落，沒別的原因。」

蘇妙扁嘴：「啊，小嫂子也喜歡沈知落嗎？」

「她瞎嗎，她才不喜歡，沈知落那樣的人，也就妳看得上。」李景允冷笑。

翻了個白眼，蘇妙道：「小嫂子不喜歡沈知落，那你這麼著急撮合我跟他幹什麼？」

喉嚨一噎，他別開頭，煩躁地踹了一腳旁邊的矮凳。

「臭不要臉。」蘇妙抱著被子道，「你打小就這樣，想要什麼不直說，拐彎抹角地自己想手段去拿，要是個物件也就罷了，小嫂子是個活生生的人吶，我是她我也氣，怎麼被你這麼個孽障給盯上了。」

背脊微僵，李景允扭頭看她。

蘇妙嚇得扯著被子就蓋住了腦袋，甕聲甕氣地道：「老娘心情也不好，先說在前頭，你要是敢打我，我就去找小嫂子說你壞話。」

李景允沒動手。

他那張慣常帶著傲氣和不屑的臉上，難得地出現了一絲傷懷，如驕陽墜山，青霧漫海。

「妳們女兒家。」他沉聲開口，眼神冷淡，手指卻無意識地磋磨著袖口，「妳們女兒家，一般都喜歡什麼樣的人？」

蘇妙覺得稀奇，伸出腦袋來看他，打量兩眼之後笑道：「完了呀表哥，您這是遇著劫數了？」

「沒有。」他硬著脖子道，「隨便問問。」

也懶得跟他爭，蘇妙坐起來，一板一眼地道：「女兒家喜歡體貼的人呀，沒事送個首飾衣裳，有空帶去聽聽戲，最好還知天命、懂八卦，有一雙淺紫色的眼睛。」

前頭都聽得認真，聽到最後一條，李景允抽出了袖中軟劍。

「但是——」蘇妙連忙按住他，找補道，「但是小嫂子那人不一樣。」

「她缺的肯定不是首飾衣裳和紫色眼睛。」

李景允收回了軟劍，抱著胳膊看著她。

蘇妙想了一會兒，嘆息道：「我覺得她缺人疼，別看她平時做事乾淨俐落的，骨子裡也跟我一樣是個小丫頭片子，夫人疼她，她就掏心掏肺地對夫人好。你若是拿真心疼她，她肯定跑不了。」

「可問題是。」她目光落在他心口，偏著腦袋似嘲非嘲地問，「真心，咱們有這玩意兒嗎？」

面前這人沉默了片刻，臉色有些難看。

「這話你不如去問她。」半晌之後，他道，「爺懷疑她也沒有。」

蘇妙錯愕地瞪大了眼。

她那不可一世的、彷彿把全天下都踩在腳底的表哥，眼下竟然板著一張臉，略帶委屈地同她道：

「爺待她那麼好，她也沒說要給爺做排骨麵。」

拉得勁道的、澆上滷好小排骨的排骨麵。

第40章　醋罈子破嘍

奶白的湯鍋裡咕嚕嚕地冒著泡泡，滷好的小排骨放在灶臺一側，油光鮮亮。

花月將拉好的細麵放進鍋裡，用長長的竹筷輕輕攪動，神情專注，動作熟練。

廚房裡的幾個廚娘都站去了庭院裡，伸長脖子往裡看一眼，然後縮回去繼續嘀嘀咕咕。

「不是已經是妾室了嗎？怎麼還做下人的活兒？」

「殷掌事這妾室，一沒下定二沒納禮的，就是個近水樓臺先得月，趁著公子年輕氣盛攪合那麼一回，不就有了嘛，也算不得正經主子。」

「可我聽說三公子還挺寵著她的。」

「三公子什麼德行，新到東院裡的東西，他都要熱乎一段時候的，等這春去秋來，誰還把她當回事。」

聲音不大，花月卻還是聽了個清楚，要在平時，她必定出去訓斥，將軍府裡向來不容嘴碎的下人。可眼下，她覺得沒意思。

竹筷將煮好的麵條挑了出來，花月澆上小排骨，打算往外端，就聽得外頭突然安靜了下來。

「霜降姑娘。」有人小聲喚了一句。

霜降氣得雙眼微紅，上前來就罵：「這院子裡哪個主子寵誰不寵誰，輪得著你們來議論？她殷花月就算不做東院的主子，也是你們頭頂的掌事，月錢不想拿就走人，別擱這兒礙人眼！」

幾個廚娘被吼得紛紛低頭，縮成一團。

霜降猶覺不解氣，大步跨進廚房，看見她就沉了臉道：「我當妳是聾了呢，聽不見外頭的熱鬧。」

花月朝她笑了笑，笑意難得地進了眼底：「我趕著去給表小姐送麵呢。」

「妳也就這點本事了。」霜降氣急，口不擇言，「他們護著妳活下來，是讓妳在這兒給人罵、給人做麵條的？與其就這麼苟活度日，妳還不如學學常——」

「霜降。」花月飛快地打斷她，皺眉。

將那忌諱的名字咽了回去，霜降咬牙，一臉不服。

輕嘆一口氣，花月帶著她往外走，越過那群噤聲的廚娘，踩在鋪著青石板的小道上。

「我現在只是個下人。」

托盤裡的碗冒著熱氣，花月望著前頭，輕聲同她道：「下人能做的只有這些事，我做不了常歸，也變不成沈知落，妳要是真的很失望，可以裝作不認識我。」

嘴唇幾乎咬出血，霜降惱道：「妳這麼自暴自棄，他們只會越來越看不起妳。」

「他們看得起我，我也只是將軍府的下人。」

「撒謊。」她抬眼看向這人的側臉，眼底灼灼有火，「誰家的下人有這通天的本事，讓薛吉死得悄無聲息。」

步伐一頓，花月下意識地掃視四周，確定無人能聽見這低語，才黑了臉道：「妳不要命了？」

「我就是不明白。」指節捏得泛白，霜降悶聲道，「妳有本事拿自己當餌誘殺薛吉，為什麼還任由這些狗東西踩在頭上欺負。」

薛吉是周和朔的心腹，他一死，禁衛軍少說也得亂上幾個月，這能給他們極大的空子，原本停滯的幾件事，也能因此順暢進行。

若霜降是今日收到的消息，她也會以為薛吉的死只是個意外，是恰好撞上了。

但她是在昨日殷花月上車離開的時候聽見的。

這人踩在車轅上，雲淡風輕地同她說：「妳早些準備，一旦東宮禁衛有所鬆動，就將人送進去。」

彼時她還不明白，好端端的東宮禁衛，為什麼會鬆動，直到剛才順利地將他們的人安插進東宮，她才發現，殷花月是蓄謀已久。

哪怕三公子不去那一趟，薛吉也是必死無疑。

這是從什麼時候開始計畫的？霜降想不明白，但她知道，殷花月不是孫耀祖嘴裡的百無一用，她有自己的想法，甚至早已經開始了她的算計。

這些算計連她也沒有告訴。

喉嚨發緊，霜降紅了眼睛，不知道自己是在氣什麼，只狠狠地瞪著她。

托盤裡的麵條吹不得太多風，花月拿了盤子將碗口扣上，突然騰出一隻手來，捏著她的拇指，輕輕晃了晃。

「這些年欺負我的人少了不成？」她睨著她，笑得狡黠又坦然，「讓他們說兩句又怎麼了，日子還是要過。」

霜降板著臉，不為所動。

「我知道妳是心疼我，妳見不得曾經那個天不怕地不怕的西宮小主，變成一個任人碎嘴的奴婢。」她軟了語調，柔聲道，「可人家也沒說錯什麼，人在屋簷下，哪有不低頭的。」

「妳不跟那三公子好上，就什麼事也沒有。」霜降鼻音濃重地嘟囔，「泯然眾人分明是最周全的，妳偏要同他攪合，妳知道韓家那小姐暗地裡來打探了多少回了嗎？」

指尖微微一頓，花月別開頭：「我說過了，那是逼不得已。」

「當真是逼不得已，還是妳順水推舟？」霜降咬牙，「我不信妳要真不想跟他攪合，還能沒有別的辦法！」

「……」

步子加快，她繞過月門，略微倉皇地想跨進表小姐的院子。

霜降在院門外就停了下來，她不會跟著進去，但她站在原地，還是沉聲道：「沈大人沒有說錯，妳偏執在這一個人身上，會吃苦頭的。」

聲音從後頭飄上來，被風一吹就聽不見了。花月閉眼，穩住心神，重新掛上笑意推開了主屋的門。

蘇妙睡著了，屋子裡安安靜靜的，只有李景允轉頭朝她看過來。

放輕了腳步，花月將碗放在桌上，困惑地低聲問：「表小姐不吃麵了？」

「睡著了怎麼吃？」掃一眼她端來的麵，李景允冷哼，「糊的。」

「端過來的路上難免糊住些。」她掀開盤子，拿筷子拌了拌，「也沒糊太厲害，妾身揉了許久的麵，很是勁道。」

輕蔑地別開臉，李景允不以為然：「看著就不好吃。」

也不是給您吃的啊。花月腹誹，扁了扁嘴，端起碗就要往外走。

「做什麼去？」他問。

「把麵送回廚房，看有沒有旁人要吃。」花月道，「表小姐反正也吃不了。」

不太自在地輕咳一聲，李景允叩了叩桌面：「東西放著，妳先回東院看看那白鹿餵了沒。」

白鹿不是一直讓八斗在餵嗎？花月心裡納悶，倒也沒多說，應了一聲就放了碗出去了。

霜降沒有要堵著她的意思，院子門口已經沒人了。

輕舒一口氣，花月低頭往東院走，一邊走一邊想，薛吉死了，沈知落和常歸最近一定也會忙碌，東宮眼下正與中宮爭執掌事院之事，孫耀祖和尹茹也忙著奪權，一時半會的，壓根不會有人注意到她。

那她可以再找幾個人的麻煩。

心裡有幾個名字，她反覆唸叨，眼底微微滲著血光。

「殷姨娘。」八斗的手在她面前晃了晃，擔憂地喊了她一聲。

花月回神，發現自己不知什麼時候已經走到了東院門口，八斗捏著掃帚，見她終於抬眼，連忙道：「您二位昨夜沒回來，可把人急壞了。」

「出什麼事了？」她問。

八斗撓著後腦勺道：「也不是什麼大事，就是聽說……韓家那小姐昨兒上吊了。」

哦，上吊。

花月點點頭，平靜地繼續往裡走。

「等會。」走了兩步，她停住步子，突然猛地回頭，「你說什麼？上吊？！」

八斗點頭，杵著掃帚柄道：「就昨兒夜裡子時的事，有人來咱們這兒傳過話，但公子和您都不在。」

倒吸一口涼氣，花月急匆匆地就要走，低頭看一眼自己身上的裙子，想想不妥，又去換了一身淺白色的。

「姨娘。」八斗笑道，「您聽奴才說完，上吊歸上吊，人沒事，已經救過來了。」

心裡微鬆，花月問他：「有說是為什麼嗎？」

「這還能為什麼呀？」八斗欲言又止，看了一眼空蕩蕩的主屋。

花月沉默。

如果說蘇妙喜歡一個人是熱烈奔放不顧一切，那韓霜喜歡一個人就是癲狂痴醉，不死不休。上回她給她到底設了怎樣的一個局，花月尚窺不得全貌，但這一回，花月知道，她是拿命在跟自己搏了。

貴門小姐企圖尋死，那是要轟動半個京華的，換做別的人家，定是要將消息壓住，以防人猜測。可韓家沒有，他們甚至主動告知了另外半個京華。

於是，「李家三公子始亂終棄，韓家大小姐尋死覓活」的消息很快傳遍大街小巷，成為京華當日最火熱的飯後談資。

花月以為李景允會生氣，會拒絕去看她，亦或者對這種女兒家的做派嗤之以鼻。

結果沒有，李景允帶著她一起去了韓府，坐在韓霜的床邊，任由她哭溼了自己的半幅衣袖。

「我真的……真的沒有騙你。」韓霜雙眼通紅，上氣不接下氣，「你什麼時候才能原諒我？」

李景允靜靜地坐著，目光掃過她的眼眶和蒼白的嘴唇，不知道在想什麼，過了許久才問：「妳真的想死？」

怯怯地看了他一眼，韓霜吸著鼻子，突然露出一個淚盈盈的笑來。她眼神飄忽，似乎回憶起什麼好事，喃喃道：「我的命是你的，我不該沒告訴你一聲，就尋短見。」

說著說著，眼淚又往下掉：「可是，你都不理我，娶了別人，同別人在一起，我活著有什麼意思。」

花月站在旁邊，略微有些不自在，她看了李景允一眼，發現他抿著唇角專心致志地看著韓霜，好像有些……

心疼？

看清他眼裡的這一抹情緒，花月怔了怔，幾乎是狼狽地收回目光，垂眼看向自己的鞋尖。

還以為這人對韓霜只有厭惡和抵觸呢，沒想到真出了事，也是會心疼的。這人還真是，嘴硬心軟。

「小嫂子。」溫故知在門外站著，突然喊了她一聲。

花月回神，低頭朝李景允告退。李景允沒看她，只擺了擺手，一雙眼依舊定在韓霜身上。

微微抿唇，她退出房間，替這兩人帶上了門。

「小嫂子。」溫故知將她拉去庭院裡，別有深意地笑，「那屋子裡待著不好受，我救妳出來。」

花月溫和地笑了笑，捏著手道：「也沒什麼不好受的。」

溫故知挑眉，眼裡滿是不信。

她若無其事地理了理裙擺：「公子爺是何等貴人，身邊和心頭的人都不會少，要是說兩句話我就要難受，那早在似水與他私會的時候，我這日子就不消過了。」

「似水？」溫故知想了好一會兒，恍然，「啊，妳說那個太子身邊來的歌姬，那姑娘三爺是不會動的，就算在房裡過夜，肯定也什麼都沒有。」

疑惑地抬眼，花月覺得好笑：「男人還能不吃送到嘴邊的肉？」

「這倒不是肉不肉的問題。」溫故知道，「三爺這個人有分寸，帶著目的來的女人，他一貫不碰的，再喜歡也不會有肌膚之親，以免惹出什麼麻煩。」

他說著，竟是回頭看了一眼韓霜閨房的方向，努嘴道：「這位也一樣。」

「一樣？」花月輕笑，笑得露出一排貝齒來，「溫御醫想是沒看見方才三爺跟韓小姐怎麼說話的，那模樣，似水姑娘可是拍馬也追不上。」

溫故知滿眼揶揄地瞧著她，輕笑出聲。

「您別誤會。」她抿了抿耳髮，氣息清冷地道，「我只是在說看見的事實。」

歪著腦袋想了想，溫故知點頭：「他倆相識那麼多年，難免比外人更親近些。只是中間誤會挺多，三爺待她也不會太過親密。三爺說不想娶她，那便是真的不想，小嫂子也不必太擔心。」

她有什麼好擔心的？花月心裡嗤笑。

自個兒不過是他隨便詛來的擋箭牌，他將來要娶誰不娶誰，都不是她該操心的事。

不過說起來，三公子這人也真是彆扭，能豁出命去東宮救韓霜，也分明是心裡惦記著人家，可偏生冷臉以待，半分溫柔也不給人。

「溫御醫。」她忍不住開口問，「你若是有心悅的姑娘，是會晾著她，還是早些把人娶回來？」

溫故知聽得挑眉，腦海裡飛快劃過去一個人影。

他摸著下巴笑了：「晾著。」

「為什麼？」花月不解，「當真心悅，不會想廝守？」

「若這是什麼太平盛世，那我定是將她八抬大轎迎過門。可現在不是啊。」溫故知搖頭，望向遠方聲音極輕地道，「別看咱們這些錦衣玉食的人，瞧著鮮亮，背地裡不知道有多少刀光劍影。就眼下這局勢，我娶她，不是害了她麼。」

「……」

心口好像被什麼東西給刺了一下，花月無意識地抓緊了衣袖，呼吸跟著一輕。

溫故知沉浸在自己的思緒裡，完全沒意識到聽這話的人會怎麼想。他吧砸了一下嘴唇，喃喃道：「那小丫頭不知道什麼時候才會懂。」

昨兒還跟他鬧脾氣，讓他有多遠滾多遠來著，特別不好哄。

唏噓感嘆了片刻，溫故知抬頭想與花月再說，卻發現面前這人不知什麼時候走了。

庭院裡沐浴著驕陽暖光，一片好春色，可就他一人站著，左右看看，瞧不見人影。

溫故知撇嘴，繼續回藥房去熬藥。

李景允聽韓霜哭訴完了之後，發現身邊的小狗子一直沒回來。

他納悶地出門找了一圈，問藥房裡的溫故知：「看見你小嫂子了麼？」

溫故知正搧著火，聞言頭也不抬地道：「先前還在庭院裡，後來不知道走哪兒去了。」

還真是越來越不像話，李景允皺眉轉去別處，心想這人之前還挺有分寸，今日在別人的地盤上，怎麼還亂跑起來了。

腦海裡閃過一個念頭，他心裡跟著一緊。

這是韓府的地盤，韓霜尋死，韓家人心裡都不好受，別是把火氣撒在殷花月頭上了吧？

步子加快，他在韓霜繡樓附近找了兩個來回。

沒人。

臉色越來越難看，李景允一把抓過韓府的管事，冷聲問：「我帶來的那個人呢？」

管事被他嚇了一跳，戰戰兢兢地道：「方才從側門離開了。」

走了？自己一個人？李景允聽著就笑了：「不掰斷你兩根骨頭，你是不是不會說實話？」

管家哀嚎連連：「三公子，當真是走了，您要不回去看看。」

這糊弄人的話，他自個兒都說了千百回了，哪裡肯信，直接扭著管事去找韓霜。

韓霜本來都睡了過去，被他這吵醒一問，哭著就又往床柱子上撞。下人急忙去請韓府的老爺夫人，一群人嘰嘰喳喳地就鬧騰了起來。

沒管韓家夫婦的怒罵和譴責，李景允渾身戾氣地搜了大半個韓府，確定找不到人，才打道回府。

他想過了，若是將軍府裡也沒人，他就帶人回去把韓府拆了。

結果一下馬車，他就看見殷花月好端端地站在將軍府東側門邊。

還在笑著與人說話。

滿心的擔憂凍成了一塊寒冰，李景允在原地站著沉默了好一會兒，然後大步上前，將她扯了個趔趄。

「誰給妳慣出來的毛病。」他掐著她的肩，眼裡刮起了夾著冰刺的暴風，「走了也不會跟爺說一聲？！」

花月被這突如其來的呵斥聲吼得沒反應過來，抬眼看向他，無辜又茫然。

李景允是真氣壞了，看著她這副模樣，他覺得自個兒方才那大鬧韓府的舉動就是一個純傻子，被她耍得團團轉。

「妳故意的是吧？想看爺為妳緊張一回，為妳怒髮衝冠，著急得上躥下跳才滿意。」他喘了一口粗氣，捏著她肩頭的手漸漸收緊，「妳們女人這點心思，什麼時候能收乾淨些，非要無理取鬧來宣洩自己的不滿？韓霜上吊，妳玩消失，爺欠妳們的是不是？」

花月被罵懵了，呆愣愣地看著他，直到聽見最後一句話，才慢慢回過味來。

她想笑，嘴角卻揚不起來，只能尷尬地抿了抿。

喉嚨裡堵著一團東西，咽了兩回終於咽了下去，花月清了清嗓子，聲音卻還是沙啞：「妾……奴婢沒有那個意思。」

給他看了看手裡抱著的藥包，她一字一句地解釋：「方才是霜降來傳話，說夫人舊疾復發，她找不到方子，讓奴婢來看看藥材。」

一邊的霜降已經被他嚇得臉色發白，聞言跟著點了點頭。

花月想了想，還是將笑意掛了上來，溫軟地道：「沒知會一聲就走了是奴婢不對，奴婢給公子認錯，奴婢以為公子會多陪韓小姐片刻，也不好打擾，想著抓了藥材就立刻回去的。」

她交疊好雙手，恭恭敬敬地給他屈膝行禮：「奴婢知錯，請公子寬恕。」

一口氣提在心口，沒能舒出去就被堵在了這裡。李景允捏著她的肩，罵也不是，不罵好像情緒一時半會兒也下不來。

他就這麼瞪著她，喘著粗氣。

霜降看不下去了，鼓起勇氣將花月護去身後，皺眉道：「三公子，她也不是故意的，您罵也罵了，消消氣。」

原本也沒覺得有什麼，被人這麼一護，花月倒是有些眼熱。

這人吶，什麼委屈都能受，最怕的就是受了委屈有人護著妳，越護哭得會越凶。霜降顯然不明白這個道理，還跟老母雞護崽子似的半抱著她，輕輕拍了拍。

她不太想在李景允面前哭出來，那屬實太過丟人，所以花月推開了她，拿出自己殷掌事的氣勢，笑道：「公子若還不消氣，待會兒罰了奴婢便是，眼下先讓她去給夫人送藥，奴婢陪您回韓府去吧？」

「不用了。」他閉眼，拂袖跨進門去，冷聲道，「韓府那邊暫時不必再去，妳隨我過來。」

「是。」

長這麼大，李景允還沒跟誰服過軟道過歉，但是吧，他現在冷靜下來一想，方才吼人好像是吼得過了些，小丫頭眼睛都紅了。

人家也沒恃寵而驕，是事出有因。

進主屋去倒了杯茶，他摸著杯沿猶豫，這話該怎麼開口，才能既不掉面子，又讓人知道他在認錯。

還沒想明白呢，面前就又遞來了一杯茶。

殷花月雙手舉著茶杯，低著頭給他遞了上來，輕聲細語地道：「這杯是剛沏的。」

態度好像比之前還好了不少？李景允很納悶，小姑娘受委屈了不是該鬧脾氣麼，她怎麼更乖順了？

不過這樣也好，他伸手接過茶，心想狗子就是不能太寵，偶爾發發火，也讓她知道不能任意妄為。

於是他就把話給吞了回去，心安理得地抿了一口熱茶。

第41章　男人沒一個好東西

接下來的幾日，李景允驚奇地發現，殷花月再沒跟他強過嘴，也再沒出過任何岔子，早膳午膳，更衣看茶，她都做得細緻妥貼、滴水不漏。

他說要出門，她便去備車，他說要見客，她便備好茶點然後帶人退得遠遠的。

莫名的，李景允覺得不太對勁。

晚上就寢的時候，他將她拉住，抬眼盯著她低垂的眼皮，沉聲問：「要去哪兒？」

「回公子。」花月恭敬地道，「奴婢去睡旁邊的小榻，已經收拾好了。」

「為什麼？」他微惱，「先前也沒說要換地方睡。」

花月溫和地笑著，很是耐心地給他解釋：「天氣熱了，奴婢擠著公子睡難免不舒服，再者說，睡床上和睡小榻上也無二致，在外人看來，都是睡一起的。」

她的態度實在太過誠懇，以至於他再多說一句，都像是在找茬。

李景允不太舒坦，可是好像也沒什麼辦法，手被她輕柔地拿開，他斜眼瞧著，就見她抱著被子去小榻上鋪好，然後吹熄了桌上的燭臺。

屋子裡暗下來，兩人都各自躺好。

李景允睜眼瞪著床帳看了好一會兒，突然開口道：「明日是五皇子的生辰，太子殿下要為他在宮外設宴，妳隨我去一趟。」

五皇子周和瑁，舅舅是當朝丞相，母妃卻在冷宮裡關著，聖上對他不太寵愛，太子倒是因著最近廢除掌事院之事與他甚為親近，甚至要親手操辦壽宴。

花月半闔著眼，眼裡盛著窗外傾進來的月光，皎潔又幽深。她像是走了片刻的神，然後輕聲應下：「是。」

朝外頭側過身子，李景允看向小榻上那一團影子：「妳不想搭理爺？」

「公子多慮。」她聲音裡帶著淺淺的笑意，「公子有什麼想問的，奴婢都會答，不想搭理又是從何說起。」

「那為什麼妳……」他想說她這兩日冷淡，可仔細一琢磨，她每天都在做自己該做的事，沒有迴避他，也沒有故意不與他說話。

把話咽了回去，李景允暗自嘀咕，自個兒怎麼也變得敏感多疑起來了，這覺得旁人冷落自個兒的戲碼，是韓霜才喜歡玩的，他一個大男人，沒必要。

「罷了，睡吧。」李景允翻身閉眼，想著明日帶這人去見見世面，她一高興，說不定就正常了。

四周重新歸於寂靜，花月也翻了個身，看向窗臺上被月光照出來的花影。

明明滅滅，像極了四爪雲龍袍邊兒上的花紋。

五皇子的壽宴擱在了京華一處隱祕的山莊裡，赴宴的都是朝中權貴、公子小姐。太子為表親近，特意穿著他的四爪雲龍袍，親自站在庭院裡與來客寒暄。

「景允你來得正好。」遠遠看見他們，周和朔就招了招手，「本宮要去一趟後庭，你來招呼一下這幾位大人。」

他這話說得別有深意，兩字三詞地就把李景允劃為了「自己人」，在場的權貴聽著都是一笑，李景允倒也不駁，只扭頭對她道：「妳去花廳吃茶。」

這場面，旁邊站個婦道人家終究不合適，花月乖順地應了，跟著下人往花廳的方向走。

花廳裡坐的都是太太小姐，來這等宴會，穿著大多是正紅戴翠，殷花月這一身妃紅羅裙，進門就受到了八方注目。

大抵是沒料到會有人帶妾室來這地方，好幾個夫人都捏著帕子按了按嘴角，表情不明，性子直些的小姐，徑直就笑出了聲。

「這是誰家的？」有人指著她問旁邊，「是不是帶錯地方了？」

廳裡一陣莫名哄笑，韓家夫人看著她，眼神涼得刺骨：「可不敢妄言，這位是李家三公子的心頭好呢，為著她，婚約都不要了。也就是暫時穿穿水色，等扶了正，什麼樣的裙子穿不得？」

幾個近好的夫人一聽，紛紛不忿：「我當是什麼天仙，也不過爾爾，三公子哪哪都好，就是看人的眼光不怎樣。」

「是啊，妳看這沒規沒矩的，半點也上不得檯面，哪裡比得上貴門小姐知書識禮。」

風向一定，廳裡就七嘴八舌地嘲弄開了，大家都是抱著團過活的人，誰也不願少說兩句被人劃拉出去，於是起了哄就更加口無遮攔，什麼狐媚子、自薦枕席的破落貨都說出來了。

一邊說，還一邊打量門口那人的臉色，想看看她是什麼反應。

結果就見她跟沒聽見似的，接過下人遞的茶抿了一口，一雙眼無波無瀾地望向她們，像沒聽夠似的，抬了抬下巴示意她們繼續說。

「……」韓夫人噎住了，目光怨毒地瞪著她，旁邊幾個夫人也齊齊皺眉。

廳裡漸漸安靜下來，花月覺得好笑，放了茶盞想問她們為什麼不接著說，結果人群裡突然出來了一個人，拉著她就往外走。

下意識地想掙脫，可這人的手又軟又溫柔，輕輕捏了捏她的指尖。

花月怔愣，抬眼看過去，就瞧見一張分外嫻靜的臉。

「隨我來。」她朝她笑了笑，「我不會害妳。」

許是這人身上的氣息實在太過友善，花月放棄了抵抗，跟著她一路繞到了小花園裡。

這園子修得精巧，假山飛瀑，鳥語花香。面前的夫人坐在假山邊朝她一笑，五官雖比不得旁的夫人精緻，但卻別有一股令人安心的韻味。

「我是徐家的少夫人。」她聲音很軟，像上好的絲緞，一雙丹鳳眼望上來，滿是善意，「長逸跟我提起過妳。」

徐長逸的夫人？

花月眨了眨眼，腦海裡飛快閃過某一個場面。

——我見的世面少，哪像您二位啊，家有美眷良妻，看慣了美色，自然不易低頭。

——三爺，都是兄弟，說話別往人心窩子捅，我家那位，有美色可言嗎？

徐長逸當時那痛不欲生的模樣，大抵就是在說眼前這位夫人。

花月給她見禮，覺得徐公子有些身在福中不知福，夫人雖算不得傾國傾城，可也不至於毫無美色。

「妳別往心裡去。」明淑扶起她來，輕輕拍了拍她的背，「那屋子人就是沒個好話說的，都見不得妳受寵。」

感激地看她一眼，花月頷首：「多謝夫人。」

「也不必喊什麼夫人，叫我明淑就是。」她笑問，「我叫妳什麼好？」

「殷氏花月。」

「那便喚花月了。」她摸了摸袖口，翻出一塊花生酥來放在她手裡，「這是我最愛吃的東西，府裡乳娘做的，妳嘗嘗？」

心情莫名地好了起來，花月接過來咬了一口，朝她笑道：「香。」

見她終於笑了，明淑輕舒一口氣，欣慰地道：「今日是個好天氣，要是人悶悶不樂的，就負了這春光了，妳生得好看，笑一笑就更好看。」

她說著就瞇眼去看樹梢上的陽光，眼角微微皺起。

花月這才注意到，她好像比徐家公子要年長一些，別人家的夫人大多都比夫婿小個三四歲，瞧著水嫩，可她似乎已經過了雙十年華，眉宇間已經沒了少女的天真。

「徐夫人。」遠處有人喚了一聲。

明淑回神，笑著起身道：「我過去看看。」

花月點頭，側著身子給她讓路。

嘴裡半塊花生酥被吐了出來，花月低頭看著手裡剩下的，覺得很可惜。她戒心重，不會隨意吃人東西，但明淑是個好姑娘，她沒有惡意。

想了想，花月拿了手帕出來，將花生酥包好放進懷裡。

「妳這人。」假山後頭突然傳來個聲音，清朗如風入懷，「不想吃就一併扔了，做什麼吃一半藏一半？」

花月嚇了一大跳，退後兩步戒備地看過去：「誰？」

一襲月白繡山河的袍子卷了出來，唇紅齒白的少年看著她，眉間滿是好奇。

這庭院裡貴人極多，突然冒出來一個，花月也不知是什麼身分，最好的辦法就是先走，當什麼也沒發生。

然而，她剛一抬腳，這少年好像就知道她的想法了，側身過來擋住她的去路，低頭認真地看著她：「躲什麼？」

深吸一口氣，花月順從地開口：「給貴人請安，小女還有些急事，不知可否借一步？」

少年揚眉，對她這個藉口顯然是不屑的，但他教養極好，收手給她讓了一條路。

花月埋頭就走。

園子裡各處都有人在寒暄，她走了半晌，好不容易尋著個沒人的亭子坐下來，剛一坐穩，身邊就跟著坐下來一個人。

「妳的急事就是坐在這裡？」少年左右打量，「不去跟人打打交道？」

輕嘆一聲，花月不解地看向他：「這兒人這麼多，貴人何苦與我為難？」

少年聽得笑了，擺手道：「我可不是要與妳為難，就是看膩了這一院子的行屍走肉，覺得妳比較有趣。」

有趣？花月皺眉，覺得這人生得倒是周正，腦子怎麼就壞了呢，她與他半分不熟，從哪裡看出來的有趣？

「妳為什麼還姓殷？」少年側頭打量她，「也不想著改一個？」

殷是前朝姓氏，上至皇親國戚，下到黎民百姓，殷氏一族人丁興旺，但大魏滅國之後，尚還在貴門裡混飯吃的人，大多都改了旁姓避嫌，眼下還能大方說自己是殷氏的人，可能就她一個。

花月隨口應付：「爹娘給的姓氏，總不好說改就改。」

「那妳為什麼不招人待見？」他目光落在她妃色的裙子上，「就因為妳是妾室？可妾室來這地方，不是更顯得榮寵麼？」

額角青筋跳了跳，她咬著後槽牙道：「貴人既然知道小女是他人妾室，怎也不知避諱，哪有男子與閨閣之人如此多言的？」

少年怔了怔，茫然地「啊」了一聲，然後笑道：「我隨性慣了，反正也沒人管。」

理直氣壯得讓人汗顏。

花月氣樂了，左右也躲不過去，乾脆就與他道：「我是個壞了人家好事、半夜爬主子床飛上枝頭的狗奴才，此等行徑，如何能招人待見？貴人還是離遠些來得好，萬一被人瞧見，指不定隨我一起浸豬籠了。」

被她這說辭驚了一跳，少年張大了嘴，清俊的雙眸瞪得溜圓，看起來像兩顆鵪鶉蛋。

一個沒忍住，花月當真笑出了聲，笑得眉眼彎彎，肩膀也跟著抖動。

周和瑨是真沒見過這樣的姑娘，生起氣來細眉倒豎，就差把不耐煩刻在臉上了，可一轉眼笑開，又像漫天繁星都裝在了眼裡，晶晶亮亮的，靈動又可人。

莫名其妙的，他也跟著她笑起來，笑出兩顆尖尖的小虎牙。

她看見他笑，便笑得更厲害了，一邊笑一邊斥他：「你笑什麼！」

他笑著回：「那妳又笑什麼？」

這不傻子麼？花月笑得喘不上氣，直搖頭，她以為精明如周和朔，請的賓客肯定都是些聰明人，沒想到一群聰明人裡會夾帶上這麼一個傻子。

兩人就這麼對著笑了三柱香。

三柱香之後，有人朝這邊來了，少年瞥了一眼，帶著近乎抽搐的笑聲飛躍過了牆頭。花月留在原地捂著小腹，覺得臉都快僵了。

「這位夫人。」幾個下人滿臉焦急地問她，「您可曾看見個穿著月白色袍子的人？」

撫著心口緩了兩口氣，花月不笑了，她劈手指著那少年離開的方向，毫不留情地道：「看見了，剛從這兒翻過去，你們兩邊包夾著追，步子快點，一定能把人逮住。」

下人感激地朝她行禮，立馬包抄過去抓人。

深藏身與名的殷掌事優雅地理了理裙擺，將臉上笑出來的潮紅慢慢壓回去，然後掐著時辰回花廳。

李景允跟人說完話一轉頭，就看見一顆熟悉的腦袋埋在走廊的柱子後頭。

他微哂，抬步走過去，彈了彈她的腦門：「不是讓妳去花廳，怎麼又跑這兒來了？」

額上一痛，花月退後半步，恭敬地屈膝：「回稟公子，奴婢來尋明淑夫人的。」

「明淑？」李景允想了片刻，恍然，「長逸的正妻，妳找她做什麼？」

「回公子，這庭院裡就她與奴婢能說上兩句話。」

眼神微動，他不悅地抿唇：「有人找妳麻煩？」

「回公子，沒有。」她輕輕搖頭，「有公子庇佑，誰也不會把奴婢如何。」

不耐地擺手，李景允道：「妳說個話能不能別這麼費勁，回公子什麼啊回公子，妳先前怎麼跟爺尥蹶子的，都不記得了？」

歪著腦袋回憶了一二，花月溫軟地笑道：「回稟公子，那樣太過放肆，自然是要改的。」

無奈地垮了肩，他洩氣似的道：「爺不怪罪妳，妳也別給爺端著這姿態，咱們就照著先前觀山上那模樣來，成不成？」

花月不明所以地看著他。

李景允將她拉去一旁無人的角落，抵著她的額頭低聲道：「爺寵著妳，妳就別戳爺心窩子，等今日這宴席結束，爺給妳買京安堂的點心吃，可好？」

外頭人聲鼎沸，這一隅倒是分外安靜，能清晰地聽見她的心跳聲，一下又一下，彷彿就跳在他的懷裡。

李景允心軟了，捏著她的手背啄了一口，輕笑道：「不說話就當妳是答應了。」

開口也不是，不開口也不是，花月索性沉默，任由他半抱著。

不得不說，三爺哄人還是有一套的，甭管說過多少混帳話，只要低下身段輕言慢語兩句，尋常姑娘，哪個不得立馬就著他的懷抱哭一場委屈？

花月也想學學尋常姑娘，可這回她哭不出來，掐大腿也沒用。

幸好，外頭很快有人來找他了：「三公子？三公子您在哪兒？」

李景允鬆了手，低咒了一聲，然後道：「妳去尋明淑吧，跟她在一起爺也安心些。」

「是。」花月應下，目送他繞過石壁走出去。

還沒到用膳的時辰，各處都在喝茶，光西邊一個院子就要兩壺茶，送茶的奴僕忙得腳不沾地，好幾個銀壺堆在庭院門口，兩個丫鬟不停歇地沏著新茶往裡灌。

花月經過這兒，笑著問：「妳們可看見明淑夫人了？」

兩個丫鬟頭也不抬地道：「沒看見。」

了然地點頭，花月繼續往前找，袖袍拂過敞著的銀壺，帶起一縷微風。

送茶的奴才跑過來，抱起剛灌滿的茶壺，急匆匆地往西院去了。

韓天永正在西院與太子麾下的門客司徒風議事，兩人立場不同，但有些交情，故而還能坐著喝口茶。

「薛吉沒了，禁衛統領總是要提拔個人的。」韓天永道，「還有誰比在下更合適？」

司徒風聽得直笑：「天永啊，你是真糊塗還是裝糊塗？禁衛統領這種差事，殿下豈會給你韓家人。」

「我與韓霜又不是一路人。」

「可您二位都姓韓，都受著長公主的年禮呢。」司徒風替他斟茶，笑著搖頭，「別想了，眼下太子殿下與長公主正是你死我活的時候，太子沒將你趕出禁衛營，已經算是給韓家薄面。」

韓天永不甘地端起茶，與他相敬，然後一同飲下。

壽宴正式開始的時候，花月隨著明淑在南邊的小院用膳，明淑抿了兩口酒之後，話就多了起來。

「長逸跟我提起妳的時候，說三爺寵妳寵得厲害。」她拉著花月的手，滿眼璀璨地問，「他都怎麼寵妳的？」

花月有些尷尬，低聲道：「還能怎麼寵，就給銀子花。」

眼裡露出豔羨的光，明淑嘖嘖兩聲，又抿了半杯酒下去。

「徐公子對妳不好嗎？」秉著禮尚往來的原則，花月也問了她。

明淑滿意地笑道：「他……也好。」

她們是三個人坐的一張長案，花月坐在中間，還沒來得及順著誇讚徐長逸兩句，就聽得另一邊坐著的人開口道：「好在哪兒？」

訝異地轉頭，花月看見個穿著紅底黑邊對襟長裙的少婦，眉鋒似刃，唇色深紅。

她越過她看向明淑，沒好氣地道：「一個多月沒同房了還能叫好，改明兒他休了妳妳都得給他送一塊『恩同再造』的匾額掛徐家祠堂裡。」

花月被她這爽辣的話語給震驚了，一時都忘記收回目光。

少婦朝她看過來，抿了抿紅唇：「我是柳家的正妻，與明淑也算相熟，妳別誤會。」

柳家……柳成和的夫人？花月頷首同她見禮，心想這脾氣倒是挺有意思。

明淑有些醉了，也不還嘴，只笑瞇瞇地拉著她的手給她介紹：「她叫朝鳳，說話向來不給人留情面，妳可別被她逮著了。」

朝鳳很是嫌棄地看著她這模樣，揮手讓丫鬟過來扶她下去休息。

花月想搭把手，可她卻把她拉住了：「讓她自己去歇會兒就好。」

「朝鳳夫人與明淑夫人認識很久了？」花月忍不住問了一句。

朝鳳擺手：「妳直接喊閨名便是，加個夫人聽著也累人。」

頓了頓，又道：「我與她也算手帕交，那人打小與徐長逸一起長大的，徐長逸五歲就說要娶她，到後來，卻是活生生拖到了她雙十年華，成了半個老姑娘，才不情不願地抬進門去。」

花月愕然。

不管是大魏還是大梁，姑娘家一般十六就出嫁了，十九還沒婆家便要遭人閒話，雙十年華才過門，明淑是受過多大的委屈？

「她……」左右看了看，花月壓低了嗓門問，「她為什麼不乾脆另尋夫家？」

朝鳳一頓，看著她的眼神裡霎時添上了一抹欣賞，不過很快就被對明淑的恨鐵不成鋼之意給壓了下去：「她是個死心眼，人家五歲給她一塊花生酥，她能記上十五年，那時候徐家還沒發達呢，都趕不上她的家世。後來人家飛黃騰達，也沒見多感謝她。」

花月聽得唏噓，輕輕搖頭。

朝鳳拉了她的手道：「我看妳是個玲瓏剔透的人，有些話我就給妳直說了，他們這一堆人，有一個算一個，都不是好東西，妳趁著年輕給三爺生個孩子下來，然後錦衣玉食地過日子便是，至於什麼情啊愛的，不要去想。」

本來也沒想。

花月垂眼，餘光瞥了一眼天色，又看了看院子門口。

奴僕來去匆匆，到處都是人，其中就算多了幾個，也不會有人發現。

收回目光，她笑著應朝鳳：「我明白的。」

朝鳳欣慰地點頭，還待再說，卻聽見外頭不知何處傳來「啪」地一聲脆響，接著就是奴婢尖銳的慘叫聲，響徹了半個山莊。

第42章　腦子有毛病的五皇子

來這壽宴的都是貴人，吃喝格外小心，碗筷茶壺都是銀製的，就怕出什麼意外。

結果該出的還是出了，韓家二公子，韓霜的弟弟韓天永，突然死在了西邊院子裡，喉嚨上一條刀傷，血色淋漓。

與他在一起的司徒風一問三不知，就說自己睏了，睡了一覺，醒來旁邊就已經是一具屍體。這說辭哪裡會有人信，韓夫人哭了個昏天黑地，山莊裡也是人心惶惶。

周和朔沉怒，揮手讓人把事先壓住，送韓家人離開了壽宴。

本來麼，為了五皇子而準備的宴會，哪裡能因為這突如其來的意外就停下，就算是粉飾，也得把這太平給粉飾住了。

但是韓家人不這麼想啊，太子殿下本就與長公主生了嫌隙，長公主最親近的韓家人突然死在了太子麾下門客的身邊，這擺明了就是故意謀殺。

於是，韓家人離開沒一個時辰，山莊就被御林軍給圍了。

花月同她們一起躲在後庭，四周都是惶惶不安的夫人小姐。

「這是鬧什麼呢？」朝鳳直皺眉，「太子殿下擺的場子也敢來圍，不要命了？」

明淑酒已經醒了，踮腳瞧著外頭動靜，低聲道：「要是旁人來圍，那就是不要命了，可這一遭，誰找誰的麻煩還不一定。」

花月一臉無辜地站在她倆中間，手裡還抓著半把瓜子。

朝鳳很納悶地問她：「妳不緊張？」

她茫然地「啊」了一聲，問她：「發生什麼事了？」

朝鳳和明淑對視一眼，齊齊搖頭，將她護在身後道：「妳慢慢吃，咱們給守著，就算御林軍往這邊來了，也擾不著妳吃瓜子。」

真是溫柔啊，花月磕著瓜子想，就衝著她們這麼好，往後徐長逸和柳成和要是再去棲鳳樓，她也要給她們遞個消息。

遠處沒由來地傳來一聲撕心裂肺的嚎哭，聽著有些滲人，朝鳳瑟縮了一下，明淑將她一併護在身後，輕聲安撫道：「不怕，待會兒他們應該會過來。」

幾個爺們雖然平時吊兒郎當地不著五六，但也都是護短的人，山莊裡不太平，幾個女人抱做一團肯定沒用，還是只有在他們身邊才最是周全。

果然，朝鳳這話說出去沒多久，徐長逸就和柳成和就急匆匆地趕了過來，兩人從人群裡把她們三人給帶出去，輕輕鬆了口氣。

「妳們先乘車走。」徐長逸道，「從後門還能出去。」

柳成和不太贊同地看他一眼，還沒來得及反駁，明淑就先開口了：「這是五皇子的壽宴，不辭而退是對五皇子和太子的不敬，就算一時保個妥當，日後也免不得落人話柄。」

徐長逸微惱：「妳這麼多主意，那方才怎麼還怕得發抖？」

明淑淺笑：「那是沒見著你，見著了自然就不怕了，咱們能從長計議。」

被她這滿眼的信任給看得心裡暗爽，徐長逸咳嗽一聲，拳頭抵著嘴角道：「不想走也行，就跟在我身邊，當家的在，總不會有人敢來冒犯。」

柳成和點頭：「我就是這個意思，你帶著明淑，我帶著朝鳳，咱們去正庭附近，借一捧太子的龍蔭，這遭亂事便落不到咱們頭上來。」

四人想法達成一致，然後齊齊地扭頭朝殷花月看了過來。

花月捏著一顆瓜子，略微有些尷尬。

李景允沒有過來，以他在周和朔那兒的地位，一時半會肯定也顧不上她。

朝鳳也意識到了這個問題，張嘴道：「花月妳不如就跟著……」

「跟著我吧。」旁邊插過來一道聲音，清清朗朗的，恰好把這話給接住了。

幾個人好奇地轉身，就見個穿著月白錦袍的少年人過來，笑著在花月旁邊站定：「你們都沒空，我有空可以顧著她。」

眼角抽了抽，花月下意識地捂了捂自己先前笑得抽疼的肚子，戒備地道：「怎麼又是你？」

周和瑉很是難過，劍眉耷拉下來，哀怨地道：「我都沒怪妳出賣我、讓我被人抓回去靜坐了一個時辰，妳怎麼反而不待見我？」

「倒不是不待見。」她眼神古怪地打量他兩眼，「只是萍水相逢素不相識的，閣下如此殷勤，非奸即盜。」

周和瑨瞠目結舌：「我……盜？」

他像是受了什麼天大的打擊，扭頭不敢置信地問徐長逸：「我像壞人？」

徐長逸臉色有點發青，他愣神看了面前這兩人半晌，支支吾吾地道：「那不能，殿下龍氣佑身，是天命之人，哪能與壞字沾邊。」

柳成和也乾笑，朝花月使了個眼色，然後拱手道：「我們這小嫂子鮮少出門，認不得人的，冒犯之處，還請五皇子海涵。」

花月看著他們，心想這兩位紈絝公子哥，難得有這麼慌張的時候，看來她身邊這人來頭不小。然後反應了片刻，她眼裡湧上了兩抹茫然：「你剛剛說什麼五皇子？」

朝鳳被她這遲鈍的模樣給逗樂了，捏了一把她的胳膊小聲提醒：「這是當朝五皇子，今日就是他的十五歲生辰。」

花月聽完，臉色比徐長逸還青上兩分，她扭頭看過去，眼角抽得更加厲害。

這怎麼能是五皇子？壽宴的主角不是該在太子身邊，亦或是在正庭裡坐著嗎？他怎麼還到處亂跑，跟她這下人搭話？

周和瑨這顆憋悶的心啊，終於在她這倉惶的神色裡找到了絲毫慰藉：「原來妳不認識我。」

她要怎麼認識大梁的五皇子？花月笑著咬牙，這人一沒在額頭上掛塊匾，二沒穿龍紋衣裳，難道真要讓她憑著他周身的「龍氣」給他見禮？

見鬼吧。

「小女多有冒犯。」她誠惶誠恐地屈膝，「還請殿下恕罪。」

姿態夠低，語氣裡也是真切的歉意，仍是誰聽著，都不會再好意思與她為難。

可是，周和瑨不一樣，他又笑開了，撫掌道：「妳肚子裡肯定在罵我。」

殷花月：「……」

徐柳等人：「……」

被罵還這麼高興？

花月很感慨，老天爺到底是公平的，給了一個人富貴的出身和周正的面容，就一定會給他一個不正常的腦子。

周和瑨實在是太富貴太周正了，以至於他的腦子格外地不正常：「妳是誰家的妾室啊，被扔在這兒沒人管，也不去跟他鬧脾氣？」

徐長逸瞧著不太對勁，上來替花月答了：「這是李家三公子的妾室，溫柔體貼，斷然不會在這個時候給三爺添亂。殿下也不必擔心，這兒有咱們幾個看著呢。」

周和瑨擺手：「我倒不是擔心，就是看前頭吵得沒什麼意思，就隨便走走。」

他說著，又扭過頭來對她小聲道：「妳見過太子和長公主吵架嗎？」

花月點頭：「觀山上有幸看過一回。」

「喊，妳們能看見的，那都不是真的吵架。」周和瑨意味深長地道，「他倆真吵起來，十丈內連個宮人也不會留。」

還沒見過這麼熱衷於說自家兄妹閒話的人。花月十分鄙夷這手足不情深的行徑，然後滿臉好奇地問：「那您是怎麼知道他們真的吵架是什麼樣子的？」

左右看看，周和瑨朝他們招手，瞬間五個腦袋全湊了過去。

「我趴門外偷聽過。」他小聲道，「他們傻呀，十丈之內連個宮人也不留，那有人在外頭偷聽，也沒人能發現。」

柳成和佩服地朝他拱手：「您也不怕太子找您麻煩。」

「那不成，他指望我替他在父皇面前說話，要廢掌事院呢。」周和瑨抬了抬下巴，「他不會為難我。」

「如此，敢問殿下可知前頭情況如何了？」徐長逸忍不住道，「好好一個壽宴，鬧得人心惶惶，也不知這御林軍到底要做什麼。」

「還能做什麼，今日本就是太子哥哥開的宴，連皇長姐也沒有受邀，皇長姐不高興得很，正巧碰見出了命案，可不得借題發揮一二。」周和瑨興高采烈地道，「御林軍等會說不定就跟太子哥哥的禁軍打起來了。」

……這麼可怕的事，為什麼是用這種歡欣的語氣說出來的？

花月朝正庭的方向看了一眼，微微皺眉。

「妳是不是擔心李三公子？」周和瑨耿直地道，「他就是個人精，太子哥哥只要無恙，那誰也動不得他，有那閒工夫，妳不如跟我去看熱鬧。」

聽得好笑，花月回眸看他：「殿下的壽宴弄成這樣，您還有心思看熱鬧？」

「熱鬧可比壽宴有意思。」周和珺輕哼，「拉這麼一大幫子人來給我說些奉承話，還不如把皇長姐和太子哥哥關在一起，讓他們吵架給我聽。」

「恕小女冒犯，您這樣實在不合規矩。」花月義正言辭地勸了一句。

然後小聲問他：「去哪兒看？」

徐長逸抹了把臉，扯了扯旁邊柳成和的袖子，給他遞了個眼神：想法子管一管啊。

柳成和很莫名其妙：三爺的人你都敢管，活膩了？

這要是不管，人被五皇子拐跑了可怎麼辦？徐長逸很擔憂，雖然五皇子年紀小，看起來也就是玩心重，未必有旁的意思，但這倆攪合到一起，怎麼看也不合適吧？

徐長逸很惆悵，還沒來得及想出個主意，面前那兩人已經一前一後地往正庭走了。

「哎……」他伸了個手。

明淑將他的手拉了回來，低聲道：「韓家人跟花月不對付，眼下三爺不在，她跟著五皇子倒是最安全的。」

「是啊，你們慌什麼。」朝鳳道，「那是個懂事的丫頭，不會惹麻煩的。」

倒不是麻煩不麻煩，徐長逸絕望地看向柳成和：「三爺要是問起來，你去答話。」

「我？我還有點事。」柳成和拉過朝鳳扭頭就走，「回見啊。」

徐長逸低咒了一聲。

花月是當真想去正庭看看的，五皇子不跟她說那一套正經的規矩，她也不是個好為人師的性子，跟著糊弄兩句，就貼到了正庭大堂外的牆根下頭。

然後她就明白了五皇子為什麼說他們能看見的都不是真的吵架。

先前在觀山上，太子和長公主為似水的事爭執起來，還只是陰陽怪氣指桑罵槐，眼下十丈之內無人，他倆在屋子裡罵得那叫一個痛快。

「宮女生的下賤玩意兒，別以為靠著兩分功勞坐上了太子之位，就能把手指戳到我鼻子上來。」周和姬站在椅子上罵，「動我的人，你動，你動一個我動你十個！不是看上趙家小姑娘想納去做良媛麼，我告訴你，沒門，明兒我就去把她剁了餵狗！」

「我剛受了父皇的賞，心情好著呢，嗓門比不上妳這挨了中宮罵的惡婆娘。」周和朔站在不遠處，冷眼還擊，「有罵人的功夫，不如回去守著妳宮裡的野男人，搞女人搞到宮外，也不怕帶一身花柳病回去。」

不知是中宮還是花柳戳著了長公主的痛腳，她的聲音陡然尖銳起來，簪尖一下下地刮在地面上：「你沒幾天好活路了，周和朔我告訴你，你真以為你身邊的人都巴著心幫你是不是？討好五皇弟，討好李景允，討好朝中大臣，你以為這樣就能彈劾掌事院，你做夢！今天死的是韓天永，明天死的就是李景允，你護不住他，你也護不住你自個兒！」

心裡一緊，花月屏住了呼吸。

「妳可真是笑死我了。」周和朔的聲音接著從屋裡傳出來，極盡譏誚，「先前不還跟我搶人？搶不到就要咒人死，嫁不出去的惡婆娘果然是心腸歹毒。不過可惜，景允跟韓天永那樣的廢物可不一樣，妳別小看他。」

「我可不敢小看他。」長公主冷笑，「畢竟是能從你那狼窩裡把韓霜救出來的人，有本事有謀略，還騙得過你這雙眼睛，哪裡是什麼省油的燈。」

屋子裡安靜了片刻。

花月一動也不敢動，貼著牆壁，背脊一陣陣發涼。

她知道李景允向來是在風口浪尖，可她不知道他的處境有這麼可怕，生死全在這兩位的一念之間。周和朔生性多疑，先前被糊弄住了，沒有再追究鴛鴦佩之事，可眼下舊事重提，他要是去看李景允胳膊上的傷，那可就什麼都完了。

她也不是擔心他什麼，但怎麼說他也是將軍府的人，一榮俱榮一損俱損，李景允要是出事，夫人也不會好過。

腦海裡閃過幾個光點，花月瞇眼沉思，默默掐算如果自己的動作再快點，能不能趕得及救他。

房裡的兩個人沒安靜一會兒就繼續吵了起來，什麼浪蕩潑婦，什麼賤種雜碎，兩位出身高貴之人，罵起渾話來真是一點不輸民間潑皮的陣仗。

周和瑉聽得津津有味，等他們實在罵不出什麼新花樣了，才意猶未盡地拉著她離開。

「聽歸聽，妳別往心裡去啊。」察覺到身邊的人情緒不對，周和瑉朝她笑了笑，「他們吵起來就是什麼都說的，也未必真的會做。」

「多謝殿下。」花月低頭行禮，又繼續走神。

「明日我去妳府上找妳玩可好？」他問了一句。

花月覺得荒謬，尋回兩縷神思無奈地道：「殿下，小女已為人妾室，您身分再尊貴也是外男，哪有外男上府裡找人姬妾玩耍的道理？」

遺憾地嘆了口氣，周和瑨問：「找三公子玩也不行？」

「這事小女便管不……」

著了。

最後兩個字還沒說完，花月就意識到了什麼，瞳孔微縮，飛快地扭頭看他。

眼前的少年一身意氣，像春山間最自由的風，瀟灑佻達。他彷彿什麼也不知道，又好似什麼都了然於胸，笑彎了眼低眉問她：「行不行？」

「你——」回頭看看已經被拋在身後的正庭，又抬眼看看這人，眼裡暗光幾動，終究是將話咽回去，恭敬地朝他屈膝：「自然是行的。」

「那便好了。」周和瑨拂袖，唇角高高揚起，「就這麼定下。」

她方才還在擔心明日李景允會不會真的出事，眼下他這麼一說，花月覺得，好像也沒什麼需要擔心的了，五皇子在場，任誰有天大的本事，也不會如此明目張膽地殺人。

心放下來，好奇就開始翻湧。

她知道大梁皇室的一些消息，知道中宮和長公主、太子和姚貴妃各自為黨爭權奪勢，也知道六公主七皇子與世無爭，不沾朝政。可她鮮少聽見五皇子的什麼消息，這位背靠著丞相舅舅的皇子，似乎沒有野心，但絕不是什麼等閒之輩。

「妳是不是有話想問我？」周和瑨挑眉。

下意識地捂了捂心口，花月毛骨悚然地問：「您會讀心術？」

「那倒沒有。」他戲謔地看著她笑，「是妳這人太有趣，心思都寫在眼睛裡的，尋常人不好看見，可稍微打量仔細，就能知道妳在想什麼。」

花月立馬捂住了自個兒的眼睛。

「哈哈哈。」周和瑨大笑，倚在走廊邊的朱紅柱子上睨著她，「現在擋也沒用了，不妨開門見山，我又不會怪罪妳。」

遲疑地放下手，花月眉心微蹙，看著他道：「五皇子人中龍鳳，為什麼要與小女這等下人糾纏？」

「下人？」周和瑨很是納悶，「妳哪裡看起來像個下人？」

不解地扯了扯自己妃色的衣裙，又指了指自己素淨的打扮，花月問：「我這打扮還不像下人？跟那一群珠光寶氣的夫人小姐比起來，就是個野丫頭。」

「打扮能說明什麼？」他不太認同地擺手，「宮女穿鳳袍也是宮女，貴人穿麻布也是貴人。」

「……」您要不別當皇子了，支個攤兒去給人看相吧？

心裡是這麼想的，花月沒敢說出來，她一開始覺得五皇子腦袋有問題，可眼下一看，又覺得這人好像特別有意思。

他沒什麼惡意，看向她的眼裡是乾乾淨淨的好奇和歡喜，說這些也不是要討好或者調戲她，就是把他知道的吐出來，簡單又直接。

「那小女換個問題。」她移開目光，低聲問，「您大好的壽宴不去享用，跟小女在這兒站著，圖個什麼？」

周和瑨上下掃視她，笑著道：「我是皇子，有花不完的銀子，抱不完的美人。妳是李景允的側室，有夫之婦，我能圖什麼？」

頓了頓，他還是好心地解釋：「當真是覺得妳有趣，才想跟妳玩。戒心重的人都有奇特的經歷，他們多半不會再輕易動心，可妳不一樣，妳戒心重，心卻又軟，一塊花生酥吃了吐，又捨不得扔，像被打怕了的小孩兒，想伸手拿糖，又有所顧忌。」

人世間最有趣的就是矛盾，五皇子最喜歡看的就是矛盾的人。

他這話完全不像個十五歲的人能說出來的，臉上分明還有少年氣，可字裡行間都讓花月有一種被看穿的感覺。

花月今年已經十八歲了，比五皇子大上整整三歲，所以哪怕身分低點，被小孩子洞悉一切還是讓她有些抹不開臉。她交疊好雙手，擺出自己最冷淡的掌事架子，平靜地道：「殿下看人，還是莫要太過片面來得好。」

周和瑨笑瞇瞇地道：「我覺得我看得挺對，就像現在，妳不想對陌生人洩露太多，所以妳想走了。」

他說著，側過身子來將她困在朱紅的柱子邊，眼眸垂下來，深深地看著她：「妳放心，我不會出賣妳的。」

十五歲的個子為什麼會比她高這麼多？花月想瞪他兩眼，可個頭矮就顯得沒什麼氣勢，她抿唇，沒好氣地道：「多謝殿下，可是若還有下一回，小女還是會出賣殿下的。」

想起自個兒被宮人圍追堵截的慘痛模樣，周和瑉臉上終於露出了少年人該有的羞惱，他放了手，哼聲道：「那我便不去保妳的心上人了，明兒由著他自生自滅吧。」

說著，轉身就要走。

走就走吧，這點幼稚的威脅能嚇唬誰啊，花月不屑，心想自個兒哪來的心上人。

然而，她的手不知怎麼地就伸出去，把人給拉住了。

周和瑉一頓，回眸挑眉，正待揶揄她兩句呢，卻見走廊拐角過來了幾個人。

「不是什麼大事，還請三公子替咱們美言幾句。」

「是啊，都是一家人，多半是誤會。」

幾個人有說有笑地朝這邊走過來，為首的那個一身青白色銀繡百獸袍，清俊的眉眼一抬，正好就與他的視線對上。

第43章　那些年錯過的大雨

李景允今日心情甚好，壽宴麼，不鬧出點人命怎麼能突顯一個「壽」字？人命出在韓家，連帶著把司徒風給套了進去，他就更高興了，一石二鳥一舉多得，也不知是哪路的神仙出的手。

長公主帶著御林軍過來，但御林軍裡頭兩個統領都是他的熟人，非但沒與他為難，反而與他親厚地聊了起來。

三人就這麼聊著從正庭繞到旁側的走廊，他愉悅地一抬眼——

就看見兩個狗男女站在走廊上拉拉扯扯。

「……」

花月是覺得，周和瑒明日去將軍府總比不去好，所以低頭說兩句好話也是穩賺不虧。但她沒想到話還沒說出去，旁邊就突然來了人。

「殿下怎麼在這裡？」李景允的聲音聽起來很平靜。

花月飛快地轉頭看他，見他毫髮無損玉樹臨風的，心裡稍稍鬆了口氣，無聲地屈膝朝他行禮。

周和瑒從容地笑答：「我出來走走，透透氣，誰知道遇見個迷路的姑娘，正要給她指路呢。」

他轉頭朝她看過來，李景允也就跟著將目光落在她臉上，眼底帶了兩分戾氣。

花月很莫名其妙，不知道這位爺怎麼就又看她不順眼了。

周和瑨在給她使眼色，示意她答話，她收斂神思，順著他的話就道：「奴婢是來找公子的，這地方沒來過，一時分不清方向。」

「是嗎。」不鹹不淡地吐出兩個字，李景允朝周和瑨一拱手，「那便多謝殿下了。」

「三公子客氣。」周和瑨大方地擺手，「我還沒謝謝你先前讓太子哥哥放我一馬呢，明兒有空，我把父皇剛賞我的金縷玉鞍給你送去，正好配你的汗血寶馬。」

李景允抬了抬嘴角，沒拒絕也沒應下。周和瑨卻當他是同意了，瀟灑地一揮袖：「那我便先走了，你們忙。」

花月朝他屈膝，餘光瞥過去，正好瞧見他朝她擠了擠眼。

明天見——她從他的眼神裡看見了這個意思。

倒是個大氣的，沒當真與她計較，還願意去幫個忙。花月鬆了口氣，忍不住朝他彎了彎眉梢。

周和瑨滿意地走了，瀟灑的背影很快消失在走廊盡頭。李景允淡淡地收回目光，朝身後兩個人頷首：「就不勞遠送了。」

「哎好，三公子歇著。」那兩人識相地告退。

走廊兩側種著山茶花，風一拂過，香氣襲人，花月輕吸了一口，眼裡微微泛光。

「心情很好？」面前這人問她。

「回公子，還行。」她分外誠實地回答，「原本還有些慌張，眼下倒是覺得無妨了。」

「為什麼？」他又問。

花月古怪地抬眼，心說這還問個什麼為什麼？奴婢跟在主子身邊，天塌下來都還有主子頂著，自然不會再慌張。

不過她這一抬眼，就瞧見了李景允那張風雨欲來的臉。

他好像遇見了什麼麻煩事，眼底泛著暴躁和厭煩，眸子直勾勾地盯著她，像是要把她盯穿。雙手負在身後，繡著百獸圖的袖口隨風微張，沒由來地給人一股子泰山壓頂之感。

要是之前，花月肯定覺得他又犯公子脾氣了，可眼下，長公主的話在腦子裡一轉，她覺得三公子也不容易，一副紈絝模樣的背後，不知道經歷了多少腥風血雨。

輕嘆一口氣，她笑著問：「公子去歇息，奴婢可否能跟著？」

李景允冷笑了一聲，越過她徑直往廂房的方向走。

花月：「？？」

讓跟就讓跟，不讓就不讓，冷笑個什麼？

腹誹兩句，她猶豫片刻，還是碎步跟了上去，一邊走一邊默念：自個兒的主子，忍著點，忍著點。

推門進去尋了太師椅坐下，李景允半闔著眼看向後頭進來的人，一副等著她坦白從寬的表情。

然而，這廝跟著進來，什麼也沒察覺到，乖乖地站到了他的身側，甚至給他倒了一盞茶。

李景允氣笑了：「妳沒有話要同爺交代？」

花月正琢磨著明日該準備些什麼呢，被他這沒頭沒尾地一問，滿眼都是茫然：「交代什麼？」

「五皇子。」他咬牙敲了敲桌沿，「拉人家衣袖做什麼？」

原來是這事，花月不甚在意地道：「先前奴婢說錯了話，怕給公子惹麻煩，所以拉他回來想解釋。」

「妳知不知道什麼叫避嫌，什麼叫規矩？」桌子敲得咚咚作響，他頗為煩躁地道，「衣袖也是能隨便拉的？」

聽過男女授受不親，倒是沒聽過衣袖也不能拉。花月覺得他是故意在找自己的茬，皮笑肉不笑地道：「那下回奴婢要拉誰衣袖，提前沐浴焚香、上稟先祖，再行動作。」

還跟他強起來了？李景允這叫一個氣啊，想罵她又不知道從哪兒罵起。

「三爺。」溫故知尋了過來，伸了半個腦袋往屋子裡掃了一眼，見只有他倆在，神色一鬆，笑著跨進門道，「西邊院子的仵作傳話，說初步查驗，韓天永是先被人下了迷藥，再被人割喉的。」

李景允應了一聲，沉聲問：「可有凶手線索？」

「沒呢，西院裡當時就兩個人，連個下人都沒有，誰也沒瞧見有什麼進出。」溫故知想了想，「倒是那壺茶，我看過了，用的是『二兩月』，北漠有名的迷藥。」

好巧不巧，司徒風就是北漠來的人。

撐著眉骨沉默了片刻，李景允嗤笑：「該他倒楣。」

「也算是報應吧。」溫故知看向旁邊站著的花月，揶揄道，「不知小嫂子可否認識司徒風，這人在剿滅大魏皇室的時候，可立過不小的功勞。」

「不認識。」

才怪。

花月微微一笑，心情又好了兩分。她覺得常歸是個傻子，刺殺多沒意思啊，血一濺人就沒了，痛苦也不過一瞬間。像司徒風這樣的人，哪能死得輕輕鬆鬆。

心裡有一團烏黑的東西逐漸扭曲擴張，她舔了舔嘴唇，餘光朝旁邊一覷。

李景允正專心致志地盯著她看，墨黑的眸子裡看不出什麼情緒。

「……」像被冷水兜頭一淋，花月瞬間清醒，略微失控的眼神恢復了正常。

她心虛地低頭去看自己的鞋尖。

李景允皺了皺眉，扭頭對溫故知道：「你先去繼續守著，等御林軍的時候，跟他們一起回宮。」

溫故知了然，朝他拱手告退。

門被帶上，鏤空的花雕在地上漏下斑駁的光。花月正盯著瞧呢，冷不防手腕一緊，整個人跌坐了下去。

李景允將她接了個妥當，伸手將人按住，懨懨地將下巴擱在了她的肩上：「妳是不是又背著爺做壞事了？」

心口一跳，花月垂眼：「奴婢什麼時候背著爺做過壞事？」

「明人不說暗話。」他冷聲在她耳邊道，「妳認識司徒風。」

一股涼意從尾骨往上爬，花月不自在地動了動，卻被他抱得更緊。她很想狡辯兩句，但他的語氣實在太過篤定，連兩分疑問都不曾有，狡辯也沒什麼意思。
於是她咬著唇沉默，看向自己覆在他衣擺上的裙角。
「爺只好奇一件事。」料她也不會坦白，李景允捏了捏她的手指，沒好氣地道，「既然看司徒風不順眼，為什麼殺的是韓天永。」
誰讓他碰上了呢。
花月在心裡回答，卻沒開口。
他好像也不指望她開口，只自顧自地道：「有太子護著，司徒風未必會償命，至多是下放亦或是調派出京華。」
懷裡的人扭了扭，想掙開他。
李景允不高興地鉗住她的雙手，空出另一隻手來捏了她的下巴：「狐狸尾巴都露出來了，還敢跟爺齜牙，是想爺把妳送去太子跟前領賞？」
「爺真想送，那便送吧。」她看著他的眼睛，幽幽地道，「奴婢正好跟太子說說，四月初二那日公子到底去了哪裡。」
「……」神色微變，李景允瞇起了眼。
「公子與太子殿下交好，借他的大樹乘涼，卻背著他救長公主的人、收長公主的紅封。」花月輕嘆一口氣，「公子好奇奴婢之事，奴婢何嘗不好奇公子在做什麼。」
「妳威脅我？」

「奴婢不敢。」她搖頭，雙目平靜地看著地上的光斑，「奴婢只想守著自己的本分，做將軍府的下人，還請公子高抬貴手。」

人不犯我，我不犯人，人若犯我，玉石俱焚。

李景允咬了她一口，依舊是咬在肩頭上，惡狠狠的，用了賊大的力氣：「在話本子裡，知道太多祕密的奴才，都是會被滅口的。」

花月吃痛，倒也沒躲，只道：「那是知道太多的蠢奴才，聰明的奴才會把自己的命和祕密捆在一起，主子動手前也得好生思量一番，給個下人陪葬值當不值當。」

他當真是拿這人沒辦法，本來只是想讓她敞開心扉說實話，他能幫也會幫，可不知怎的說著說著就成了個要陪葬的架勢。

鬆開她，李景允頭疼地揉了揉額角。

一個女兒家，在什麼時候會突然變得讓人難以掌控，甚至拿她沒有任何辦法？

御林軍撤出山莊的時候，他拿這個問題去問了最懂人心的溫故知。

溫故知一邊牽馬一邊回答：「自然是她曾對一個人動過心，但後來不再心動的時候。」

動心的女兒家最好擺布，管你說什麼，只要是從你嘴裡說出來的，她都會信。可一旦哪天她把心思收回去了，那這時候你就會發現，她變得十分不好糊弄，甚至聰慧得能做一國之師。

翻身上馬，溫故知納悶地回頭問：「三爺，這世上還能有您拿著沒辦法的姑娘？」

「沒有。」李景允別開頭，悶聲道，「隨便問問。」

意味深長地看向遠處朝這邊走過來的殷花月，溫故知笑了笑，也沒拆穿，只朝他一擺手，揚鞭就朝前頭回宮的御林軍追上去。

「公子。」花月走到他身側道，「馬車已經備好了，何時歸府？」

李景允望著那一行車馬帶起的灰塵，許久也沒有說話。

眼下絕不是什麼兒女情長的好時候，他也不該在這上頭花費心思。

——腦子是這麼告訴他的。

可是，心口不聽話地縮成一團，悶得他難受。

她在什麼時候對他動過心思？李景允想。

兩人親近是有的，可大多是他連哄帶騙，她對他好也是有的，可身分擺在這兒，她的好也未必是那個意思。

也許最情動的時候，是她問他喜不喜歡她？

可那時候她的雙眼裡滿是戒備和懷疑，沒有半點害羞和期待，彷彿只是在跟他確認午膳吃什麼一般，平靜而冷淡。

他回答不了，也不想回答。

其餘的時候呢？他在腦子裡飛快地想了一遭，能想起來的都是自己抱她吻她的畫面，而殷花月這個人，只要清醒著，就沒對他主動過。

眉間攏起，李景允頗為惱怒地道：「現在就回吧，爺去跟太子和五皇子告辭。」

花月不知道他為什麼又不高興了，不過鑑於之前那段不算愉快的對話，她決定不招惹他，乖乖地等他行完禮出來，便跟著上車回府。

回府之後，花月去了主院請安，李景允一個人先跨進東院的大門。

「公子累壞了吧？」八斗迎上來道，「主屋裡已經燒了新茶。」

他點頭，卻沒往主屋走，腳下一拐，轉去了側邊的廂房。

殷花月平時雖然都住在主屋，可自己的東西都是放在側邊廂房裡的，東西不多，也沒什麼私密之物，所以八斗時常來灑掃。

見公子突然進這間屋子，八斗很好奇，跟著進來抹了抹門框上的灰塵，小心翼翼地問：「公子想找什麼？」

簡單的擺設，一眼掃去能瞧見所有的東西，李景允看向床邊堆著的那一摞盒子，眼含疑惑。

「那是之前從寶來閣抱回來的。」八斗貼心地給他解釋，「貴重的都送去主院了，這一堆是絲線綢緞之類的，之前殷姨娘時常擺弄，可不知什麼時候起，她就收了不做了，全堆在這兒。」

李景允走過去打開最上頭的盒子看了看。

一雙納好的鞋底工工整整地疊在裡頭，旁邊還放著繡了半幅的鞋面，玄色的底子，用銀線繡了一半的獸紋，線頭都沒來得及收，就這麼捲著。

——殷掌事，在妳買東西的盤算裡，有沒有爺的一席之地？

——「……」

——養不熟的白眼狼。

——韓霜之前送了爺一枚南陽玉蟬，妳這一個紅封未必買得著更好的。

腦海裡無端響起這些聲音來，李景允盯著這一雙沒做完的鞋，突然有點想笑。

他口無遮攔慣了，說出去的話一轉眼就會忘。他以為她也會忘，可是沒有，她也曾認真地盤算過給他一份更好的禮物。

只可惜，他好像錯過了。

舌根微微泛苦，李景允蓋上盒子，抿唇看向了窗外。

主院裡。

花月趴在莊氏的膝蓋上，旁邊的奴僕都已經退了下去。她任由莊氏撫摸著頭髮，像隻乖巧的貓一樣半瞇起眼。

「夫人。」她小聲道，「奴婢今日見著了司徒風。」

撫著她腦袋的手一僵，莊氏怔愣地低頭看她，手指慌亂地去摸她的臉。

「奴婢沒事，也沒哭。」花月笑瞇瞇地按住她的手，「奴婢只是覺得有趣，那麼凶惡的一個人，今日被禁衛押著走出來的時候，鬢邊竟然有白髮了。」

她歪了歪腦袋，很是困惑地道：「這才幾年，怎麼會就有白髮了呢？」

當年司徒風為了搶頭功，帶人闖進大魏禁宮、一刀刺穿她皇嫂肚腹的時候，分明還是意氣風發，紅光滿面的。

想起故人，花月又咧著嘴笑開了。

皇嫂是個很漂亮的姑娘，跟討人厭的殷寧懷不同，她活潑又靈動，總是拉著她翻牆去偷果子吃。

花月曾經好奇地問她：「皇嫂，為什麼進貢來的上等果子咱們不吃，非要來偷這洗衣司的酸棗？嘶，真的好酸。」

皇嫂就神祕兮兮地捂著嘴同她道：「因為我懷孕了呀，甜的果子不好吃，就這酸的最好了。」

嚇得將果核都咽了下去，她瞪著眼直拍心口：「懷孕了為何不告訴御醫！」

「噓——」面前的小姑娘狡黠地笑起來，又有些害羞地低下頭，「我想先瞞著，等妳皇兄從觀山回來，好第一個告訴他。」

洗衣司那一棵棗樹上碩果累累，被秋風一吹，帶來一陣香氣。皇嫂就坐在果樹下，一邊吐棗子核一邊笑著掰手指：「我要給他生個好看的孩子，要白白胖胖，長大了要跟他一樣會疼人……」

尖銳的刀尖帶著刺耳的聲音把畫面扎破，光和影之間破開一個巨大的豁口，接著就有豔紅的血如泉水一般湧出來，糊滿了棗樹和皇嫂的笑臉。

花月趴在莊氏膝上，從心肺至喉嚨，無法控制地抽搐。

「乖，囡囡乖。」莊氏抱緊了她，一下又一下地撫著她的背心，有些著急又不得不放緩語調，柔聲哄她，「不想了，都過去了。」

懷裡的人抖成一團，喉嚨裡發出沙啞的空響。

莊氏心疼極了，眼眶也跟著發紅：「他會遭報應的，會的。」

天命從來都對她不公，哪裡會讓她的仇人遭報應？那是仇恨，她要自己去報的。

哽咽了好一會兒，花月漸漸平靜下來，抹了把臉又抬頭對莊氏笑：「今日去五皇子的壽宴，公子也惦記著您，讓奴婢給您帶了一支金滿福釵，奴婢讓霜降收著了，您明兒能戴。」

莊氏垂眸，撫著她的鬢髮道：「妳是個好孩子。」

「公子送的東西，怎麼白讓奴婢受誇？」她抓著夫人的手晃了晃，「也誇誇公子，好讓奴婢帶話回去哄他開心。」

莊氏淺笑，想了許久，道：「就誇他眼光不錯吧。」

看簪子是，看人也是。

花月應了，又抱著她撒了好一會兒嬌，才不情不願地回東院去。

今日也算奔波了一整日，花月以為李景允會早早就寢，誰料這位爺說要沐浴，於是她只能讓人去抬水，將主屋裡的屏風也立了起來。

以前李景允沐浴的時候都是會讓她迴避的，所以這回，掛好了衣裳帕子她就要往外退。

結果他突然開口道：「妳信不信爺自己能把背心那一塊兒洗得比臉還乾淨？」

花月一愣，下意識地搖頭。

「不信還不來幫忙？」他沒好氣地白她一眼，解開了中衣的繫扣。

看他插科打諢久了，花月幾乎要忘記他是個武夫，只有衣裳落下，看見這人身上緊實的線條時，她才恍然想起他橫刀立馬的模樣來。

臉上一熱，她轉過背去。

屏風後頭傳來入水的動靜，花月抿唇，眼觀鼻口觀心，進去站在浴桶邊給他遞帕子。

李景允抬眼看著她，眼裡的墨色被熱氣暈開，沒由來地多了兩分迷茫懵懂。他接了東西放在旁邊，然後慢吞吞地朝她伸出手。

花月會意，拿了澡豆要給他抹，可目光落在他的手臂上，她愣住了。

先前給他縫過一條傷口，眼下早已結痂，沒什麼稀奇，可在這傷口旁邊，還有三四條差不多模樣的疤，橫著豎著，從他鼓起的臂膀上越過，拉扯糾纏。

她順著看過去，不止手臂，這人前肩和背上都有痕跡，深的淺的、長的短的，新舊不一。

「……」

練兵場上的兵器大多沒開刃，就算是不小心傷著，也絕不可能傷成這樣，花月滿眼震驚地望著他，張嘴想問，又慢慢閉上了。

他不會答的。

手伸著有點酸，李景允輕哼一聲收回來，拂了拂水面：「李家世代為武將，吃穿用度都極為節儉，妳是管帳的，怎麼從來沒好奇過爺院子裡的用度？」

很多器具擺件，都不是他在府裡拿的月錢能買得起的。她一早知道，卻為了不想與他糾纏平添麻煩，所以從來沒過問。

想了想，花月打趣似的道：「奴婢問，爺會答嗎？」

「會。」他認真地點頭。

琥珀色的瞳孔微縮，她抬頭，清凌凌的眸光裡映出他這張稜角分明的臉。

李景允一眨不眨地望著她，越過蒸騰翻捲的水霧，帶著案臺上跳躍的燭光，深深地望進她的眼裡。

「給妳個機會。」他低聲道，「妳再問一次。」

第44章　胳膊肘往外拐喲

溢出來的水從木桶邊緣淌下去，落在銅箍上，暈成一條深色的痕跡，盛放在玉碟裡的澡豆散發著清香，勾著熱騰的霧氣吹上房梁，曼麗繾綣。

花月就愣在了這片繾綣裡，一時沒回過神。

李景允的眉目生得十分硬朗，與李將軍很是相似，可不同的是，李將軍的眼神永遠只是威嚴和肅穆，而他這一雙眸子時而冷冽清寒、時而柔情萬千，墨色湧動之間，彷彿藏了個大千世界。

他有很多的祕密和故事，先前不肯讓她窺見分毫，可眼下不知怎的，竟讓她問。

沉默了片刻，她如他所願地開口：「公子的銀子從哪兒來的？」

話問出去，就做好了壓根不會被認真回答的準備。

結果，李景允當真答了。

「爺十二歲那年離家出走，被罰了三個月的月錢。」他偏著腦袋笑起來，慢悠悠地給她講自己的從前。

紈絝的小少爺在沒有月錢花的時候，終於明白男子漢大丈夫不能總靠家裡，所以他決定偷摸出府，混跡梁京。

一開始是跟人打架，打著打著沒人能打得過他了，便開始有人跟著他。十二歲的小孩兒，最愛吃的還是糖葫蘆，就這麼叼著糖葫蘆帶著人從街頭打到巷尾。沒人知道他是誰家的野孩子，自然也就沒人去將軍府告狀。

李景允拿到的第一筆銀子，是京兆尹衙門的賞金，那時候梁京在緝拿一個窮凶極惡的殺人逃犯，李景允咬著糖葫蘆蹲在巷子口跟人劃拳的時候，恰巧就撞見了。

於是窮凶極惡地把逃犯打了個半死。

似乎就是從那一回起，梁京的地痞流氓再也沒人敢跟他唱對臺戲，幾條街的鋪子酒樓，都給他上貢。

十五歲的時候，三爺已經是梁京有名的地頭蛇了，前一刻能在皇帝老兒的膝蓋上背讚頌帝王的詩，下一瞬就能在巷尾堵著人一通好揍。

那一年，大梁攻魏，遷都京華，李景允用自己攢了三年的銀子，開了一座棲鳳樓。

「等會。」

花月聽得嗆咳出聲，震驚不已地問，「棲鳳樓？」

面前這人神色如常，平靜地重複：「嗯，棲鳳樓。」

京華第一大的勾欄場子，出入都是達官貴人的春風銷金窟，每日不知道有多少黃金倒上花臺，也不知道有多少祕密捂在了佳人的鴛鴦被裡。

李守天甚至曾經上書彈劾過，說京華兒郎縱情聲色，恐誤家國，棲鳳樓之流，還是多加約束為妙。

當然了，這個彈劾最後在朝臣的一致反對之下不了了之。

有這麼一遭，誰都知道棲鳳樓背後定是有人撐腰。

可誰又敢往將軍府的公子身上想？

花月心跳得很快，屏息看著面前這人，大氣也不敢出。

怪不得他不把那兩個紅封放在眼裡，怪不得寶來閣的掌櫃說不敢得罪他，這麼個肆意妄為的人，若不是生在門風周正的將軍府，那怕是早晚將天捅出一個窟窿來。

她的神態或許是太過呆傻了，以至於面前這人輕笑開來，還壓低嗓門嚇唬她：「整個京華知道這個祕密的就五個人，妳是第六個，若是洩露出去了，那爺就去立兩個新墳，一個埋妳。」

花月回神，下意識問：「那另一個呢？」

「另一個也埋妳。」他道，「被腰斬的人，該有兩個墳。」

花月：「……」

她覺得有點冤枉：「公子，是您讓奴婢問的，奴婢本也不是非要知道這個祕密。」

「嗯。」李景允坦蕩地道，「是爺非要說給妳聽。」

澡豆的香氣在水裡化開，他搓著自個兒的胳膊，眼皮抬了抬：「如此一來，爺若是生了害妳的心思，那爺自個兒也不會有好果子吃。」

心口上的弦微微一動，花月飛快地看了他一眼。

這是……何意？

面前這人定定地看著她，眼底泛著淺淡的光，像是已經給出去一串糖葫蘆的小孩兒，在殷切地等著對面小孩兒的回應。

花月有些始料不及，眼睫顫了顫，手下意識地背去身後，嘴唇緊抿。

先前她也想過，若是他肯對她坦白，她也不妨與他交心。可那時候他沒應，只隨口糊弄著她。眼下倒是不糊弄了，但……

誰知道他是不是又一時興起。

別開眼，花月拿起旁邊的帕子，繞到他身後道：「水要涼了。」

李景允沉默了，後腦勺對著她，脖頸僵硬。

驕橫霸道的公子爺，好不容易主動給人一個臺階下，卻碰上她這麼不識好歹的，花月都替他生自個兒的氣，心想要是他等會再發火，那她不還嘴就是了。

然而，片刻之後，李景允只長長地吐了一口氣，略微失望地道：「爺真是白疼妳了。」

身子僵了僵，花月莫名有點無措。

手裡的帕子被他抽了去，李景允擺了擺手：「去歇著，爺自己來。」

「是。」

折騰這麼一圈，最後也沒讓她搓背，花月離開主屋站去走廊上吹了會兒風，眼裡滿是茫然。

李景允想知道什麼呢？

又或者，他已經知道了些什麼呢？

翻捲的水汽從窗臺飄出去，朦朦朧朧地繞上了庭裡的石榴花枝，已經是五月的天氣，石榴花苞在夜風裡打了個顫兒，半開不開。

第二日。

花月一大早就開始收拾東院，從庫房裡拿了不少擺件出來擦拭擺放。她一忙，便只有八斗能去叫公子起床。

於是八斗不負眾望地被砸得額頭上隆起一個包。

「殷姨娘。」八斗很委屈，「公子為什麼老砸咱們不砸您呢？」

花月正擦著手裡的白玉觀音，聞言頭也不抬地道：「他誰都砸，但我躲得快。」

李三公子哪兒都好，就這起床氣實在嚇人，花月拿了兩塊酥餅安撫了八斗，然後放下觀音走去主屋。

這位爺昨兒晚上沒睡好，眼下坐在床邊，滿臉都是怨氣，旁邊的奴僕瑟瑟發抖，放下水盆就跑，他兀自耷拉著眉眼，一動不動地撐著床沿。

微微一笑，花月擰了帕子，過去給他擦臉。

「煩人。」他眉頭直皺。

仔細將他的臉擦乾淨，花月溫軟地道：「已經是要用午膳的時辰了。」

渾身戾氣不散，李景允冷聲道：「少吃一頓午膳又不會死人。」

「可是今日——」她扭頭看了看外面，輕笑，「今日五皇子要過府，指不定待會兒就來人傳話了，公子總不好這副模樣見客。」

混沌的腦海裡陡然插進來十分刺耳的三個字，李景允瞳孔有了焦距。他轉頭看向身邊這人，嗓子沙啞低沉：「他來，妳很高興？」

自然是高興的，堂堂五皇子，往東院這麼一放，那就是個活的觀音菩薩，能嚇退不少妖魔鬼怪，保住一方平安。

想起自個兒方才擦的那個白胖的觀音，又想起周和珉鼓起腮幫子時的模樣，花月莞爾，眼眸都彎成了月牙。

高興得真是太明顯了。

李景允轉頭就要倒回去繼續睡。

「哎。」花月連忙拉住他，「公子，午膳有您愛吃的粉蒸肉。」

懨懨地斜眼，他道：「不想吃。」

「那，還有奴婢親自燉的鴿子湯呢。」她低下頭來，跟哄小孩似的軟聲道，「沒放山藥，用枸杞燉的，湯熬得雪白，您應該愛喝。」

「……」慢條斯理地坐起來，他白她一眼，悶聲道，「替爺把衣裳拿來。」

花月連忙捧了準備好的銀絲獸首錦袍來。

「不是這個。」李景允擺手，「先前那套，藍鯉雪錦袍。」

之前還不愛穿的，眼下倒是要指著穿了？花月很意外，不過還是依言把這套袍子找出來，仔細給他換上。

「這衣裳顏色淺，料子也好。」李景允低頭看了看，不經意地道，「就是這靴子穿著不太襯。」

白底黑面的官靴，配這衣裳是有些不合適，花月轉身去找了找，翻出一雙淺青色的錦靴遞過來：「這個呢？」

面前這人滿臉嫌棄，眉頭皺得都能夾死蒼蠅了。

但是別無選擇，他還是接過去換上，悶悶不樂地坐下用膳。

花月覺得好笑，往常這位爺可不是個會在意打扮的人，今兒倒是格外小氣，一身的嬌貴毛病都冒了出來，看什麼都不順眼。

好端端的一桌子菜，他嫌魚難挑刺、嫌獅子頭裡面沒味兒、嫌青菜太鹹，最後只把鴿子湯喝了個乾乾淨淨。

然後就冷眉冷眼地睨著她。

花月倒也沒在意他這古怪的態度，只時不時看一眼外頭的時辰，掐算著手指。

「五皇子那個人。」他突然開口，「人也算挺好，但陰晴不定。」

嗯？她疑惑地回頭看他：「為何會陰晴不定？」

她見著的時候，那小孩兒不是一直挺樂呵的麼。

深吸一口氣，李景允語重心長地看著她道：「皇室裡長大的人，多多少少都有些不正常，五皇子少時就離了母妃，在宮裡也沒什麼親近的人，性子難免就古怪。妳要是識相，就離他遠點，免得惹出麻煩來，還得爺去救妳。」

「公子放心。」花月明白他的顧慮，很是體貼地道，「奴婢不會惹出麻煩。」

這是麻煩不麻煩的問題嗎？李景允咬牙，他前面說那麼長一句，她當耳邊風呢？

花月倒不是沒聽見，只是五皇子年紀小，對她也算友善，她沒道理去挑人家的毛病。再者說，皇室裡長大的人不正常，那她也沒好到哪裡去。

瞧著面前這位爺臉色不太好，花月以為他與五皇子有私怨，連忙開解道：「殿下也就來一回府上，耽誤不了多少工夫，公子長他幾歲，也該耐心些才是。」

總不至於人都來府上了，他今日還出府吧？

這琥珀色眸子裡濃濃的擔憂，給李景允看笑了。周和瑉何德何能啊，就見了一面，便得她如此掛念偏重，沈知落都沒這個待遇。

下回遇見沈知落，該好生擠兌擠兌他，什麼六歲寫的字十歲寫的話，都不如人家唇紅齒白少年郎的一個回眸。

嗤之以鼻，他冷著臉繼續等著。

半個時辰之後，五皇子帶著謝禮過府。

華貴精巧的金縷玉鞍，被紅色的綢緞裹上來一呈，半間屋子都亮了亮。周和瑉與李景允見了禮，便坐在客座上瞧著花月笑。

李景允漠然地站過來，擋在他眼前問：「殿下今日過府，可還有別的事要做？」

這才剛坐下呢，話裡就有逐客的意味了，花月忍不住扯了扯他的衣袖，然後伸出腦袋來體貼地道：「五皇子昨日就說有機會一定要同公子討教穿楊之術。」

周和瑨：「……」

他看著她，欲言又止，花月卻在李景允背後，雙手合十朝他作揖。

來都來了，總不能馬上就走。

看清她的意圖，周和瑨唏噓，眼裡泛上些笑意：「是，我想討教如何百步穿楊。」

李景允誠懇地回答：「有手就行。」

話落音，手臂就被人從後頭掐了一把。

花月這叫一個氣啊，對旁人都和善得很，怎麼專跟五皇子過不去？

他輕吸一口氣，回過頭來瞪她，花月毫不示弱地瞪了回去，腮幫子直鼓。

李景允怔愣了一瞬，覺得她這頂撞的模樣真是久違了，可是一想到她在為什麼頂撞他，又覺得高興不起來。

養不熟的白眼狼，胳膊肘還往外拐，周和瑨毛還沒長齊呢，到底哪兒入了她的眼了？

悶哼一聲，他垂眼道：「院子裡有平時瞄著玩的靶子，殿下可要去試試？」

「好。」周和瑨十分配合地起身，隨他一起出門。

八斗拿了他常用的弓箭來，李景允接過，十分輕鬆地拉開，穩穩射中靶心。他翻手將弓遞給旁邊的人，笑道：「殿下。」

有一瞬間，周和瑨從他眼裡看見了挑釁的意味。

李景允的城府深不可測，從前見他，他都是站在太子哥哥身邊，圓滑又妥貼，而眼下，他持弓看著他，渾身竟然充滿了抵觸的氣息。

像一顆上好的夜明珠，突然間生了刺。

周和瑨挑眉，看一眼他，又看一眼旁邊站著的殷花月，似懂非懂地晃了晃眼珠子。

然後他就接過弓來，愁眉苦臉地道：「這也太沉了。」

「殿下年歲尚小，只試試便好，拉不開也無妨。」花月輕聲道，「公子爺的弓都是練兵場帶回來的。」

聞言一笑，周和瑨站直身子，用盡全力去拉，結果剛拉到一半，他手腕一顫，弓弦「唰」地彈了回去。

李景允嗤了一聲，剛想說男子漢大丈夫，連個弓都拉不開算什麼？然而，不等他說出口，身邊這人就飛快地上前去接住了他的長弓，滿懷擔憂地問：「殿下沒事吧？」

周和瑨捂著手腕，表情不太輕鬆。

花月連忙道：「讓大夫來看看？」

「不必。」他齜牙咧嘴地抬頭，哀怨地看了一眼她懷裡的弓。

花月立馬就把弓塞去了八斗手裡，然後看向李景允：「公子，五皇子身子弱，咱們還是去屋子裡下棋。」

李景允額角跳了跳。

心裡沒由來地生出一股子火氣，他強自壓下，皮笑肉不笑地道：「五皇子貴人事忙，妳何必耽誤他要緊事？」

「無妨。」周和瑨朝他笑了笑，「今日我沒別的事，就是專程來跟三公子討教的。太子哥哥常誇三公子文武雙全，我總該學著點才是。」

面容稚氣未脫的小孩兒，說起話來一板一眼的，自然又真誠。可是，李景允莫名覺得不舒坦，目光與他一對上，心頭的火氣就又高了兩寸。

「行。」他拂了一把袖口，咬著牙道，「下棋也好。」

花月殷勤地給他們搬來了棋盤，沏上兩盞好茶。

李景允掃一眼茶盞，冷聲道：「爺不喝這個，換一盞碧螺春。」

「是。」花月已經習慣了這人的挑剔，二話不說就要撤下他的茶。

「等等。」周和瑨攔住她，溫柔地笑道，「妳好不容易沏好的，倒了多可惜，放在我這兒吧，我兩盞都喝了去。」

花月有些遲疑，他卻兀自伸手來將茶接了，撇開茶沫抿了一口，然後讚賞地道：「這沏茶的手藝，比宮裡也不差。」

聽聽，這說的才是人話啊，花月欣慰不已，連帶著笑容都燦爛了兩分：「殿下先喝著，奴婢去給公子重沏。」

大概是許久沒被人誇過了，她轉身退下的步子裡都帶著雀躍，裙擺一揚，跟隻蝴蝶似的飛出了門口。

周和瑨笑瞇瞇地瞧著，然後捏了黑子落下棋盤。

「三公子對自己的側室，多有苛待啊。」

李景允眼神懨懨，白子落下去，「啪」地一聲響：「何以見得？」

「尋常人家，側室都自稱『妾』。公子府上這位，卻稱的是奴婢。」周和瑨搖了搖頭，「界限也太過分明。」

「……」一語點醒，李景允朝空蕩蕩的門口看了一眼，微微皺眉。

他就說哪裡不對勁，這人好端端的，什麼時候又開始自稱奴婢了？

心裡有計較，他面上卻不肯示弱，收回目光落下白子，漠然地道：「她原本就是奴婢，一時半會兒擰不過來也是尋常。」

周和瑨仔細地擺弄著棋子，似乎不在意他這狡辯。

李景允臉色更加難看。

花月沒一會兒就回來了，重新將茶放在他的手邊。他看了她一眼，端茶喝了，沒再吱聲。

棋盤上風雲變幻，你來我往，互不相讓。

花月站在旁邊捧場地鼓掌，然後好奇地問：「殿下，您這一棋為何要自斷其尾？」

分明還有別的活路可以走。

周和瑨擺正黑子，仰頭笑道：「我這麼走不就贏了麼？」

贏哪兒了？花月和李景允齊齊皺眉，不解地看著棋面。

捏住寬大的袖口，周和珺優雅地伸著雙指指向連在一起的五顆黑子：「五子連珠，自然是我贏了。」

李景允：「……」

「公子息怒。」花月連忙傾身過來，討好地衝他笑了笑，低聲道，「殿下年歲尚小。」

他友善地道：「妳慌什麼？」

「奴婢怕爺生氣。」她彎著眉梢看著他的眼睛。

李景允好笑地問她：「妳哪隻眼睛看爺生氣了？」

「不生氣就好。」使著吃奶的勁兒壓住棋桌，花月扁了扁嘴，「那您要不將手鬆了，對面坐的是龍子，您這桌子掀了砸過去不合適，要惹麻煩的。」

手背上青筋暴起，李景允掀著桌底，那叫一個氣憤難平。他懷疑周和珺今日就是來氣他的，更可氣的是，面前這小狗子胳膊肘都拐成兩圈了，愣是要護著人家。

眼底有些委屈之意，他看著她輕聲道：「分明是爺贏了。」

「好好好，公子贏了。」花月給他作揖，「奴婢看著呢，公子棋藝無雙。」

李景允忿忿地鬆了手。

花月連忙把點心給這兩位端上來。

「公子。」八斗從外頭跑回來，拱手稟告，「有個柳府的下人求見。」

柳府？李景允掃了周和瑨一眼，起身去偏房接見。花月柔聲請五皇子用點心，然後也跟著過去看了看。

「三爺！」長夜一進門就給他跪下了，表情慌張，開口卻又快又清楚：「我家主子在棲鳳樓跟人打起來了，情況不太妙，讓小的來知會三爺一聲。」

這光天化日的，還能有人在他的地盤上動他的人？李景允聽笑了，拂袖就要走。

花月下意識地拽住了他的手。

手心一軟，李景允回頭，皺眉道：「爺這兒有事，妳總不能礙著道。」

「公子多帶些人吧。」她壓著心裡的慌張，正色道，「有備無患。」

三爺闖蕩江湖，從來就不靠人多，讓他帶人，不是看不起他麼？李景允哼笑，鬆開她就跨出了門。

花月跟著出去，沒走兩步就被他甩在了後頭。心知勸是勸不住了，她扭頭，衝進主屋就將還在吃點心的五皇子拽了起來。

「您來時帶了多少護衛？」她眼神灼灼地問。

周和瑨被她嚇得差點噎住，撫著心口道：「二十。」

「恕奴婢冒昧，咱們能不能去追上公子爺？」她笑得分外勉強，眼裡滿是焦急，「殿下身分貴重，若是不願犯險，將護衛借給奴婢也好。」

眉梢微動，周和瑨又笑了，這人還真是這樣，分明自稱奴婢與人劃清界限，可那人真要有事，她又比誰都急。

在她心裡，李景允恐怕就是那塊花生酥，扔了可惜，又不得不吐。

將自個兒的袖子從她手裡拽回來，他狡黠地朝她眨了眨眼：「護衛可以借，我也可以一併去。」

「但妳得答應我一個條件。」

第45章　疾風知勁草

一瞬間，花月腦海裡劃過「聽命於我，替我監視將軍府」、「以身相許，隨我離經叛道」和「把你身上最寶貴的東西作為交換」等等一大串條件，眼眸慢慢睜大，最後幾乎是貼在隔斷的木欄上，戒備地看著他。

結果周和瑒道：「等有空，妳給我說說妳在將軍府當奴婢之前的事兒。」

花月眨眼，有點不敢相信：「就這個？」

「就這個。」他起身往外走，拂袖道，「這是最有趣的東西了。」

修長的身影融進了外頭耀眼的光線裡，帶著兩分恣意和瀟灑。花月抬步跟上他，心想這哪是十五歲啊，活像個五十歲的世外高人，在他的世界裡只分有趣和無趣，壓根不看利弊。

李景允走得很快，坐車是追不上了，花月給周和瑒牽了馬來，不等他多言，自個兒先上馬朝前追去。

其實聽完棲鳳樓之事，她就明白李景允不是個任人拿捏的公子哥，就算身處險境，他也應該能應付，她這一去，頗有些沒必要，也許還會招人嫌棄。

然而，腦子是這麼想的，手上的馬鞭卻甩得飛快，她踩著馬鐙，眼睛死死地盯著前頭，心裡默念千萬別出事。

京華的正街上是不允策馬前行的，李景允一到羅華街附近就下了馬，拂開衣擺大步往棲鳳樓走。

往日的羅華街附近都是熱鬧非常，今日一眼掃過去，整條街也就零零散散幾十個人在來回晃悠。他走了一段路，突然覺得不對勁。

這些人沒有一個朝他看過來的，但他掃視四周，覺得有無數雙眼睛落在自己身上。

背後沒由來地響起一聲竹笛，清幽幽的音兒盤著幾個旋傳遍了半條街。李景允一頓，眼尾掃過街道兩旁吃麵蒸包子的百姓，嘴角抿起，不動聲色地就想往後退。

靴底朝後落下的一瞬間，四周風雲突變。

皇室中人向來愛養死士，大梁皇室也不例外，這些人從小被選拔進官署，長相平平無奇，出手卻極為狠戾，哪怕是穿著尋常姑娘的羅裙紗衣，下一瞬，手裡的刀也可能抹斷人的脖子。

李景允側頭躲開一刀，倏地失笑。自從兩年前在街上打鬥被他爹給抓住，他就再也沒在羅華街上動過手了，再次看見這番陣仗，一時還有些懷念。

「殺人也不報家門？」他奪了一人匕首，拋上半空翻手接住，凌厲地橫在衝上前來的死士眼前，刀鋒泛泛，言笑晏晏，「一點不懂規矩。」

那人瞳孔一縮，反手直劈他後頸，他一閃，其餘死士立刻一擁而上，根本不打算與他君子過招，直接想以多欺少，就地斬下他的人頭。

李景允有點頭疼，捏著匕首的手腕甩了甩，望天輕嘆一聲：「今日遇見的，怎麼都是不講理的人。」

天上白雲拂日，驕陽淡光，一絲微風吹過，陡然染上兩分腥氣。

死士是一早就埋伏在此處的，領頭的戴著銅鑄的面具，兩道細長的眼孔裡露出渴血的神色。

誰都知道李三公子有些身手，他也自然是準備好了，幾十個人輪流上前，就算前頭死幾個人，可到後面他也會乏之力，此乃螞蟻鬥象之術。

但他沒想到的是，人群裡那人出手極快，七八個人被他一刀割喉，血飛灑出去了，人都沒有反應過來。

李景允下手是真狠啊，白刀子進紅刀子出，眼睛眨也沒眨，刀刃割在皮骨上，聲音聽得人耳根發麻。但凡他有一絲疲態，四周的人都會繼續往上衝，可他沒有，不但沒有，那雙眼睛還越來越亮。

濺在臉上的血一抹開，他扭頭朝旁邊猶豫的人招了招手：「過來試試，也許你能成呢？」

死士：「……」

殺人誅心。

死士強就強在信念和無畏，可就這麼一點東西，竟被他拎出來放在腳下踩，踩了個稀爛。

領頭的沉默地看著，第一次從自己手下臉上看見了恐懼。幾十個人，就這麼圍在他周圍，沒有人敢再上前。

「慌什麼。」他忍不住開口道，「獵物已經是強弩之末，也就會些嘴皮子功夫，給我上。」

幾人對視一眼，踟躕不決。

李景允依舊在笑，背抵著街邊鋪子的牆壁，笑得漫不經心，他不著痕跡地將手裡捲了刃的軟劍攏進袖口，抬著下巴道：「來啊。」

像黃泉爬上來的鍾馗，友善地朝他們張開雙手。

這誰敢來？

人群無聲而默契地往後退了半寸。

領頭知道這群人是沒了心氣兒了，一咬牙，自個兒挽弓，箭頭對準了他。一箭離弦，逼得李景允往側一躲，身形微晃。他大喜，引開一箭朗聲喊：「他沒活路了，全是虛張聲勢！」

有人重新振作，提劍來刺，領頭的長箭出手，直取李景允心口。

這箭不是很準，力道也不夠，李景允嫌棄地看著，寶藍色的衣袖微微抬起，上頭的錦鯉躍然如活。

然而，下一瞬，有人如閃電一般撞進了他懷裡，舉著一塊不知哪兒尋來的破木板，「啪」地將長箭擋下。那箭頭刺破木板，堪堪停在她的鼻尖前頭，她嚇得一顫，面孔雪白。

錯愕地挑眉，李景允低頭看過去，就看見了刀光劍影裡他最不想看見的人。

「妳來幹什麼！」

花月剛把箭頭挪開，就聽見背後一聲驚天怒吼，她一個哆嗦，扭頭看他，又氣又怒，當即朝他吼了回去：「還能幹什麼，來救人！奴婢一早說了讓您出門多帶點人，您不聽，真當自己打遍京華無敵手呢，瞧瞧，要不是奴婢來得快，您這命還有沒有了！」

李景允更氣：「妳來能頂什麼事？多送一條命？」

「誰說的，您看這不是救駕有功？」她咬牙舉著木板，差點懟去他臉上。

他一巴掌將這破木板拍開，喘著粗氣，雙眼微紅：「給爺滾。」

再好的脾氣，也抵不住要在心裡罵娘，花月摔了木板冷聲道：「您要不是將軍府的主子，奴婢也不稀罕來救。」

她轉身想走，四周的死士卻已經圍上來，將兩人一起困住。

抬手捏住她的肩，李景允這叫一個咬牙切齒，啞著嗓子在她耳側道：「妳今日要是死了，就是蠢死的。」

「您能不能別開口閉口咒人死？」她連連皺眉。

「這場面，爺看妳就不是奔著想活來的。」他哼笑，「還怕咒？」

「公子誤會。」花月眼波流轉，退後兩步抵著他輕聲道，「奴婢向來惜命。」

她這話音一落，一群死士都撲了上來，最前頭那人的刀高高舉起，帶著一陣風往下硬砍。可與此同時，馬蹄聲踏破羅華街，周和珺揚鞭策馬，衝破人群，一鞭子甩在舉刀之人的手腕上。

長刀「蹭」地飛出去，被李景允抬手捉住，手腕一翻，刀口「噗哧」一聲沒進了面前死士的心口。

花月還沒來得及抬眼看，眼前就是一黑。

身後這人捂著她的眼睛，寬厚的手掌覆在薄薄的眼皮上，又熱又重。前頭有什麼東西噴灑在了地上，接著就是人倒地的動靜。

她掙了掙，想看一眼，但身後這人按住了她，頗為不耐煩地「嘖」了一聲，不讓她動。

護衛與死士拚殺成一片，周和珺抬眼看過去，卻見李景允還靠在原處，他一手提著刀，一手捂著懷裡人的眼，染著血的臉抬起來朝向自己，眼神漠然。

不過片刻之後，他朝他頷了頷首，似乎是謝他之意。

周和瑨笑了，搖了搖手裡的轠繩，眼珠子一轉，給他做了個口型：我不是來救你的。

他指了指他懷裡的人，眉梢高挑，一字一張地道：是來幫她噠～

李景允那一張臉，以迅雷不及掩耳之勢，重新陰沉了回去。

黑雲壓頂，電閃雷鳴。

周和瑨大笑出聲，伏在馬背上笑得差點掉下去，頭上的玉鈴鐺跟著他的顫動發出清脆的玉響，他晃著錦靴，滿眼的興致盎然。

那頭正打得起勁呢，突然聽見這麼倡狂的笑聲，領頭的死士像是發現了至寶一般，放棄與護衛纏鬥，轉頭就朝五皇子刺去。

「主子小心！」有人大喊一聲，周和瑨回眸，扯了轠繩用馬頭將這人撞開，駿馬受驚，長嘶抬蹄，將他甩下了馬背。

「殿下！」驚呼四起。

花月覺得不妙，連忙拉下李景允的手看了一眼，抓著他的手道：「公子，這位可不能在咱們眼前出事。」

李景允自然明白這個道理，再不情願，也翻著白眼上前將周和瑨救起來。

餘下死士已經被護衛制得七七八八，見勢不對，領頭那人轉身就跑。李景允哪肯放人，腳尖挑起地上長劍便追了上去。

越往前追，羅華街上的行人就越多，方才消失得一乾二淨的百姓眼下好像都回來了，人頭攢動間，李景允盯死了領頭穿的那一身綃色長衫，追著他進了一條巷子。

巷子裡有女子的說笑聲，他心道不好，三兩步追上那人，一劍抹了他的脖子。他動作乾淨俐落，又沒發出什麼響動，就是想在不驚擾百姓的情況下把這人拖走。

結果巷子裡的姑娘發出了一聲驚叫，叫聲直穿天際，霎時引來了一堆人。

「小姐，出什麼事了？」

李景允頗為無奈地回頭看過去，卻見韓霜帶著人站在他背後，一雙眼落在他的懷裡，唇上驚得都沒了血色。

「……」

這也太巧了。

脖子上的青痕還未消，韓霜捏著手帕，滿臉惶恐，她看了看他，又看看他殺了的人，哆哆嗦嗦地道：「景允哥哥，你為什麼，為什麼要殺他？」

這解釋起來可就麻煩了，李景允搖頭，將屍體放下道：「改日再說吧。」

韓霜泫然欲泣，望著地上的人道：「可他是長公主最疼的人了，就算是景允哥哥你，也不好如此……」

長公主最疼的人？李景允莫名其妙地低頭：「這不就是個死士——」

臉上的青銅面具不知去了何處，龍凜躺在他腳邊，喉間的血一股又一股地往外湧。他還沒咽氣，眼珠子往上動了動，一眨不眨地看著他。

像是對他眼裡的震驚很滿意，龍凜笑了，氣咽下去，整張臉就定在這個陰森恐怖的表情上。

李景允怔然。

韓霜身後來了官家和護院，一大群人就這麼看著他，有人報了官，京兆尹衙門沒一會兒也來了人。一片嘈雜之中，李景允突然就明白了。

龍凜一開始就想好了，就算沒能殺了他，也會讓他背上殺害面首之罪。青銅面具一扔，他死在韓霜面前，沒人能證明他是方才的死士，也沒人知道他這是捉拿刺客，眾人能看見的，只有他手裡沾血的劍和地上冰冷的屍體。

高明，實在是高明。

李景允抬頭，眸光深沉地看向韓霜。

她像是毫不知情，慌張地攔著來抓他的衙差，嘴唇輕顫，神色擔憂。察覺到他的目光，她低頭看下來，眼裡滿是不解和責備：「景允哥哥，你倒是快說呀，是不是有什麼誤會？」

從死士到她，都是長公主的人，能是什麼誤會？

他嗤笑，目光越過衙差，遠遠地望出去。

衙差一臉莫名，跟著他一起看向大街的另一頭。

死士落網就選擇了咬舌自盡，護衛收拾了殘局，不由分說地先將周和瑨請回宮。周和瑨很是無奈，看向一旁跌坐著的花月，擺手道：「過兩日我再來看妳。」
「多謝殿下。」花月扶著牆起身行禮，目送他上馬離去。
到底是身分尊貴的皇子，今日這一遭已經是荒唐，她也不可能還讓人留下來善後。
地上還有一灘攤的血跡，花月看得腿軟，正喘氣呢，柳成和就帶著朝鳳過來了。
「妳沒事吧？」朝鳳扶起她，掃了一眼四周，咋舌不已。
花月笑著朝她搖頭，然後給柳成和指了指李景允跑走的方向，後者立刻帶著人過去找。
「今日出門真是沒看皇曆。」朝鳳一邊扶著她離開這地方一邊跺腳，「咱們在棲鳳樓好端端喝著酒呢，平白被個酒瘋子衝過來找了麻煩，成和也是個倔脾氣，非要跟人打。結果那頭還沒打完，就聽說這頭也打起來了。」
她捏著帕子給她擦了擦臉，低聲問：「妳們這頭打贏了沒有？」
哭笑不得，花月道：「應該是打贏了，人都沒傷著，就是場面大了些，有點滲人。」
朝鳳拍了拍她的手以示安撫，然後抬眼看向前頭：「他怎麼找個人都磨蹭這麼半天？」
羅華街很長，中間有三個路口，她們走過第二道牌坊，就看見前面圍滿了百姓。柳成和帶的家奴也在外頭沒擠進去，只踮著腳看。
「怎麼回事？」朝鳳皺眉。
家奴聽見她的聲音，慌忙回頭道：「少夫人，官差在前頭抓人呢。」
「官差抓人關我們什麼事，你們沒見過熱鬧？」她左右看了看，「少爺呢？」

家奴為難地看向人群裡。

擁擠的百姓被官差分開，中間豁然開出一條道來，朝鳳一喜，抬步正想借過，一抬頭就看見衙差押著個熟悉的人走了出來。

「哎。」她困惑地拉了拉花月的衣袖，「那個人是不是有點像咱們三爺？」

花月目光沉重地看著，半晌之後低聲答：「不是像，那就是。」

十個衙差圍著李景允，倒是沒有給他上鐐銬，只是，每個人的都按在腰間佩刀上，神色很是警覺。柳成和跟在李景允旁邊，小聲與他說著什麼，他點了點頭，又掃了右側的人一眼。

花月跟著看過去，就見韓霜亦步亦趨地跟在他右側，哭得梨花帶雨。

「這算個什麼？」朝鳳看得直擰眉，「十八相送呢？」

柳成和沒跟多遠就退了出來，朝鳳拉著花月走過去，很是不悅地道：「怎麼又跟那小蹄子攪合上了？」

「不是攪合。」柳成和面色凝重地道，「三爺失手殺了長公主的面首，韓霜是目擊證人。」

「面首？」花月搖頭，「他是去追方才在街上行刺的面具人，哪兒會突然對什麼面首動殺心。」

柳成和看向她，目光複雜地道：「戴上面具是刺客，脫了面具就是面首。三爺能殺戴著面具的刺客，卻殺不得沒戴面具的面首，長公主執意想找他麻煩，三爺的生死，算是捏在韓霜手裡了。」

呼吸一窒，她皺眉揉了揉額角。

躲不過，還是躲不過，她這無權無勢的奴婢，哪裡攔得住位高權重的長公主，還以為從死士手下保住性命就已萬全，沒想到後頭還有坑在等著。

最近的廢除掌事院一事，皇帝偏心太子，沒少讓長公主受委屈，到底是親生的，心裡還是有愧，這一回出事，皇帝必定站在長公主這邊，指望他顧念李景允是不成的。

至於太子，他也許肯幫忙，但能幫到什麼份上就難說了。

腦子轉得飛快，花月臉色緊繃，下意識地啃了啃指甲。

柳成和看了她一會兒，突然道：「其實小嫂子也不必太擔心，韓霜那個人……未必是想要三爺的命。」

微微一愣，花月回視他，看著他那別有深意的眼神，慢慢地就反應了過來。

長公主氣的是李景允不為她所用，那麼擺在他面前的就有兩條路，第一，繼續忤逆長公主，那他就會被扣上殺人之罪，第二，讓韓霜滿意，韓霜自然就願意替他洗清罪名。

太精彩了，花月都忍不住想鼓掌，李景允連個一官半職都沒有，竟值得這些上位者如此用心，實在是可歌可泣。

「委實是不要臉。」朝鳳柳眉倒豎，「天底下是就三爺這一個男人了還是怎的，她連這種陰損主意都想得出來！」

柳成和嘆息：「未必是她想的，但她也只能這麼做。」

頓了頓，他瞥一眼花月，低聲道：「眼下三爺定是先押在牢裡了，小嫂子得回府去報信，順便也準備點酒菜，晚些時候去看看他。」

花月似乎在想事情，半晌才回過神來，輕聲應道：「好。」

朝鳳挽著她的手，爽快地道：「我陪妳回去，家裡男人出了變故，女人總是要慌張一二的，有我在，妳要是漏了什麼，我替妳看著。」

柳成和皺眉，剛想說她這樣不妥，她的眼尾就掃了過來：「夫君有話說？」

「……沒。」心裡默念君子不與女人計較，柳成和帶著家奴自個兒走了。

朝鳳回過頭，滿眼心疼地撫了撫花月的鬢髮：「好端端一個姑娘，怎麼就攤上三爺這樣的人了，在他身邊太平不了的，不過有一點妳可以放心，三爺眼裡揉不得沙子，韓霜這麼算計他，他肯定不會如了她的意。」

花月拉她上馬，一聲不吭地回了將軍府。

看著她這瘦弱的背影，朝鳳心裡憐憫更甚。夫君出事，救他的法子是把自個兒夫君讓出去——這情況要是擱在她自己身上，那氣都氣死了。

花月一定也很難過，看看，走了一路，半個字也沒說。

心裡醞釀著安慰她的話，朝鳳跟著她跨進東院的門，打算從女兒家的一生說起，讓她明白愛惜自己才是最重要的。

結果剛張開嘴，就聽得面前這人冷靜地對家奴吩咐：「八斗去主院稟告將軍，就說公子被人陷害，扣在了大牢，莫要驚動夫人。夫人若是問起，就說公子被太子留膳，晚上未必回來。」

「後院的白鹿餵了沒？餵了就拿食盒去廚房，讓廚娘做兩個下酒菜，把後廚擱著的花雕打上一壺，等會隨我出去一趟。」

花月一邊說一邊跨進主屋，找了一套乾淨簡潔的長衫，並著枕頭被褥，工工整整地疊好，再用包袱皮裹住。看一眼書桌，她抄起桌上紙墨，寫了一封信遞出去。

都收拾好了之後，花月抱著包袱出門，順手給朝鳳端來一盞茶，看她目瞪口呆的沒個反應，便道：「喝口水。」

朝鳳下意識地張嘴。

花月將茶餵給她，又給她吃了一塊杏仁酥，然後一手抱著包袱一手拉著她往外走：「不知道待會兒會耽誤多久，妳先墊墊肚子。」

杏仁酥在嘴裡化開，朝鳳咽了，哭笑不得。

哪有這樣的姑娘，軟弱斯文，嬌得跟花一般，可被風一吹，愣是不倒，倒跟野草似的韌勁十足。

她想來照顧她，卻反倒是被她照顧了個妥妥當當。

第46章　奴婢沒氣

李家公子突然背上命案，這消息在京華掀起了不小的波瀾，光是來大牢裡探望的人，一個時辰內就來了六撥，有安慰他的，有給他出主意的，也有像李守天這樣來罵他的。

李景允聽得煩，拎著獄卒把自己換去了死牢。

溫故知唏噓地打量著牢房四周，然後低聲問他：「三爺打算怎麼辦？」

李景允正看著花月收拾牢房，聞言漫不經心地道：「來都來了，先住著吧。」

聽他這麼說話，溫故知便放心了，不再與他討論案子，倒是轉眼笑道：「小嫂子也真是見過世面的人，在這兒都能面不改色沉著冷靜，瞧這床鋪收拾得，跟府上也沒什麼兩樣。」

朝鳳正在另一頭跟柳成和小聲嘀咕呢，聞言立馬湊過腦袋來：「三爺，不是我要誇誰，身邊有花月這樣的姑娘可太省事了。別家出事，女兒家少不得都哭哭啼啼，您瞧她，不但沒哭，還替您考慮得滴水不漏。」

她從柵欄裡看過去，唏噓地搖頭：「太厲害了。」

李景允挑眉，跟著瞥了牢房裡那人一眼，不置可否。

花月冷靜地將地上的雜草收拾成一個草垛，捏著帕子把牆上的草灰抹了，然後將帶來的被褥鋪在了光禿禿的石床上。旁邊木桶裡放著的水已經漆黑，她盯著出了會兒神，突然覺得四周安靜了下來。

茫然地回頭，花月發現外頭那幾位不知何時都走了，整個死牢裡就剩下她和李景允。

李景允正盯著她看，一雙墨瞳深不見底。他靠在柵欄邊上抱著胳膊，想了片刻，伸出手指朝她勾了勾。

下意識地在圍裙上抹了抹手，花月過去給他行禮：「公子有何吩咐？」

「爺都到這兒來了，妳沒什麼話要說？」他挑眉。

面前這人冷漠地搖頭，眉梢動也不動，平靜地道：「公子身分尊貴，機敏聰慧，用不著奴婢擔心。」

「哦？」尾音繞了一個旋兒，他捏了她的手腕，將她拉向自個兒，低眸看下去，「妳不擔心，今日怎麼還慌裡慌張地來救爺？」

「奴婢沒慌。」她面無表情，連抬一抬嘴角都欠奉，「只是知道主子有難，前去搭救也是理所應當。」

兩人靠得很近，她卻沒貼上來，身子僵硬得跟木板似的，與他保持著一線之隔。

李景允惆悵地嘆了口氣。

他伸手扣住她的後腰，將她整個人按進自己懷裡，下巴抵著她的腦袋，輕輕蹭了蹭。

「說句實話，爺又不會笑妳。」

也不是沒笑過。

花月暗自撇嘴，半張臉埋在他胸口，悶聲道：「奴婢說的就是實話。」

「那爺這一遭要是逃不過，得死在這兒，妳也不慌？」他沉了嗓子嚇唬她，「這一環扣一環的天羅地網，可沒有那麼好對付啊。」

懷裡的人沉默了，手抓著他的衣袖，無聲地捏緊。

李景允察覺到了，心裡瞬間這叫一個舒暢，臉上笑得春風招搖，嗓門卻還是壓得低低的，湊在她耳側道：「沒關係，等爺死了，就把棲鳳樓交給妳，如此一來，妳至少是吃穿不愁，也不枉與爺恩愛一場。」

牙咬得死緊，花月頗為煩躁地道：「這才剛入獄，怎的就要安排後事了。」

「早晚的事。」他沮喪地嘆了口氣，「爺是不願被人擺弄的，與其讓那幾位如意，不如大家結怨，他們往後也別想好過。」

「荒唐。」她一把推開他，怒目而視，「命是最重要的，先保著命了，什麼都好說，哪有人拿命跟人結怨的。」

胸口被她推得生疼，李景允輕咳一聲，好笑地答：「我啊。」

血氣上湧，花月氣得頭暈，原地踱了兩步，身子直顫，她張口想去啃指甲，又哆哆嗦嗦地把手放下了，搓在圍裙上，指節泛白。一雙眼胡亂地轉著，嘴唇也跟著發顫。

沒料到她當真會生這麼大的氣，李景允有點慌了，起身想過去抱她，結果剛伸出手，就被她一爪子拍開。

「啪」地一聲脆響，在寂靜的牢房裡還有些回音。

李景允不覺得生氣，倒是有些高興又有些心疼，他看著眼前這人眸子裡泛上來的水光，胸口不舒服地攪成一團，皺眉道：「爺說著玩的，妳別哭啊。」

花月避著他，臉繃得死緊，眼眶發紅，肩膀也發抖。

「哎——」他圍著她繞了兩圈，手足無措地道，「爺不嚇妳了，死不了，真死不了的，這才多大點事啊。妳不是不擔心爺麼，哪能氣成這樣的？哎，不說了，我不說了，妳先緩口氣。」

從小到大，李景允可從來沒這麼慌張過，見她壓根聽不見自己說話似的，他狠了狠心，伸手鉗住她的兩隻手腕，將她整個人揉進自己懷裡。

小小的一團身子，冰冷又打著顫，捂了許久才慢慢鎮定下來。

李景允哭笑不得，又覺得心口泛酸，他低頭蹭著她冰涼的側臉，用自己生平最溫柔的語氣輕聲哄她：「是我混帳，亂說話，咱不氣了，等過段日子出去，我給妳買京安堂的蜜餞吃。」

花月茫然地望著牢房某一處，好半晌才想起自己在哪兒，她閉了閉眼，沙啞著嗓子開口：「奴婢沒氣。」

「嗯，沒氣，誰會在意三公子這樣的小孽障，咱們不管他。」他聲音裡帶笑，輕輕撫著她的背。

花月有點惱：「真沒氣。」

「嗯，誰氣了來著？我沒瞧見。」

李景允眼裡星光萬千，親昵地蹭著她的腦袋，覺得死牢真是個好地方啊，風景怡人，山清水秀。

花月洩了氣，悶聲道：「奴婢收拾完就該回去了。」

「這麼快？」他不甚樂意，「左右沒人來打擾的，妳急什麼？」

「回公子。」她沒好氣地道，「奴婢要回去顧看東院的。」

聽著這自稱就刺耳，李景允捏了她的下巴，拇指輕輕撫過她的唇瓣，低聲誘哄：「說妾身。」

花月皺眉，一雙眼分外抵觸地看著他。

都是自個兒造的孽啊，他嘆息，湊近她輕聲道：「爺是在將軍府裡長大的，打小就沒看過人臉色，有時候說錯了話，沒人提醒，爺也就不知道。先前誤會了妳，以為妳跟韓霜一樣使性子，話說得重了，現在爺跟妳賠個不是，可好？」

眼眸低垂，花月平淡地道：「公子是主子，主子不用給下人賠不是。」

「對不起。」他擁著她，蹭著她的耳側，聲音低沉又認真。

身子微微一僵，花月抿唇別開頭：「公子言重。」

「在觀山上的時候。」他自顧自地道，「爺也不是非要算計妳，只是，妳我分明也很親近，為何妳寧願求助於沈知落，也不願跟爺開口？」

那能一樣嗎？沈知落幫她，是給她指一條明路，他幫她，就是挖坑給她跳。

想起這事花月還覺得窩火，忍不住又推了他一把。

李景允力氣極大，絲毫沒有被她推動，他抱著她，眼裡帶了兩分笑意：「怪爺無恥，爺惦記妳，想著納了妳做妾室，妳就不好再跟沈知落卿卿我我了。」

微微一愣，花月有一瞬間的茫然：「奴婢什麼時候與他卿卿我我？」

含笑的聲音裡帶上一抹咬牙切齒，李景允掐著她的腰道：「妳喝了孟婆湯了不成？樹林裡、馬車上，哪回爺沒逮著妳們卿卿我我？」

「……」這解釋起來實在麻煩，花月選擇了沉默。

身前這人輕哼了一聲，不高興地抿著唇，不過沒一會兒，他就又低下頭來，柔聲哄她：「把口改回來，嗯？」

「公子。」花月又氣又笑，「一個稱謂罷了，何至於如此在意？」

他抬了抬下巴，固執地看著她的眼睛：「改不改？」

她想搖頭，可剛將頭搖到一邊，還沒搖回來呢，下巴就被他捏住，整個人往上一仰——溫軟的觸感落在唇上，熟悉的氣息瞬間席捲過來。

花月瞪大了眼，還沒來得及推開他，這人就自己離開了，眼眸垂下來睨著她，又問一遍：「改不改？」

她是沒料到還有這麼下流的脅迫法子，一時怔住了，張口剛想回答，李景允就又啄了她一口。

「你……」花月氣得拍他的肩，「總要給個回答的機會。」

「好。」他十分君子地挺直了背，「妳答。」

還能怎麼答？她無奈地嘆了口氣：「妾身改了便是。」

唇角一揚，李景允還是啄了她一口。

「公子！」花月惱了，「妾身都改了，您怎麼還親吶。」

「不好意思，太高興了，沒忍住。」他十分自責地啐了自己一口，然後再接再厲地擁緊了她。

有那麼一瞬間殷花月覺得自個兒可能在做夢，這討人厭的小孽障怎麼會變得這麼溫柔誠懇？可偷摸掐一把他的胳膊，李景允的吸氣聲又格外清晰，不像是夢裡。

難不成，當真是人之將死其言也善？

掃一眼牆壁上跳躍的燭光，花月陷入了深深的擔憂之中。

離開死牢之前，李景允吊兒郎當地同她道：「不用操心爺，也別做多餘的事，爺自己有法子應付。」

花月皮笑肉不笑地回：「爺放心，妾身不會自不量力。」

可說是這麼說，她回去東院，房裡的蠟燭還是燒了一整夜。

第二日，霜降來傳話，說司徒風借著太子庇佑與韓家打起了官司。韓天永被害一事給韓家造成了巨大的打擊，以至於韓家二老不惜一切代價地想要司徒風死無全屍。

「咱們看熱鬧就夠了。」霜降低聲道，「司徒風手裡什麼東西也沒有，掙扎不了的。」

花月一邊修剪院子裡的樹枝一邊道：「昨兒我寫信，從沈大人那兒討來一份東西，妳拿著，想法子給司徒風送去。」

霜降好奇地接過信箋，打開掃了一眼，柳眉直皺：「您這是做什麼？」

「攪渾水。」她答，「越渾越好。」

司徒風都已經在劫難逃了，為什麼還要給他一線生機？霜降將信箋反覆看了兩遍，突然沉了臉：

「您這是想圍魏救趙？」

「沒有。」花月擺手，「我哪有那閒工夫，只是，司徒風死在牢裡也太輕鬆了些，想法子弄出來，我準備了大禮等著他。」

將信將疑，霜降收了東西走了。

花月在玉蘭樹下站了一會兒，若無其事地收拾好殘枝和花剪，去了一趟掌事院。

自從上回離開，她已經好久沒來這個地界了，荀嬤嬤瞧見她，難得還有些想念，給她上了茶低聲道：「聽聞妳做了三公子側室，怎麼還回這晦氣的地方來？」

荀嬤嬤用的刑罰雖然狠戾，但人還算和善，與她也沒有私仇，聊起天來倒有兩分自在。

花月笑瞇瞇地問：「外頭都是怎麼議論我這側室的？」

「說來妳可別生氣。」荀嬤嬤左右看了看，低聲道，「做奴婢的，一旦爬上主子的床，外頭的風聲都不會太好。不過我聽人說妳懷了身子，這母憑子貴，也是情理之中。」

想起自個兒在長公主和韓霜面前做的那一場戲，花月勾唇。

她拿了一個寶來閣的盒子出來，雙手遞到荀嬤嬤袖子裡。

「承蒙嬤嬤關照，才讓我撿回性命，這點謝禮，不成敬意。」她淺笑道，「就算念著嬤嬤恩情，將來有什麼事，我也一定替嬤嬤頂著。」

話裡有話，荀嬤嬤捂著盒子，略微忐忑地看著她。

外頭鬧著要廢掌事院，對旁人來說可能沒什麼要緊，可對荀嬤嬤來說，這就是滅頂之災。他們這些裡外通氣的人，失了宮裡主子的庇佑，還不得被人清算舊帳？

這幾日她都沒睡好，驟然聽見花月這話，她驚疑不定，一雙眼左右飄忽。

下午的時候，荀嬤嬤告了病假還鄉，花月去掌事院，以自己惹怒三公子為由，請罰了五個鞭子。

對於時常領二十個鞭子的人來說，這五個鞭子實在是不痛不癢，一咬牙就忍過去了，但這回，花月沒忍，鞭子剛落了兩下，她就倒在了地上。

本就處在驚恐之中的將軍府，一時間又鬧開了。蘇妙跑來將花月抱回了東院，請大夫一診脈，詭，小產了。

也不管沒圓房的人是怎麼懷上的吧，花月抱著被子，用盡畢生所學，哭得那叫一個淒慘動人，邊哭邊跟蘇妙小聲嘀咕。

於是半個時辰之後，蘇妙砸了將軍府裡的掌事院，一把火燒起來，差點連累了旁邊的西院。

這動靜委實太大，直接驚動了中宮。建朝五載，誰敢動掌事院半磚半瓦？中宮大怒，想要問罪，李守天卻在這個時候進宮，帶著一眾老臣，跪在了御書房外。

將軍府痛失子嗣，其餘府上又何曾安生？先前失了妻子的梅大人與他一起將青石地磕得呯呯作響，求陛下給個公道。東宮和長公主都聞訊趕來，就掌事院當廢不當廢一事，又吵了一個時辰。

官家亂，宮裡也亂，長公主和韓家忙得焦頭爛額，一時間誰也沒再顧上李景允。

李景允就坐在牢裡跟溫故知喝酒。

溫故知這叫一個感慨啊，捏著酒杯搖頭道：「怎麼什麼姑娘都被三爺您給遇著了呢？原以為是個不起眼的奴婢，誰曾想厲害成這樣，還懂得圍魏救趙。」

「那是你見識少。」李景允嗤之以鼻，「這有什麼稀罕的，為救心上人麼，總要絞盡腦汁的。」

話是這麼說，可這位爺臉上那個得意勁兒啊，嘴角都快咧到耳朵根了。

溫故知看得直發毛，搓著胳膊道：「爺，有話好好說，咱還坐著牢呢，這麼高興不合適。」

踹他一腳，李景允收斂了神色問：「宮裡如何了？」

「聖上原本是打算將掌事院的事再拖個一年半載的，可眼下突然出事，加上東宮和群臣力爭，估摸著是要廢了。」溫故知抿了一口酒，眼眸微瞇，「中宮氣急敗壞，怕是要找東宮的麻煩，你在牢裡倒是好事，有什麼風浪都波及不到你。」

李景允想了想，又問：「司徒風如何了？」

溫故知沉默了好一會兒才想起司徒風是誰，納悶地道：「您怎麼問起他來了，他也在牢裡關著，本是要被韓家摁死了，誰知道掌事院一出事，他也如獲神助，突然有了韓天永以權謀私的證據。按照大梁律例，若是死者本就罪大惡極，那即便他當真是凶手，也不會以命抵命，眼下案子還在查，但估摸著他也快出來了。」

眸子裡暗光微閃，李景允道：「你讓人盯著他。」

「嗯？盯司徒風？」溫故知更不解了，「他跟咱們有什麼關係？」

「盯著就是，若是他出了什麼事，你來知會我一聲。」

行吧，溫故知也不指望這位爺什麼都告訴他，一點小事，應下就是。

兩人碰杯，夾菜飲酒，沒一會兒，獄卒過來小聲道：「李公子，有人來探視了。」

李景允頭也不抬地擺手：「爺選死牢就是不想見閒人，除了我府上的和面前這位，旁人就都擋了吧。」

獄卒為難地站著，沒動，後頭的人倒是自顧自地走了進來，輕喚了一聲：「景允哥哥。」

筷子一頓，溫故知還是忍不住唏噓：「怎麼什麼姑娘都被三爺您給遇著了呢？」

同一句話，放誰身上都挺合適。

李景允抬眼，也沒讓獄卒開門，就這麼隔著柵欄看向外頭的人。

韓霜臉色蒼白，人也有些憔悴，撞見他的目光，她慌張地低頭，揉著手帕道：「小女有事想同景允哥哥商量。」

「說吧。」他道。

皺眉掃一眼裡頭還坐著的溫故知，她尷尬地笑了笑：「這……」

「都是自己人。」李景允皮笑肉不笑，「當年妳帶人來搜我東院的時候，他不也在麼，還有什麼聽不得的？」

溫故知端起酒杯，頭也不回地朝她敬了敬。

神色微變，韓霜看了一眼獄卒，後者慌忙退下。

盯著柵欄出了會兒神，她抿唇道：「人的確是景允哥哥殺的，我若去公堂上說實話，景允哥哥便是殺人凶手，輕則終身無法入仕，重則以命抵命。可景允哥哥心裡清楚，小女是捨不得如此的。」

李景允喝了一口鴿子湯，眉頭皺了皺，「呸」地將山藥吐了出去。

韓霜被這動靜嚇了一跳，慌張地抬眼看他，李景允若無其事地將湯碗放回去：「妳繼續說。」

「……小女聽聞，景允哥哥的側室掉了身子，那如此一來，景允哥哥便能休她娶小女進門，一來小女能給長公主一個交代，二來也能圓了小女多年夙願。只要景允哥哥答應，小女便上公堂，作證人不是景允哥哥殺的。」

她說得飛快，眼睛眨巴眨巴地打量他：「景允哥哥可願意？」

溫故知聽得連連點頭，小聲道：「這買賣好像也不虧，您能全身而退，還能撈著個媳婦。」

李景允十分贊同地看了他一眼，然後將他踹下了長凳。

溫故知笑著躲開，坐去床邊朝外頭喊：「大小姐，咱們要不就扔了這心思吧，聽三爺說一句不願，那可不比死了還難受？」

「景允哥哥為何要不願？」韓霜擰眉，「眼下已經沒有別的路可走。」

仰頭喝完杯子裡最後一口酒，李景允慢悠悠地起身，站去了柵欄邊上。他低頭看著她這張天真純良的臉，眼裡劃過一抹嘲弄。

「妳是不是一直覺得，我不肯娶妳，是因為我賭氣，不願意相信妳的清白？」

想起些前塵往事，韓霜又激動了起來：「都這麼多年了，景允哥哥為何還在意那件事？當年我真的只是碰巧遇見林大人，他看我一個姑娘在路上走不周全，便帶著我一起去你府上搜人，我當真沒有出賣過你。」

「巧了麼不是?」李景允輕笑,「前一天妳在我院子裡瞧見馮子虛,後一天就碰見林大人來我府上捉拿前朝文臣。」

韓霜哽咽,低聲啜泣:「造化弄人,這真是造化弄人。」

「別造化了。」他擺手,「五年前妳抱著賞賜樂呵的時候,爺就坐在妳繡樓的屋頂上。」

哭聲一滯,韓霜瞳孔微縮,見了鬼似的猛地抬頭看他。

李景允的表情很平和,眼裡沒有半點憤怒,只慢吞吞地同她道:「爺一直沒拆穿過妳,就看妳年復一年地哭委屈、說無辜。」

他學著她的模樣掐起嗓子來,嬌聲道:「我當真,當真是冤枉的呀~」

第47章　哪怕認一次錯呢

韓霜的一張臉啊，像是下了油鍋的麵團，慘白之後一片焦黃，再然後就黑得難看。

無數次相見，她都會像這樣與他訴說自己的冤屈，怨他薄情、怨他冷血。

一開始還會心虛，可日子久了，韓霜自己都要相信自己是冤枉的了，她似乎沒有為了賞賜出賣過誰，也從來沒撒過謊。

直到現在。

李景允就站在她面前，將她那虛偽的模樣演了個遍，然後垂下眼來輕聲問她：「妳知道爺悶不吭聲看妳撒了五年的謊，心裡有多噁心嗎？」

心裡一直繃著的弦，突然就斷了。

韓霜抓著柵欄，喉嚨緊得喘不上氣，她轉著眼珠子，慌張地想解釋：「我不是……我當年，當年也才十二歲，我哪裡知道何事可為，何事不可為？景允哥哥，我當真不是有意的，我只是一時鬼迷心竅——」

「然後就迷了五年。」他打斷她的話，冷淡地抬眼，「爺給了妳長達五年的機會。」

哪怕認一次錯呢？

「我……」又急又羞，韓霜淚如泉湧，身子靠著柵欄滑下幾寸，嘴裡喃喃重複，「我真不是故意的，真不是。」

十二歲的少女，正是虛榮心最盛的時候，別家姑娘得了宮裡哪個娘娘的賞賜，翹著尾巴來炫耀，她看得眼紅，自然也想求來。

那時候大魏初滅，無數殷皇室忠臣在逃，馮子虛是當中最有名的賢士，景允哥哥仰他聲名，將他藏在了自己院子裡，當時他們兩小無猜，景允哥哥不曾防備她，任由她在東院裡閒逛，恰好與馮子虛打了個照面。

她還記得馮子虛的模樣，像一本飽經蹉跎的古籍，衣著雖襤褸，但氣度如華，眉宇間滿是她看不懂的情緒。

跟通緝令上的畫像一模一樣。

心中小鬼作祟，韓霜在給長公主請安的時候，突然就開口告密，邀了功。

她到底也是愛著他的啊，沒說是李家藏人，只說馮子虛喬裝打扮，矇騙了景允哥哥，長公主寬宏大量，也沒有怪罪李家，只將馮子虛抓走砍了腦袋。

韓霜覺得不是什麼大事，左右馮子虛與景允哥哥也只是萍水相逢，一個陌生人的命換她揚眉吐氣，很是值當。

那一次，她得了三串瑪瑙翡翠的鏈子、兩個水頭極好的玉鐲、還有一頂漂亮的珠翠鳳尾帽，穿戴齊整，將那幾個喜歡跟她攀比的姑娘壓得好幾年沒能抬頭。

可眼下，韓霜跪坐在他面前，突然跟瘋了似的後悔。

若是再來一次，她不想選那幾個賞賜了，兩人毫無芥蒂地繼續長大比什麼都好，他依舊還會護著她，會只看她一個人，能迎進門的也一定是她，而不是像現在這樣，將她視為眼中釘。

韓霜顫抖著嘴唇抬頭。

李景允沒有再看她了，他將頭轉向旁邊，懨懨地道：「妳沒哭煩，爺也看膩了，想去公堂上做人證妳便去，爺不攔著妳。」

眼眸睜得極大，韓霜僵硬地搖頭，抓著柵欄勉強站起來，不甘地道：「那樣你會死的。」

「死了也比與妳作伴強啊。」他笑起來，眼裡半點溫度也沒有，「韓大小姐換個人惦記吧，爺委實不好妳這一口。」

話尖銳得像把刀子，一下下地往人心口捅，韓霜雙眼通紅，血絲從眼尾往瞳孔裡爬，猙獰又絕望，她從未受過這樣的屈辱，臊得簡直想往柵欄上撞。

溫故知有些看不下去，輕聲勸她：「大小姐，沒必要，天涯何處無玉樹。」

「他救過我的命。」韓霜臉色蒼白地呢喃，「上一回自縊之時他還心疼我的，這才過了多久，過了多久……」

「三爺這人嘴硬心軟，好歹是一起長大的，妳真尋了死，他也未必覺得痛快。」溫故知滿眼不忍，「但妳別算計到他頭上來啊，大小姐，妳也是個聰明人，三爺最忌諱這個，妳犯都犯了，還是別說了，留點韓家人的體面，快走吧。」

韓霜又哭又笑，胡亂拿帕子抹了臉，固執地問李景允：「若出賣你的人不是我，你十八歲那年，是不是就願意娶我了？」

李景允眼含嘲意，張口要答。

韓霜突然就慌了，她抓著裙子原地踱步，轉來轉去地捂住耳朵：「我知道，我知道答案，你不用說了。」

她抬頭，整個人抖得舌頭都捋不直：「可你娶的那個人，她也會算計你的。」

「你們男人看女人，眼皮子淺得很，真以為她就是什麼好人了。等著瞧吧，她也會有出賣景允哥哥的那一天。」

「……」

裙擺掃過，帶得牆壁上的燭光明明滅滅，韓霜抖著身子倉惶地走了，腳步聲凌亂地漸遠。

溫故知滿臉錯愕地看著，然後坐回李景允對面，指著她離開的方向道：「現在的小姑娘都這麼狠吶？得不到的還要咒上兩句。」

李景允似乎在想事情，神色有些凝重，過了片刻才應了他一聲，順手給他也斟上酒。

溫故知仰頭喝下，還有些憤憤不平：「小嫂子多好的人啊，又沒什麼背景，哪能跟她似的往人背後插刀。」

撫著杯沿的手一頓，李景允抿唇，神色複雜地往天窗的方向望了一眼。

窗外日近黃昏。

燦爛的晚霞布滿天空，花月抱著毯子坐在東院裡，張口咬下蘇妙餵來的雞腿。

她含糊地道：「表小姐，我也不是真的小產，不用吃這麼多。」

「廚房送來的，不吃白不吃。」蘇妙一邊餵她一邊眉飛色舞地道，「府裡那個礙眼的院子終於沒了，府裡那些個下人高興得不得了，個個都爭著給妳張羅補身子的東西，妳呀，就安心休息兩日，其餘的事交給舅舅他們去管。」

花月點頭，目光飄向庭院另一邊站著的人。

沈知落是跟蘇妙一起來的，但從進來到現在，他一句話也沒說，只望著院子裡的玉蘭樹出神。

「表小姐。」霜降突然在外頭喊了一聲，「夫人請您過去一趟。」

蘇妙連忙把雞腿塞進她手裡，餘光瞥了沈知落一眼，也沒多說什麼，只笑著對她道：「我去去就回來。」

「好。」花月應下，目送她跨出院門。

院子裡起了晚風，枝頭上最後一朵玉蘭也沒留住，簌簌地落了半枯的花瓣。沈知落伸手想接，那花瓣卻是打著旋兒從他手邊飄落墜地。

無力之感從指尖傳到心口，沈知落抿唇，捏緊了手裡的羅盤。

「沈大人。」背後的人喚了他一聲。

他一頓，收拾好情緒轉頭，正對上花月那雙平靜的眼。

先前看見她，她還會抵觸和嘲諷，可如今也不知是發生了什麼，她再看他，已經能像看個普通故人一樣，禮貌又平和。

「李景允這回能逃過一劫嗎？」她問。

袖口攏上，上頭的星辰熠熠泛光，沈知落怔愣了片刻，突然苦笑：「妳向來不愛聽我說命數。」

幼時的西宮小主是最聰明伶俐的，不管學什麼都很快，寫好一幅字給他，他總會忍不住問：「可想要什麼獎勵？」

粉白玉潤的小人兒，毫不猶豫地回答他：「想要你的乾坤盤。」

「要這個做什麼？」

「拿去砸成泥。」小主笑出兩顆小虎牙，又惡劣又可愛，「然後糊牆。」

她恨極了他算她命數、定她前途，十回主動來他宮裡，九回都是想偷乾坤盤去砸了。

但現在，殷花月倚在長椅上，竟是溫和地同他道：「煩請沈大人看上一看。」

沈知落突然覺得舌根發苦。

他將乾坤盤收進袖口，垂著眼沙啞地道：「他命裡一生富貴，本是沒有波折的，妳非要與他在一起，他便多了幾個劫要渡，眼下這個劫算不得多厲害，妳不必太過擔心。」

更厲害的還在後頭。

花月聽懂了他話裡的意思，忍不住笑出了聲：「大人知道我是個忤逆慣了的性子，越勸越不聽，又何必陰陽怪氣多說這兩句。」

「說是要說的，聽不聽在小主妳自己。」咳嗽了兩聲，沈知落拿帕子捂嘴，狠狠抹了一把，「總歸妳也沒把我們這些人放在眼裡過。」

「你，們？」花月加重了最後這個字，眼眸一轉就明白了，「孫耀祖他們最近聯繫上你了？」

沈知落點頭，他從李景允那裡拿到的第二個印鑑，是大皇子的私印，於是最近聯絡他的人便多了起來。孫耀祖和尹茹本來是在觀望的，不知怎麼突然想通，也來與他投誠。

大魏已經四散的朝臣們，有的已經徹底變心，有的是在虛與委蛇，要想將這些人重新集結，需要花很大的功夫，一旦被周和朔發現，便是個誅滅九族的下場。

幸好，最近他們都被掌事院的事分去了精力，沒人會注意幾次普通的茶會和酒席。

沈知落回神，突然問了一句：「妳與馮子襲有過聯絡？」

低頭整理著毯子上的褶皺，花月答：「我一個奴婢，怎麼聯絡兵器庫的管事？」

也是，沈知落頷首。

尹茹常說，小主已經沒了心氣了，對復仇之事絲毫不上心，她還活著就已經是殷皇室的福音，也不指望她多做什麼。

馮子襲如今也算是高官厚祿，沒道理冒險去殺韓天永，就算韓天永喉間的傷口似曾相識，也未必就一定是他幹的。

沉默了許久，沈知落低聲道：「妳好生保重身子，莫要再為李家公子犯險，他朝一日宮門重敞，我還是會奉妳為主。」

聽聽，多忠誠多重情義啊，要不是躺得實在舒服，花月都想起來給他行個禮。沈知落和孫耀祖他們一樣，都覺得她是個不中用的擺件，只是一個話說得好聽，一個話說得難聽罷了。

打了個呵欠，花月裹了裹毯子，閉上了眼。

蘇妙沒一會兒當真就回來了，看了看椅子上睡著的人，大大咧咧跨著的步子就改成了墊著腳尖的小碎步，她放輕呼吸，湊到沈知落身邊低聲問：「這就睡啦？」

沈知落點頭，帶著她離開東院。

自從上回蘇妙醉酒弄壞乾坤盤，他倆已經許久沒見面了，按照太子的吩咐，沈知落給蘇妙送過賠罪的禮盒，聽人說她笑嘻嘻收下了，但一句話也沒給他回。

今日說要過來，本以為她會找藉口推脫，誰料蘇妙竟跟個沒事人似的，引他進府，又送他出府。

沈知落忍不住問：「妳最近都在忙些什麼？」

蘇妙挑眉，雙手捧心地道：「難得你竟會關心我了。」

「沒有。」他抿唇，「隨便問問。」

身邊這人笑開，一張臉明豔不可方物，她一蹦一跳地踩著青石磚，掰著手指同他稟告：「之前受人相邀，去山上玩流觴曲水，得了幾首好詩詞，回來讓人裱上送給舅舅了，舅舅最近為表哥的事沒少煩心，能博他一笑也是好的。」

「最近這幾日就是燒掌事院的事兒了，詎，不燒還不知道，我在京華也算有體面，那麼多人趕著來慰問，讓我下回行事別衝動。」

沈知落問：「都有誰來了？」

「兵部的小侍郎，東宮的僕射，還有幾個酒席上見過一面的幾位。」她想了想，搖頭，「記不得名字了，就記得他們穿的衣裳，有幾件還挺好看的。」

「……」

旁邊的人不吭聲了，蘇妙也沒察覺，仍舊笑盈盈地邊走邊道：「倒是你，現在才順便來看我一眼，半點也不像定了姻親的夫婿。」

沈知落笑得冷淡：「那誰最像？」

這話擱正常人聽著，都該知道是生氣了，要安撫兩句，說誰也不像。

可蘇妙不，她十分、非常、極其認真地摸著下巴琢磨了起來：「小侍郎溫柔歸溫柔，但太讓著我了，不像夫婿，像從護。你們東宮那位，也不知是不是學了你似的，分明有一肚子話，可就是不肯直說，繞著彎子要我小心謹慎，一板一眼的，有點可愛。不過還是林家那位的模樣最像吧，嘖，要不是我有親事了，還真得考慮考慮。」

「蘇小姐命裡桃花無數，也當是如此。」沈知落扯著嘴角揚了揚，「若是覺得親事礙了桃花開，不妨去跟殿下說，讓他給妳另指夫婿。」

蘇妙搖頭，髮髻裡的步搖跟著直晃：「才不要呢，與大司命這親事多好啊，既能開桃花，又能有處歸家，反正大司命看了天命，也不會在意我跟誰好，我不是樂得輕鬆？」

牙齦一緊，沈知落停下了步子。

他轉頭看向她，儘量心平氣和地道：「不在意歸不在意，但蘇小姐不要臉面，沈某也不想被人戳脊梁骨。」

臉上的笑意僵了一瞬，又重新舒展開，蘇妙伸了個懶腰，嬌俏地道：「那你去同殿下悔婚吧，就說我為人浪蕩，不堪為妻。殿下那麼寵你，想必會答應的。」

前頭就是側門門口，蘇妙也不送了，站在原地笑瞇瞇地朝他揮了揮手，乖巧得像隻搖著尾巴的小狐狸。

沈知落覺得心口發堵。

世上怎麼會有這樣的姑娘呢，完全不按規矩辦事，說她薄情，她偏對他一往情深，可說她專情，她卻對誰都能誇上兩句。

自己彷彿一隻耗子，被她伸著貓爪拍弄，她不想一口吃下他，卻也沒想放過他。

腮幫子緊了緊，沈知落拂袖就跨出了門。

蘇妙站在他身後，眼睜睜看著那抹星辰消失在門外，臉上的笑意才慢慢消失。

韓家與司徒風的官司打了整整七日，兩方從京兆尹衙門吵到朝堂，最後因為司徒風手裡的證據確鑿，他被判流放徽州，不用給韓天永償命。

韓家夫婦氣得齊齊病倒，長公主也焦頭爛額，一片混亂之中，司徒風高高興興地就離開了京華。

徽州雖然遠，但也不是什麼荒蕪之地，有太子的庇佑，他過去就能另尋官職重新過活，算不得什麼絕路，所以坐上囚車的時候，他還翹著腿在哼小曲兒呢，不著調的曲子灑在坑坑窪窪的泥石路上，還頗有兩分鄉野情調。

「前頭有驛站。」押送他的官差道，「到了就去歇歇腳。」

「好啊。」司徒風笑著應下，又開始哼黃梅子葉兒綠。

驛站離京華不遠，官差將他關進廂房便去尋吃的了。司徒風左右看了看，覺得這房間倒也稀奇，大梁人的習慣，桌椅跟床中間一定是有隔斷的，可這屋子裡的擺設，倒像是大魏的風俗，桌椅就在床邊靠著，還擺了一壺茶。

這一路趕去徽州，中間不知道要受多少顛簸，秉著能樂一時是一時的想法，他坐下來就著茶壺往嘴裡倒了兩口。

翹著腿靠在椅背上，司徒風唏噓地想，自個兒上回看見這種房間，還是好多年前了。

那時候的宮裡茶桌就放在床榻邊，他一刀刺穿一個妃嬪的肚腹，看著她撲摔去桌上，又踉踉蹌蹌地滾到了床邊。豔紅的血蜿蜒了一路，像錦緞上的紅色繡花，從桌幃繡到床幃。

他沒懼怕過那個場景，甚至很是懷念，因為有那麼一遭，才有他後來的高官厚祿。

可惜啊……司徒風搖頭，又喝了一口茶。

午時驕陽正盛，照得人有些睏倦，司徒風覺得眼皮子重，迷迷糊糊地想起身去床上，不曾想腳上沒力，一踩就軟倒下去，面朝地，額頭「咚」地磕在了床沿上。

這磕得是真重，疼得他眼前花白，忍不住「唉喲唉喲」地叫喚起來。

門被人推開，吱呀一聲響，司徒風以為是官差回來了，連忙捂著腦袋喊：「快來看看我的腦袋撞破了沒？唉喲疼死人了。」

那人慢悠悠地走到他跟前，俯下身來看了看，笑道：「破了個小口子，不妨事的。」

怎麼是個女人的聲音？司徒風一愣，迷茫地抬頭。

花月微笑著迎上他的目光，眼眸清麗泛光，鬢邊碎髮垂落下來些，更添兩分溫婉。

她拿了帕子將他額頭上的傷按住，輕聲道：「止了血就好。」

莫名的，司徒風覺得渾身發涼，他胡亂揮舞著手將她擋開，縮著身子往後退：「妳，妳是誰？」

「奴婢是這驛站的雜役呀。」她眨眼。

司徒風搖頭，眉頭緊皺：「不，不對，妳不是雜役，你怎麼進來的？」

他看向她身後的大門，慌慌張張地推開她就想往那邊跑。

然而，腿一邁，他整個人就跌杵在地上，四肢像是被人抽了筋一般無力，像一團無骨的肉，掙扎蜷縮著往門口挪。

身後的人沒有抓他，反而是慢條斯理地跟著他的動作往門口走，腳步聲優雅又清晰。

嗒——嗒——

司徒風滿臉驚恐，一邊蠕動一邊道：「妳放過我，放過我，我們無冤無仇，妳想幹什麼？走開，走開！」

花月好整以暇地看著他爬到門口，手指一抵，鏽軸發出嘔啞的轉動聲，兩扇木門緩緩闔上。

光線由寬變窄，最後一縷橙色在他的腦門上漸漸消失，只留下了一雙瞳孔縮得如針尖一般的眼。

司徒風急了，嘴裡嘰裡咕嚕地開始又罵又求饒，面前的人脾氣極好地聽著，順手給他餵了一顆藥。

嘈雜的聲音漸漸變成了聽不清的嗚咽，有痛苦至極的慘叫聲堵在喉嚨裡出不去，聽起來像誰家壞了的風箱，一刻也不歇地拉出破碎的空響。

片刻之後，花月收起沾血的刀，溫柔地將司徒風扶上床。

他仍舊睜著眼瞪著她，身子卻動彈不得，屋子裡的血腥味濃烈嗆鼻，可偏偏，他沒有死，雙眼暴凸地看著她起身，發不出聲音的嘴近乎畸形地張著。

花月平靜地拉開門出去。

裙擺掃在門檻上，帶起了一層灰，她臉上沒什麼表情，眼底卻是烏沉沉的一片，像被什麼東西給扼住了似的，壓抑又癲狂。

她想抬頭看看外頭的太陽，可這一抬頭，花月撞上了一雙萬分熟悉的眼睛。

瞳中蘊墨，墨色如漆，那顏色翻捲糅合，沒由來地給人一種寧靜之感，像玄石浸溪水，烏雲捲夜空。

花月看得走神，眼裡的戾氣漸漸褪開，接著就湧上了幾抹慌亂。

她「啪」地就將身後的門闔上了。

李景允負手站在走廊下頭，身上穿的是她今日送去的玄青鴉袍。

他低頭看著她，沒開口說話。

第48章　爺想妳了

空氣裡還有一絲淺淡的血腥味兒，如同藏不住的狐狸尾巴一般，招搖得讓人尷尬。

花月貼在門上，連呼吸也不敢，像一隻被天敵盯上的壁虎，僵硬著一動不動。

李景允為什麼會在這裡，大牢的鎖鏈擺著好看的不成？還是她在做夢，眼前這個人只是她太心虛而臆想出來的幻影？

睫毛顫動，花月不安地瞥了他兩眼，見他沒說話也沒動，便猶豫地伸手，想去戳戳看。

然而，食指剛伸到他衣襟，這人就動了。

李景允捏了她的手，眼皮垂下來，表情略微有些嫌棄，他就著袖口擦了擦她指間的血跡，眉心直皺：「第一次對人動手？」

這話來得沒頭沒腦的，她也不知道是不是太緊張，竟然就順著答：「是啊。」

「有空跟爺拜個師，爺教妳怎麼動手身上不沾血。」

「哦好。」

「人死了沒？」

「沒有。」

「那便不用太急逃離。」他擦乾淨了她的手，捏著打量兩眼，滿意地收進了自己的掌心，「跟爺慢慢走吧。」

身子被他拉進外頭的陽光裡，光線耀眼，照得她下意識地抬袖擋臉。前頭走著的人像是察覺到了，身子一側，高高的個頭直接將她罩進陰涼裡。

花月傻眼了。

看見這樣的場面，他不驚訝嗎？不好奇嗎？怎麼連問都不問一句。

目光朝下，她看見了他的靴子。這人應該是騎馬趕過來的，官靴的側面有被馬鐙硌出來的細印，來時很急，所以肩上蹭了一抹牢裡的黑牆灰也沒管。

這些匆忙焦急的痕跡，跟他現在平靜從容的模樣一點也不搭。

花月抿唇，抬眼看向他的後腦勺。

「公子。」她開口問，「您怎麼出來的？」

李景允頭也不回地答：「翻牆。」

花月：「……」

兩人已經走出了驛站，她咬牙拉住他，微惱地道：「案子還沒開堂審理，你怎麼能隨便越獄？這要是被抓住了，便算畏罪潛逃，到時候活路也會變成死路，公子怎麼會如此糊塗！」

李景允轉頭，墨瞳睨著她，略有笑意：「許妳戕害太子門客，不許我逃個天牢？」

「那能一樣嗎？」她直跺腳，「我砍司徒風一條胳膊，沒人會知道。你這本就在風口浪尖，被長公主曉得，還不直接推上斷頭臺去？」

先前還滿眼戾氣的無間閻羅，突然變成了吹眉瞪眼的小白兔子，李景允看得滿懷欣慰，伸手抿了抿她的鬢髮。

小兔子氣呼呼地就拍開了他的爪子：「命都不要地來了，怎麼也不問我為什麼要跟司徒風過不去？」

「妳一直不願跟爺說實話，爺問也白問。」他看著她的眼睛，半認真半玩笑地道，「等妳願意說了，爺再聽。」

分明是什麼都知道，卻在這兒給她扮什麼溫柔，花月惱得直磨牙，想甩開他的手，可甩了好幾下都沒能把他甩掉。

盯著兩人握在一起的手，她突然洩了氣，耷拉著腦袋道：「我與司徒風有舊怨，知道他被流放，提早就在這驛站準備好了。我想過，他不認識我這張臉，押送的官差看他命還在，也不會橫生枝節追查過來，無論如何我也不會連累將軍府。」

她說完，又抬眼瞪他：「你是早就知道我想動手。」

李景允輕笑，心情極好地道：「爺只是怕妳處理不好，讓人提前盯著，好在妳失策的時候替妳收拾爛攤子。結果沒想到，妳做得還挺乾淨。」

他摸了摸她的腦袋，驕傲地道：「不愧是爺東院的人。」

這是什麼值得誇讚的事情嗎？花月哭笑不得，她以為李景允會責難她，亦或是覺得她心狠手辣、戒備地將她逐出將軍府。可這人沒有，他甚至在擔心她能不能做得乾淨俐落。

想起他那日給她坦白棲鳳樓之事，花月神色複雜。

他好像在漸漸朝她敞開心扉，那麼自大混帳的一個人，也算計她，也威脅她，但他誠懇認錯，也真的把她想知道的事告訴了她，甚至在發現她要害人的時候，毫不猶豫地成為了她的同黨。

這人，到底想做什麼？

看見了她眼底的疑惑，李景允彈了彈她的腦門：「走了，再不回去，爺真成畏罪潛逃了。」

眉心一痛，她皺眉捂著，邊走邊問：「現在這不是畏罪潛逃嗎？」

「妳來救爺的時候都知道拿木板擋箭，爺能那麼蠢，真的將把柄送去別人手裡？」他哼笑，「出來的時候沒人發現，牢裡還有人替爺守著。」

心口一鬆，花月長長地吐了口氣。

兩人上馬，李景允拉過韁繩，還是嫌棄地搖了搖頭：「妳這人就是沒眼力勁，當時要是妳捨身往爺身上一撲，爺肯定感動得痛哭流涕，當即發誓今生只妳一人，再不另娶。」

抓緊馬鞍，花月翻了個白眼：「那可真是要給妾身種枇杷樹了。」

「枇杷樹是什麼意思？」他納悶。

「庭有枇杷樹，吾妻死之年所手植也，今已亭亭如蓋矣。」花月神色複雜，「公子天天躺在榻上，都看什麼書？」

腰間被人一掐，身後那人的聲音頗為咬牙切齒：「爺看的是兵書，誰有空看這些個悼念之詞。還有，這玩意兒不吉利，再唸爺打斷妳的腿。」

方才還溫溫柔柔的，一轉眼又變回了這孽障模樣，花月惆悵地嘆了口氣，嘴角卻莫名地往上抬。

今兒真是個好日子啊，宜復仇、宜與人同乘。

宜口是心非。

龍凜被害一案不知是被誰壓著，一直沒升堂問審，花月以為李景允還要被關上許久，結果有一件事突然冒了出來。

起因是李景允讓她去一趟棲鳳樓，幫忙清帳。

花月也不知道這位爺的心怎麼就這麼大，告訴她祕密了還不算，還讓她插手帳務，理由是將軍府的帳做得挺好，最近棲鳳樓太忙，讓她去搭把手。

作為將軍府的掌事兼姨娘，她的活兒已經夠多了，本來想反抗的，這人卻一板一眼地給她開了高出將軍府三倍的月錢。

這是月錢的問題嗎？花月氣憤地想——

她就是喜歡清理帳目，多清理一份而已，舉手之勞，怎麼能說是因為月錢。

於是這天，她就坐在棲鳳樓的暗房裡看帳本。

「這幾個月帳目很多，我審過一遍，沒有太大的紕漏。」掌櫃的同她道，「只是有一筆壞帳太大了，煩請您轉告東家一聲。」

花月仔細將那筆帳一看，譴，貴客：龍凜，欠帳數目：三千兩。

指尖按在這數目上，花月側頭問：「這位三千兩花在什麼上頭了？」

「酒席、給姑娘的賞銀。」掌櫃的道，「這位客官平日是不欠帳的，就那日宴請賓客，似乎不太方便，統統讓記在帳上。」

宴請什麼樣的賓客能花三千兩的排場？花月想了想，問：「掌櫃的在這個地方見多識廣，可認得當日的客人是誰？」

面前的人回憶片刻，以手沾茶，在桌上寫了個名字。

花月看得瞇了瞇眼。

京華最近天氣漸熱，各家各院都開始午眠，沒有人會在飯後的半個時辰內忙碌。

除了東宮的霍庚。

霍庚只是太子僕射，平日裡是不會有什麼事的，但不知道為什麼，大司命突然就開始找他麻煩，讓他整理祭壇不說，還讓他把魚池裡的水舀乾重新換一池。

他覺得自己好像不是做這個活兒的，但大司命這麼說了，霍庚也不敢多問，只能苦兮兮地一瓢一瓢地舀水。

「誒，沈知落人呢？」有人從遠處過來，問了他一句。

霍庚愁眉苦臉地抬頭，看清來人的臉，眼眸微亮：「蘇小姐。」

蘇妙左右張望著，朝他笑了笑：「不是說沈大人在祭壇這邊麼？也沒看見人。」

「他在那邊的廂房裡。」霍庚指了指，又輕聲提醒，「大人心情不佳好幾日了，您當心些。」

蘇妙感激地衝他點頭，又掃了一眼他手裡的葫蘆瓢：「你這是在做什麼？」

不好意思地撓了撓頭，霍庚道：「大人讓我把這池子裡的水舀乾。」

「……」

往旁邊看了一眼，蘇妙低聲道：「稍等。」

她將池子裡的荷葉梗扯了下來，放在水裡吹了一口，看水面上冒起一串泡泡，便將整支梗條浸在水裡，浸透之後拇指堵著一端梗口，拿出水面來越過池沿，放在比池子更低的地上。

池子裡的水突然就嘩啦啦地從荷葉梗裡往外流。

霍庚看傻了眼：「這，這是怎麼回事？」

蘇妙一邊擦手上的水一邊笑：「就是這麼回事，讓它自個兒流，你別舀了。」

說完，拉著身後的花月就往旁邊的廂房走。

花月看她一眼，又回頭看看那雙頰微紅的大人，忍不住想，她要有蘇妙這樣的未婚妻，也想把她青睞的人都發配去舀魚池。

這姑娘可太招人喜歡了。

「小嫂子。」蘇妙扭頭問她，「待會兒妳們說事，我能在這地方隨便逛逛麼？」

花月回神，有些納悶：「逛什麼？事關三公子，表小姐也要一起聽了才是。」

「不是很想看見他。」蘇妙悶悶地道，「先前心情好，還隨著他胡鬧，這幾回老娘心裡不舒坦，不想慣著他。」

花月聽得失笑：「表小姐竟然會有不喜歡沈大人的一天。」

「也不是不喜歡。」蘇妙皺著鼻尖道，「就是煩，暫時煩上幾日。」

「今日之事有些厲害，需要表小姐一起幫忙，恐怕要委屈一二了。」花月晃了晃她的手，「等事畢回府，我給表小姐做點心吃。」

臉色稍霽，蘇妙不情不願地點了頭，與她一起進廂房。

沈知落不著痕跡地將開著的窗戶闔上，面無表情地轉身迎上她們二人。

「找在下有事？」

蘇妙指了指自己身後，側身讓開。花月跟著上前，生分地行了個禮，然後道：「想請大司命幫忙告狀。」

「告什麼？」他疑惑。

花月將一疊東西放在他手裡，抬眼道：「戶部尚書羅忠，收受賄賂。」

受賄之事，朝中之人十有八九都沾染，沈知落不感興趣，但既然是她說的，他還是接過東西看了一眼。

結果就看見了東宮會很感興趣的東西。

「隱匿掌事院帳目。」他沉吟，「妳怎麼拿到這東西的？」

花月聳肩：「別人揭發，主動送來。」

誰會揭發到這麼深的東西？沈知落眉心直皺，可看面前這人的表情，她顯然是不打算告訴他的。

莫名有些無奈，沈知落低聲道：「妳既對我諸多防備，又為何要來找我幫忙？」

「互利互惠。」花月耿直地道，「你讓東宮的人去告這一狀，對太子殿下有利無弊。」

與此同時，羅忠若是定了罪，那龍凜也就不是無辜的了。

定定地看著她，沈知落失笑。

殷花月果然是個忤逆的性子，說什麼不能做，偏就要做什麼。告訴她了和李景允攪合沒有好下場，她倒還上趕著來救人了。

他可以不答應這件事，反正也與他沒什麼關係，但思來想去，沈知落還是點了頭。

就像攔不住的凋零花瓣，有的東西既然改變不了，那他與其做一隻抓空的手，不如做一陣風。

「可還有別的事？」沈知落問。

花月搖頭，餘光瞥著旁邊一聲不吭的表小姐，想了想，道：「來都來了，可否讓我去見一見這祭壇裡的老宮人？」

沈知落聽得一愣，下意識地想說她認識的那個老宮人早就沒了，結果對上她的眼睛，就看見她皺了皺眉。

別反駁我——這小祖宗的眼神如是說。

不明所以地將話咽了回去，沈知落點頭道：「可以。」

於是花月轉頭對蘇妙道：「表小姐稍等，我去去就回。」

蘇妙點頭，坐在椅子裡打著呵欠目送她出去，然後屋子裡就剩下她和沈知落。

她可以起身出去等花月的，但是她沒動。

沉默片刻，蘇妙開口道：「你怎麼為難起霍大人來了。」

沈知落臉色一沉，轉過背去打開花窗，冷眼看向外頭那根源源不斷往外湧著水的荷葉梗。

「是太子的吩咐，我沒有為難他。」

蘇妙故作了然地點頭，然後皮笑肉不笑地道：「我還以為你又吃味了。」

沈知落捏著窗沿，沒吭聲。

蘇妙伸了個懶腰，漫不經心地起身道：「下個月林家府上有喜事，給我發了請帖，你要不要跟著去看看熱鬧？」

林家？沈知落抬了抬眼皮：「是上回妳說想考慮的那個林家公子？」

蘇妙一頓，接著倒是笑了：「是我上回說的那個，但不是公子，是林家小姐。」

窗邊的人滿眼疑惑地轉頭看了過來。

舔了舔嘴唇，蘇妙眼裡多了兩分捉弄成功的快意：「林家小姐又漂亮又賢慧，對我溫柔體貼關懷備至，而且那小腰又細又軟，抱著舒服極了。她要是與我成親，那可就太好了。」

「……」

沒見過這樣的女兒家，調戲男人就算了，還愛調戲女人。沈知落嫌棄地轉過頭去，神色卻是輕鬆了兩分。

蘇妙哼笑，兀自端起茶來喝。

沈知落查了羅忠幾日，把花月拿來的東西連同他自己查到的證據一併交給了太子。

事關掌事院，周和朔一收到消息就讓人嚴查，沒兩日就查出長公主面首重金賄賂戶部尚書，篡改帳目，將掌事院每年一大筆不知去向的花費隱匿在了繁多的土木興建背後，蠶食國庫，中飽私囊。

這一大筆銀子去了何處，真要查起來，長公主自然是脫不開干係的。

周和朔想請皇帝定奪，可不知為何，聖上沒有要查長公主的意思，只定了龍凜賄賂重臣、私吞國庫銀兩的罪名，處以斬首之刑。

可憐的龍凜，死了都還要當一回替死鬼，屍首被拖出去，不知亂葬在了何處。

他一被定罪，李景允身上的罪名就輕了，哪怕長公主那邊的人絞盡腦汁想給他加些罪名，李景允也還是輕鬆出了獄。

花月以為他會被流放，亦或是指派去邊關，但是沒有，李景允被徐長逸等人八抬大轎送回了將軍府，身上沒擔半點罪責。

「我就知道三爺早有主意。」徐長逸拍著太師椅的扶手笑，「那韓家小姐真當捏你命門了，還來哥幾個面前逞威風呢，小嫂子是沒瞧見，今日三爺出獄，韓霜在門口站著，臉色那叫一個難看。」

「可不是麼，她還想請長公主做主，長公主現在自身難保，哪兒還顧得上她。」柳成和也笑。

李景允在主位上坐著，狀似在聽他們說話，一雙眼卻只盯著花月瞧。

才多久沒見，這人怎麼感覺又瘦了些，淺青的腰帶都快繞第三圈了，眼下也又有了烏青。

沒他守著，果然是不會睡飽覺的。

他有些不悅地抿唇。

「誒，有茶沒？」徐長逸說得口乾舌燥，捏著茶杯就朝旁邊伸手。

花月笑吟吟地過來，想給他添茶。

蘇妙瞥了上頭一眼，奪了茶壺就扔給徐長逸，努嘴道：「有沒有眼力勁兒，這兒久別勝新婚呢，還敢勞煩小嫂子動手？」

「不敢不敢。」徐長逸接過茶壺自己倒，邊倒邊揶揄，「三爺要是有事兒，就往內室走，咱們這都不是外人，有什麼響動也只當聽不見的。」

幾個哄鬧起來，朝著主位上的人擠眉弄眼。李景允微哂，跟著就笑了笑。

花月也笑，三公子是什麼人？運籌大牢之中，決勝公堂之上，這麼多人看著，他想什麼兒女情長？

結果手腕一緊，她當真被人拽進了內室。

隔斷處的簾子一落，外頭哄笑的聲音更大，花月瞪大了眼看著面前這人：「你……」

李景允將她抵在隔斷上，半闔下來的眼裡盡是笑意：「爺聽人說，妳最近吃不好睡不好？」

花月皺眉，梗著脖子別開臉：「天氣越來越熱了。」

「還去給爺求了平安符？」

「那是給夫人求的。」她耳根漸紅，貼在隔斷上聽見外頭的拍桌鼓掌之聲，更多兩分惱意，「您別靠這麼近。」

李景允不聽，低下頭來，鼻尖輕輕蹭了蹭她的側臉：「蘇妙來接我，都知道說一聲想我了，妳這個做人側室的，怎麼半句好話都不肯吐？」

吐什麼好話，這人都知道借著她去棲鳳樓拿東西告羅忠，定是早就想好退路了，也就她這個傻子，真心實意地擔心著他的性命。

花月想起來都氣，他只說讓她去棲鳳樓看帳，結果怎麼就算計著她會發現龍凜欠帳的不對勁？他就不怕中途出點岔子，亦或是她沒那麼在意他，不把東西交給沈知落？

張口想質問，又覺得傻，這不是繞著彎明說自己真如他所想地在意他麼。

花月閉了嘴，死死地抿著唇角。

外頭蘇妙他們已經開始說起韓霜的事，也說起李景允曾救過她一回。花月聽見一句「不得不救」，微微一愣，剛想側頭再聽個仔細，下頷就被人捏住了。

李景允手掌很寬，手指又長，說是捏著下巴，其實已經算是一隻手捧住了她半張臉。他執拗地將她轉過來對著自個兒，話裡含笑：「說句好聽的，爺就饒過妳。」

花月皺起鼻尖，悶聲問：「不說會如何？」

面前這人陡然板起臉，劍眉倒豎，十分不滿地怨道：「剛歷了一劫回來呢，熱茶沒有，熱飯也沒有，妳要是還連句好聽的都不肯說，那爺就——」

他高高舉起了手，花月下意識地一縮，閉上了眼。

眼裡帶笑，李景允將手落下來，扣住她的後腦勺，將她拉進自己懷裡，抵著她的耳側道：「那爺就說給妳聽。」

溫熱的氣息帶著些壓抑的渴望，低啞地在她耳鬢上廝磨，像什麼東西落進溫水裡，蕩漾起一圈又一圈的漣漪。

花月震了震，想抬頭看他，眼皮卻突然一暖。

李景允伸手捂住了她，像在羅華街上之時一樣，掌心如火。可不一樣的是，眼下沒有血腥和屍體，只有他近在咫尺的聲音。

「爺很想妳。」他似乎也有些難堪，捂在她眼睛上的手無意識地摩挲著，但還是抵在她耳邊繼續道，「在牢裡牢外其實也沒什麼差別，但牢外有妳，那爺還是出來好了。」

第49章　放長線，釣大魚

外頭那幾位的笑鬧聲不知怎麼的戛然而止。

花月覺得自己的表情尚算鎮定，就是脖子有點發燙，她別開頭，微惱地低聲道：「外頭還有人。」

李景允輕咳一聲站直身子，抬頭朝外頭問：「有人嗎？」

「沒有。」蘇妙溫故知等人齊齊回答。

花月：「……」

面前這人得意地笑了，鼻尖蹭著她的臉道：「聽見了嗎，沒人。」

一爪子拍開他，花月惱羞成怒地捏著袖子就往外躥，身形快得他想抓都來不及。

隔斷處的簾子掀起又落下，從他的臉側拂過，又軟又綿。

「小嫂子？」外頭響起幾聲揶揄地叫喊，她好像沒理，腳步惶然，直往門外而去。

逗弄過頭了？李景允懊惱地收回手站直身子，出去瞪著那幾個罪魁禍首。

「這可不關咱們的事。」迎上他的目光，蘇妙連連搖頭，「自己的女人都搞不定，這怪得了誰啊。」

溫故知失笑，扶著桌沿一邊笑一邊道：「這可是頭一回瞧著有三爺拿不住的姑娘。」

「豈止是拿不住，怕是反要被人家拿住了。」柳成和唏嘘不已，「三爺，別往外瞧了，早跑遠了。」

李景允收回目光，坐回主位上目光和善地看著面前這幾個人。

背脊微涼，溫故知等人都瞬間收斂了笑容，只有蘇妙還在咯咯咯地笑，清脆的聲音迴盪在主屋裡，格外動聽。

「表妹。」李景允難得親切地喚她。

笑聲一噎，蘇妙眉梢微動，慢慢合攏了嘴，一本正經地朝他拱手：「表哥，我最近事忙，許是受不得什麼差遣。」

「是嗎，那還真是可惜了。」李景允端起茶，遺憾地搖頭，「還說想讓妳隨沈知落一起去永清寺住幾日呢。」

「誒。」蘇妙連忙道，「有空有空，這事兒我有空。」

「不過。」她有點納悶，「好端端的，知落為什麼要去永清寺？」

「這妳得去問太子殿下。」他抿唇，「原本那般寵信沈大人，突然就要人往宮外遷。」

神色正經起來，蘇妙起身走到他旁邊，微微皺眉：「你肯定知道。」

李景允哼笑起來，兀自撇著茶杯裡的浮沫。

「表～哥～」蘇妙搓著手朝他撒嬌，「我錯了，我再也不笑你了，你給我透露透露，我一定去小嫂子面前給你美言，把你誇得天上有地下無，保管小嫂子以後對你死心塌地。」

「她現在也對爺死心塌地。」他不悅地糾正。

「行行行，我表哥這麼玉樹臨風天下無雙的男人，誰敢不死心塌地啊？」蘇妙閉著眼一陣奉承，然後道，「快告訴我，怎麼回事？」

放了茶杯，李景允正經了起來，聲音低沉地道：「最近朝中有風聲，說有幾個大魏舊臣暗地結党，太子嚴查此事，卻無任何證據，也不知妳的沈大人怎麼就惹了他的不滿了，顧忌他也是大魏舊臣，太子就讓他去永清寺祈福。」

說是祈福，其實也就是遷住，不願再讓他在東宮裡留著。

蘇妙連連皺眉：「殿下的疑心可真是重，大魏都滅朝多少年了，怎麼還在擔心這茬，別的不說，大魏皇室就沒一個種留下的，舊臣就算結黨，又能有什麼用？」

「也不怪太子多疑。」徐長逸道，「最近東宮的人頻頻出事，朝中打眼的那幾個大魏舊臣又多有來往，雖然都是正常的人情往來，可太子難免不往那上頭想。」

溫故知沉吟片刻，輕笑：「還真是巧了，先前薛吉死於非命，後來司徒風也被流放，這兩人可都是滅魏之時立了功的，齊齊遭難，應該是有什麼說法。」

「莫非真有餘孽作祟？」

「想知道是不是餘孽作祟還不簡單？」溫故知道，「朝中還有個康貞仲也是滅魏有功，要是太子當真懷疑，就讓人在他身邊盯著，一旦有人動作，可不就能順藤摸瓜了？」

李景允沉默地聽著，眼皮半闔。

「表哥。」蘇妙忍不住問他，「你怎麼想的？」

回過神，他嗤笑：「能怎麼想，他們鬧起來也與我將軍府無關，樂得兩分清淨。」

這倒是真的，先前長公主和太子奪權，雙方為了爭將軍府的勢力，沒少把李景允扯進泥潭，那個時候的將軍府才真是風雨飄搖，稍有不慎就要行錯踏錯。

現在好了，長公主顧不統領軍府，太子也不會再逼著李景允成親，他們大可以作壁上觀。

蘇妙鬆了口氣，又有些擔心地看向外頭。

京華入了夏，各院各府都開始搭給主子們乘涼用的葡萄架，花月站在庭院裡督工。

霜降在她身側，輕聲與她稟告：「司徒風過了三個驛站，現在就剩下一隻胳膊，護送的人來傳話，說要不就先停手，人死在路上他們不好交代。」

花月輕笑：「行啊，本也沒想讓他死在路上，就叫他去徽州過日子，等日子過順暢了，再去看看他。」

司徒風現在已經是幾近癲狂了，繼續折磨也沒什麼意思，等他冷靜下來恢復神智之後再收他的命，也算告慰皇嫂和她肚腹裡孩兒的在天之靈。

幼時太傅曾教她，以德報怨，可安天下。花月覺得這純屬瞎扯，恩怨足夠大的時候，什麼德都難以平自己的心頭之恨，為什麼要踩著自己的傷口去感化一個做錯事的人？有仇報仇，有怨報怨好了。

她最討厭聽見人說「妳這樣做和凶手有什麼區別」，區別大了去了，一個是用心險惡傷天害理，一個是以牙還牙報仇而已，混淆二者以勸人放下屠刀的，不是菩薩，是幫凶。

「奴婢還打聽到一些事。」霜降開口道，「這回羅忠被告，似乎跟三公子有關。」

花月回神，莫名其妙地道：「本就與他有關，若不是他，我哪裡會知道龍凜行賄羅忠。」

「不是。」霜降搖頭，「奴婢的意思是，這件事最開始就是三公子發現的，所以他才提前收集好了證據。」

神色微動，花月左右看了看，拉著她退回庭院的角落，低聲問：「怎麼回事？」

「四月初九，龍凜在棲鳳樓與羅忠密談，被人偷聽，身邊的護衛追出去，只看見了那人的背影，說是像李家三公子，結果當日問了棲鳳樓的掌櫃，說三公子並未光臨。」霜降道，「龍凜也懷疑過三公子，但是沒有證據，只能不了了之。」

四月初九？花月挑眉，突然想起了韓霜身邊那個丫鬟別枝。

別枝曾套過她的話，問的就是四月初九李景允去了哪裡。她戒心重，說他在府上沒出去，將她糊弄住了。

如此一看，那丫鬟還真不是簡單的下人，竟會聽龍凜的吩咐，也虧得她沒說漏嘴。

四月初九那日，她被抓去棲鳳樓，李景允也在，那便是棲鳳樓的掌櫃幫著撒了謊，龍凜和羅忠的談話被他聽了去，才有他如今的全身而退。

花月突然覺得很好奇，那座棲鳳樓裡除了羅忠的罪證，是不是也還藏了別的，隨用隨取？

「少姨娘。」管家來了庭院，看一眼快搭好的葡萄架子，滿意地點點頭，然後捏著衣擺過來道，「老爺傳話，讓您過去一趟。」

「好。」花月應下，讓霜降繼續守著葡萄架，轉身跟著管家走。

自從她被李景允納為姨娘，將軍就鮮少召見她了，上回召她還是為了問公子在牢裡的情況，對她似乎頗為不滿。

花月也能理解，本來麼，安插她去東院，就是為了看住公子爺，好讓他順利與韓家小姐完婚，誰知道她這不要臉的小蹄子竟然搖身一變成了兩家聯姻的最大阻礙，沒打死她都是看在她往日的功勞上了。

跨進書房，花月老老實實地跪下行禮：「給老爺請安。」

李守天坐在書桌後頭，只「嗯」了一聲，然後道：「我給景允物色了禁宮散令一職，妳這幾日給他說道說道，多隨我出去走動。」

微微一怔，花月有些意外，禁宮散令，那便是要去宮裡，三年五載難以歸府的，將軍雖然嘴上嚴厲，心裡對李景允到底也算疼愛，怎麼會突然想讓他擔這麼個職務？

察覺到她的困惑，李守天輕哼：「馬上就是大梁科舉，武試一過，朝中人才濟濟，到時候別說散令，侍衛都不一定能有他的份，提前讓他進宮，總比一輩子碌碌無為來得好。」

「……」碌碌無為這個詞放在李景允身上，也太不搭了。

要是以前，花月肯定二話不說就應下，畢竟當奴婢的，主子的話比天還大，她一向恪守本分。但是現在，她覺得將軍小看了李景允。

那人在練兵場上，也是銀槍飛沙，烈火驕陽，他要是想入仕，絕不會只屈居散令。

輕輕嘆了口氣，花月斟酌著輕聲道：「將軍不考慮讓公子去試試武舉？」

「他去武舉？」李守天不以為然，直接搖頭道，「他那點三腳貓功夫，平日裡連老實紮個馬步都不肯的，去了也是丟人，不如直接拿個官職，也算我對得起李家先祖。」

他目光掃下來，又沉聲道：「妳別以為我不知道妳在想什麼，不想與他分居兩地？但他是男兒家，總要建功立業的，趁著他還沒赴任，妳也最好早些懷個身子，也免得李家後繼無人。」

沙場上橫慣了的人，向來是聽不進勸的，花月也就不打算多說了，乖巧地磕頭應下就是。

只是，起身走出書房，她還是替李景允覺得不平，在李守天眼裡，他可能只是個整日往外跑、甚至闖禍入獄的紈絝子弟，但她知道，三公子有自己的想法，也有自己的功業。

他不比京華任何一個兒郎差。

推開東院的大門，花月跨進去就看見李景允正在餵那頭白鹿。

與山上獵來的時候相比，這鹿如今更加乾淨，皮毛也更亮堂，蹭著他的手吃芝麻酥，水靈靈的大眼睛直往她的方向瞅。

李景允順著牠的目光看過來，眉梢輕挑，戲謔地道：「新娘子回來了。」

收拾好情緒，花月走過去惱道：「什麼新娘子。」

他勾唇：「你我可是在牠跟前行了禮的，在牠眼裡，你就是新娘子。」

白鹿跟聽懂了話似的點了點頭。

花月噎住，無奈地搖頭，她將這鹿牽回後院的柵欄裡，然後打了水給李景允洗手。

李景允一邊洗一邊抬眼打量她：「誰欺負妳了？」

心虛地垂眼，花月低聲道：「什麼欺負，妾身這不挺好的。」

鼻尖上哼出一聲來，他擦乾手拉她進屋，拿了銅鏡放在她面前：「妳自己看看，妳這臉色叫挺好的？」

鏡子裡的人面白如玉，雙眉含愁，瞧著就是一副苦相。

花月「啪」地扣了花鏡，猶豫一二，抬眼問他：「公子可想過入仕？」

眼底劃過一抹詫異，李景允倚在妝臺邊思忖片刻：「我爹給我謀了差事？」

「……」這都能猜到？花月忍不住拿起鏡子再看了看自己的臉，難不成當真如五皇子所言，她什麼心思都寫在臉上？

看了半天也沒看出個結果，她沮喪地低頭：「將軍給您謀了禁宮散令，統管宮門禁軍。」

這活兒輕鬆，不會有性命之憂，俸祿也不低，李景允仔細打量面前這人，忍不住伸著食指挑起她的下巴，摩挲著她的唇瓣問：「不是個好差事嗎？」

花月這叫一個恨鐵不成鋼啊，哪兒好了？一身錦緞混吃等死，就像是把練兵場上最鋒利的刀用綢布裹起來束之高閣。

不過氣憤也只一瞬，她看了看公子爺這輕鬆的表情，還是扁嘴道：「是挺好的，體面。」

他眼裡笑意更濃，拇指一下又一下地撫著她的嘴角：「這麼體面的差事妳還不高興，嗯？」

「高興，妾身這就去買兩串鞭炮來掛在門口替爺道賀。」她掛出虛偽的笑容來，笑得貝齒盈盈。

李景允實在忍不住，低頭啄她一口。

「公子！」面前這人立馬惱了，柳眉倒豎，「光天化日的，您這是個什麼體統。」

吻自己的妾室，竟然要被說沒體統，李景允這叫一個惆悵啊，比起入仕，他更該想的是用什麼法子才能讓這小狗子自覺地與他親近，這才是頭等大事。

想了想，他往旁邊的軟榻上一坐，朝她勾了勾手：「過來。」

花月戒備地看著他，一步一頓地磨蹭到他面前：「公子有何吩咐？」

「不是好奇爺想沒想過入仕嗎？」他側過頭，伸手點了點自己的臉側，「親這兒，爺就告訴妳。」

花月不敢置信地「哈？」了一嗓子，雙手交疊，優雅地頷首：「公子，入仕不入仕都是您自個兒的事，妾身為何要因此……公子多慮了。」

李景允也不反駁她，眼尾含笑地等著，輕點在臉側上的食指莫名透出兩分痞氣。

花月不屑地別開頭。

然而。

屋子裡安靜了一會兒之後，有人惱羞成怒地紅了耳根，湊過去飛快地在他臉上啄了一口，然後倒退三大步，從牙齒縫裡擠出聲音：「還請公子明示。」

李景允倏地笑出了聲，靛藍的袖袍跟著他抖成了一團，許是太高興了，他扶著旁邊的矮桌摸過筆墨紙硯來，三兩筆便勾出方才她親他那羞惱的神態。

這是可忍孰不可忍啊，花月上前就要撕，被他舉高了手，撲上去也沒搶到。

「公子爺！」她怒喝。

李景允收斂了嘴角的弧度，笑意卻還是從眼睛裡跑了出去。他按住她的手，將那寥寥兩筆隨意揉成團往窗外一扔，然後柔聲安撫：「扔了扔了，妳別急。」

花月自認為是個儀態極好的丫鬟，能收斂住自己的情緒，從不給主子臉色看。

不學鴛鴦老

但是，攤上李景允這樣的主子，神佛也維持不住笑意啊。她羞惱地抓著他的袖子，瞪眼看著他。

「誒，行了，不是問爺想沒想過入仕嗎？爺回答妳。」他不甚正經地道，「沒有。」

花月起身就想走。

「但是——」他反手抓住她的手指，輕笑，「爺還沒說完呢，但是，既然都給安排上了，那爺總得做點什麼。」

沒好氣地甩了甩他的手，花月道：「公子什麼也不用做，有將軍鋪路，只管到了日子走馬上任。」

任由她甩，他沒鬆手，只拿另一隻手摸了摸下巴：「禁宮散令，是不是那種一旦就任便不能隨意出宮的？」

「是。」她道，「您去之前，也該同夫人告個別。」

想起夫人，花月心又軟了兩分，公子若是進宮去，夫人會很難過吧？雖然在府裡也不怎麼能見著，但好歹還能送湯送水，逢年過節也能聽他說兩句場面話，真要走了，那可就是許久聽不著聲了。

猶豫一二，她轉過身也拉住了他的手：「要不抽個空，妾身陪您去一趟主院？」

李景允不悅地撇嘴：「當初約法三章，妳答應過不強迫爺去主院。」

「妾身是答應過，所以這不是在同您商量麼？」她低下身來，軟著眉眼輕聲求他，「就去陪夫人說兩句話。」

面前這人抵觸地將臉扭到了一旁，拉著她的手也鬆開了。

花月賠笑，繞到他面前去與他作揖：「費不了多大功夫的。」

「不要。」他將臉扭去另一邊，悶聲道，「爺去主院就不高興，好端端的為什麼要讓自己不高興？」
她嬌嗔地去拉他的手，他揮手躲開，她又去拉，身子跟著坐上軟榻，依到他旁邊，輕輕晃了晃他的指尖：「公子。」
軟綿綿的語調，帶了點撒嬌的尾音，聽得他差點就要把持不住。
餘光瞥了她一眼，李景允還是端著姿態冷哼一聲。
放長線，釣大魚。
果然，大魚眼珠子轉了轉，突然靈機一動，湊上前來又在他臉上親了一口。
嘴角禁不住地往上翹，他輕咳一聲，面露猶豫。
三十六計，美人計才是上計，花月心裡暗讚一聲自己聰慧，然後捧著他的臉跟小雞啄米似的啄了好幾下。
喉結微動，李景允眼神深邃地看著她，突然反客為主，扣著她的後腦勺覆上了她的唇。
懷裡的人很懂事地沒有掙扎，甚至主動鬆開了牙關。
墨瞳裡顏色一深，他悶哼，捏緊了她細軟的腰，情難自抑地洩露了兩分侵略的氣息。
甜美的獵物有所察覺，微微一僵。
他挑眉，不動聲色地將氣息收斂回去，唇齒輾轉間溫柔地安撫她。
獵物漸漸放鬆警惕，又變回了乖順柔軟的模樣。
「公子。」分開的瞬間，花月軟聲求他，「去嘛？」

這誰頂得住啊，李景允咬牙「嗯」了一聲，尖尖的牙齒磕上了她的側頸，想用力又捨不得，悶哼著吮了一口。

花月一抖，伸手推開他，捂著脖子連連後退，慌張地道：「奴婢這就去準備東西。」

每回去東院她都要帶寶來閣的首飾，前些日子他又給她買了幾盒，都堆在東院的側房裡。

花月去找，他不知想起什麼，也起身過去看。

她見他跟來，也不意外，伸手把上頭幾個盒子遞給他，去翻下頭的首飾。

高高疊在一起的木盒，最上頭那個之前裝了一雙沒做完的靴子。

李景允接過，順手打開瞥了一眼。

原本只繡了一半的鞋面，如今已經是繡完整了，線頭收得乾淨漂亮，只差與鞋底一併縫上。

不著痕跡地將蓋子合攏，他別開頭，無聲地笑了笑。

面前這人還在碎碎念：「其實送什麼東西，只要是您送的，夫人都會高興，但您要是像上回那樣多與她說兩句話，夫人能高興上許久呢。」

「原本妾身要與您在一起，夫人也是不樂意的，但就因為您那幾句話說得漂亮，夫人就未曾責備過什麼，您想想看，是不是很划算？」

她一邊說一邊拿了發梳回頭看他：「公子？」

李景允回神，胡亂地應了一聲：「知道了。」

頓了頓，他又意味深長地道：「其實還有個法子，能讓她更高興，只是妳不願意做。」

花月一愣，隨即不贊同地皺眉：「只要是能讓夫人高興的，妾身怎麼會不願做？公子說說看。」

為難地想了想，李景允搖頭：「罷了，當真不合適。」

「這有什麼不合適的。」她急了，起身道，「您先說呀。」

第50章　湊不要臉啊！

李景允端著一副欲言又止的神情，吞吐良久，才不情不願地道：「家裡長輩，還能為什麼高興？自然是添丁之喜。」

哦，添丁。

花月拿過旁邊的毛筆，想認真地記下，結果筆墨剛落在宣紙上，她一頓，愕然抬頭：「添丁？！」

李景允滿不在意地擺擺手：「爺隨便說說，妳又不是心甘情願做的妾室，哪能給她生什麼孫兒孫女？等爺進宮之後，妳且好生陪著夫人就是。」

話都被他搶在前頭說完了，花月倒一時有些茫然。

他好像也沒往這方面想，不過就是隨口說這麼一句，還是她沒個眼力勁，愣是要人說出來的。

自責地低頭，她不好意思地道：「妾身讓公子為難了。」

「無妨。」李景允一臉大度地擺手，還體貼地接過她手裡的發梳放進空木盒裡擺好，「走吧，爺陪妳去請安。」

花月這叫一個感動啊，與她才來東院的時候比起來，公子如今真真算得上溫柔懂事，從前是她不夠了解他，以至於同將軍一樣，對他有所誤解。

公子也是，從來不與人解釋什麼，哪怕整個將軍府的人都說他是不著調的二世祖，他也不爭執半句，只在暗地裡維護這一大家子人，傷著了都是自己躲在東院裡處理。

想起他那滿身的疤痕，花月惆悵地嘆了口氣。

「怎麼？」身邊的人看了過來，「爺不是說了陪妳去主院麼，怎的還不高興？」

「沒。」揉揉眼皮，她甚為歉疚地道，「妾身覺得有些愧對公子。」

李景允別開頭，嘴角大大地勾起。

太無恥了，他怎麼能這麼無恥地誆小姑娘呢？

再接再厲！

輕咳一聲，李景允回過頭來，眉宇間略帶了兩分自嘲：「妳有什麼好對不起爺的，是爺對不起妳，妳掌事當得好好的，突然就被爺拖下了水，平靜的日子沒由來地就變得水深火熱。」

「不不不。」花月連忙擺手，「公子幫了妾身很多。」

若不是他，她也沒辦法報復司徒風。

「妳不用寬慰爺。」抬頭仰望晴空，李景允吸了吸鼻尖，滿目憂傷，「爺知道妳心裡定然是有怨的，本可以嫁個好人家，相夫教子，當了爺的妾室，卻要落得個守活寡的下場。」

臉上微紅，花月結結巴巴地道：「挺……挺好的。」

「哪兒好了？」他瞪她，「書上都說，妳們女兒家很喜歡小孩子。」

「……」

撓撓耳鬢，花月還是忍不住問：「爺，您天天在榻上看的都是什麼書？」

「兵書。」他答得理直氣壯，然後氣勢稍稍弱了一二，「還有幾本雜的。」

哭笑不得，她搖頭，雙眼看著前方，低聲道：「既然做了公子的妾室，這便是妾身自己的命數，公子不必為妾身煩憂。」

旁邊這人看著她，眼裡盡是心疼和自責，然後長長地嘆了一聲，搖了搖頭。

花月心更軟了，她覺得公子爺好像也並非滿肚子壞水，似乎也有一顆悲憫之心呐。

從前的防備、抵觸、算計和傷害好像都淡去了，眼下兩人走在將軍府的迴廊上，真的像一家人似的親近，她這漂浮不定的心，終於慢慢安穩了下來。

這種被人關心和疼愛的感覺，真是久違了。

兩人進了主院，花月一推開門，就覺得有點不對。

好像有什麼哭聲戛然而止。

心裡一跳，她喊：「夫人？」

霜降掀開隔斷處的簾子出來，賠笑道：「公子和少姨娘來了，夫人在裡頭呢。」

花月疑惑地將簾子攏去兩邊的玉鉤裡，就見莊氏紅著眼朝門口笑道：「景允來了。」

李景允跟著進門，淡淡地「嗯」一聲，給她行了禮。

「剛好今日霜降買了桃子蜜餞回來，你嘗嘗，看喜不喜歡？」莊氏柔聲道，「若是喜歡，為娘就多買些回來，往後……往後你要是去哪兒，都能帶些。」

花月聽出來了，她是知道了將軍的安排。

她轉身，默默地給李景允作了個揖，他有些不情願，但瞥她一眼，還是進內室坐在矮凳上，悶聲答：「好。」

花月拉著霜降就跑到了門外，皺眉低聲問：「誰告訴夫人的？」

霜降無奈：「將軍自己。」

「……」花月是真的很不明白，為什麼莊氏這麼喜歡將軍，將軍也像是跟她有仇一般，絲毫不顧念她的身體，連瞞都不肯瞞。

打從她進府開始，就發現莊氏有輕生的意向，這個在外人嘴裡錦衣玉食過著好日子的將軍夫人，似乎覺得日子沒有任何的盼頭，也就是因為她來了，天天借著三公子安慰哄騙著，才勉強續了一口氣。

結果現在三公子要進宮，幾年都歸不得府。

牙根緊了緊，花月重新跨進門。

李景允坐在莊氏身邊，表情冷淡，卻是尚算耐心地回答著她的問話，莊氏臉上多了些笑意，低聲細語。

花月安靜地看著，若有所思。

陪了莊氏半個時辰，兩人起身告退，李景允大步走在前頭，似乎頗為煩躁。

他每回從主院出來心情都不算太好，花月看著，覺得更加歉疚，幾步追上去拉住了他的手。

手心一暖，李景允收攏掌心握住她，輕輕哼了一聲，臉色稍霽。

「公子。」她小心翼翼地問，「您真的要聽將軍的安排，進宮赴任？」

眼前這人沒有任何的抵觸情緒，十分自然地點頭：「大樹底下好乘涼，他既然都安排了，爺難道還要忤逆不成？」

平時也沒少忤逆，怎麼這時候反而乖順了？花月咬牙，一般的公子哥，不是都應該反對父母的安排，勢必要自己走出一條路嗎？他這一身反骨，怎麼就不掙扎一下？

斟酌著詞句，她柔聲勸：「武試在即，公子武藝過人，不想去試一試嗎？萬一高中……」

李景允瞇眼，不甚痛快地道：「中狀元有什麼意思，下圍棋的比不過下五子連珠的，百步穿楊也比不過人家拉不開弓的，武狀元，自然也比不上禁宮散令。」

沒由來地一股酸味，花月「嘶」地捂住腮幫子，齜牙咧嘴地道：「那不是為了哄五皇子高興，好讓他救您一回麼，您怎麼計較到現在。」

皮笑肉不笑，李景允拂袖：「得，反正爺高不高興無所謂，還是個要靠別人救的廢物，還參加什麼武試，老老實實走馬上任，還省得去丟人了。」

花月被噎得說不出話來。

科舉怎麼就沒個鬥嘴狀元呢？若是有，這位爺只管去，保證奪得榜首。

傍晚的時候，李景允帶著她去了一趟棲鳳樓，指著她給掌櫃的說：「往後爺要是不在，銀子都歸她管，她想用就儘管用，只要把這棲鳳樓運轉的銀兩留夠，其餘的都隨她去。」

那掌櫃的瞪大了眼，看著他，活像是在看什麼怪物。

花月很能理解這掌櫃的，然後扯著李景允的袖子咬牙道：「公子，妾身看過棲鳳樓的帳，再敗家也不可能敗得了這麼多！」

他白她一眼，冷哼道：「爺樂意都給妳，妳管得著嗎？」

花月：「……」

話是怪寵的，從他嘴裡說出來怎麼就這麼氣人呢？

按照將軍的意思，李景允下個月就要赴任，花月明顯能感覺到李景允在安排各處的事宜，想讓她在他走後不被人欺負，想給她足夠的銀子花，甚至還將朝鳳和明淑來將軍府陪她的次數都吩咐了個妥當。

坐在軟榻上，花月看著窗臺上落下來的月光，很是惆悵。

自打上回生氣分開，她就再也沒去跟他同床共枕，李景允也沒說什麼，如常地洗漱就寢，甚至有幾次回來得晚，路過她的軟榻邊，還會順手給她掖掖被子。

相比之下，她覺得自己簡直是個不懂事的小孩兒。

「吱呀」一聲，門被推開，李景允從府裡的浴閣回來，半披著袍子，懶懶散散地擦著墨髮，見她一副心事重重的模樣，走過來就彈了彈她的腦門。

「還有什麼不放心的，嗯？」

花月回神，含糊地道：「沒有。」

他點頭，走去床邊坐下，摸了摸半乾的髮絲，打了個呵欠就躺了下去：「妳吹燈吧。」

應了一聲，花月抱起小被子，呼地吹滅燭火，然後踩著繡鞋嘚吧嘚吧地跑到大床邊，把被子放了上去。

李景允睜眼看她，眉梢一動：「怎麼？」

「外頭，外頭太黑了，妾身有點怕。」耳根微熱，她吞吞吐吐地解釋，找的藉口自己都覺得虛偽。

然而，床上這人竟然沒有覺得不對，身子往裡頭挪了挪，大方地讓她上去。

心虛地趴到他身邊，她拉過被子蒙住腦袋，一雙眼滴溜溜地盯著他瞧。

今夜有月，屋子裡熄了燈也還算亮堂，李景允的眉目在月光裡顯得格外溫柔，察覺到她的注視，他掀開眼皮，鼻音濃重地「嗯」了一聲：「睡不著？」

小雞啄米似的點了點頭，花月眼神微動，伸手探了探他的額：「公子是不是著了涼，嗓子都啞了。」

面前這人當真咳嗽了兩聲，焉焉地道：「沐浴出來吹了會兒風。」

「就算天開始熱了，也不好在傍晚吹風啊。」她皺眉，嗔怪地起身，「妾身去給您拿兩顆保風丸。」

「不必。」他捏住她的手腕，又咳嗽一聲，「睡一覺便好。」

手指連著掌心都是冰涼的，花月微怒，掰開他的手捂在自個兒懷裡：「跟冰似的。」

洗的涼水，自然跟冰似的，不然就白洗了。

李景允笑了笑，沒有答話，只將床上單薄的被子抖了抖。

旁邊這人果然看不下去了，大方地把她的小被子抖開，一併蓋了過來。

「妳不冷？」他挑眉。

花月搖頭：「櫃子裡還有……」

還有個鬼，多餘的被子他都扔去八斗房裡了。

李景允搖頭，手上用力，將她整個人拉過來，寬大的被褥一蓋，兩人霎時擠作一團。

溫熱的氣息從她身上傳過來，他眷戀地蹭了蹭，又像有什麼顧忌似的地挪開身子。

結果花月十分豪邁地就將他抱住，腳丫覆上他冰冷的小腿，像是想把熱氣都渡給他一般，貼得死緊。

嘴角一點點地往耳根咧，李景允伸手將她的腦袋按在自己肩上，憋著笑問：「妳這樣不會冷？」

「不會！」她答得義薄雲天。

真是個傻丫頭，算計起外人來又準又狠，可在他這兒，怎麼老是掉坑裡呢。

李景允心都軟了，有一下沒一下地撫著她的髮絲，突然吻了吻她的額頭。

輕柔的觸碰，帶著幾分隱忍。

花月一愣，倒也沒像之前那般抗拒，只問：「公子怎麼老喜歡，老喜歡這等事。」

「哪等？」他戲謔。

「就，就這個。」指了指自己的額頭臉頰還有嘴唇，她有些不好意思，「也太親昵了些。」

李景允一頓，突然苦笑：「爺以為妳喜歡與爺親近，沒曾想同床共枕這麼久了，妳還是拿爺當外人。也罷，等爺進了宮，妳若是遇見別的心儀之人，就讓莊氏給妳寫個休書，改嫁去吧。」

「不是不是。」花月嚇了一跳，連忙解釋，「妾身不是這個意思，就是一時不習慣。」

他笑得更加苦澀，抬手擋住自己的眉眼，低低地道：「妳不用說這些話來圓場面，爺心裡都清楚，妳是被迫來的東院，也是被迫與爺在一起的，是爺耽誤了妳。」

「哎，不是。」手足無措地抱著他，她急聲道，「公子英武無雙，就算是陰差陽錯湊做的對，妾身也沒有半點不情願，先前只是被公子幾句話傷了心，不敢再妄想，如今既得公子坦誠以待，又怎麼會盼著改嫁。」

他一臉不相信地看著她。

花月舉起手給他保證：「真的。」

李景允勉強地點頭，懨懨地閉上眼。

一，二，三。

默數到第三下，身邊這人果不其然地湊上來，吧唧一口親在他的唇上。

「親昵點好，這才像正經的妾室。」她喃喃自語。

他沒忍住，側過頭去低低地笑出了聲。

「公子？」身後的人疑惑地撐起腦袋來看他。

「沒。」李景允輕咳一聲，「爺覺得欣慰，能得這幾日溫存，也不枉此生。」

花月點頭，滿懷愧疚地繼續窩在他懷裡。

一夜好夢。

第二日一大早，蘇妙蹦蹦跳跳地來了東院，一進門就看見小嫂子在給自家表哥更衣。

往門口一倚，她看得嘖嘖搖頭，小嫂子的腰身真漂亮，跟那纏枝細腰瓶似的，不盈一握，可惜這好花怎麼就插在她表哥這孽障頭上了。

正感嘆呢，就見小嫂子整理好表哥的衣襟，然後踮腳就在他唇上啄了一口。

李景允受用極了，平淡地「嗯」了一聲，別開頭卻笑得像隻得意的大尾巴狼。

蘇妙：「？」

察覺到門口的目光，他轉頭看了過來，眼眸一睇，頗具威脅之意。

蘇妙這叫一個氣啊，跺腳就喊：「小嫂子！」

花月轉身，見她來了，便笑道：「表小姐早，今日公子要出門，我先陪他用膳，再同您去買東西。」

蘇妙跑進門，將她拉過來，分外痛心地問：「表哥是不是打妳了？」

「啊？」花月茫然，「何出此言？」

「他要是沒打妳，妳怎麼對他這麼好？」

哭笑不得，花月低聲道：「沒有，我只是……當人妾室的，對他好些不是尋常之事麼？」

放別人身上是挺尋常的，可這倆——她和溫故知昨兒還在打賭，賭表哥什麼時候能徹底收服小嫂子，她下的注是三年，一百兩，溫故知下的三個月，一千兩。

本以為穩賺不賠的呢，誰料這就風雲突變了。

蘇妙直跺腳，哄著小嫂子出去端早膳，扭頭就抓了李景允的衣襟：「你使妖術了？」

李景允一巴掌就拍開了她的手，把衣襟上的褶皺一道道捋平：「大清早的別說胡話。」

委屈地捂住自己的爪子，蘇妙忿忿地甩給他一張東西：「下手再重點，這東西我就不給你了。」

伸手接過，李景允掃了一眼，折了幾折放進袖袋，擺手道：「算妳有功，今日上街要買什麼，都記爺的帳。」

滿臉的憤怒霎時化為了阿諛，蘇妙笑瞇瞇地錘了錘他的胳膊：「還是表哥會疼人，祝您馬到成功。」

翻臉真是比翻書還快，李景允搖頭，又問她一句：「五皇子沒事了？」

「禁閉剛結束，不過看聖上的意思，似乎要給他封個王遷出皇宮了。」蘇妙瞥著門外，小心地低語，「太子幫著說了兩句好話，估摸著能封親王。」

「對他來說未必是壞事。」李景允抿唇，「等他而立之年，許是還能將他母妃接出冷宮。」

蘇妙唏噓：「表哥，你這不厚道，人家好歹是為了救你才在羅華街上策馬疾行的，被中宮落井下石成這樣，你也不搭把手。」

白她一記，李景允冷哼：「爺沒搭手，太子平白無故給他說好話？」

微微一噎，蘇妙甩著袖口給他行了個禮：「小的妄言，您別往心裡去，就當小的沒說。」

花月端著早膳回來了，兩人的對話不著痕跡地結束，一起坐下來用膳。

「妳下午買了東西，是要準備去永清寺了？」花月問。

蘇妙笑著點頭：「要去住上一段日子，小嫂子若是想我了，也可以去看看，還能順便燒個香，保佑保佑表哥。」

想起永清寺裡還有誰，李景允不動聲色地踹了她一腳。

倒吸一口涼氣，蘇妙立馬改口：「當然，不來也成。」

花月點頭，給她夾菜：「若是有空，我便去上頭走走。」

李景允敲了敲碗。

她會意，立馬給他夾了更多的菜，不再說這個事。

這也太不要臉了，蘇妙連連搖頭，心想沈知落哪裡夠看啊，五皇子也得往後稍稍，沒一個是她表哥的對手。

接下來幾日，李景允似乎很忙，每天都早起外出，還讓花月打掩護。

花月已經從一開始的心懷不安，變成面不改色地給將軍撒謊了，今日說公子吃壞了肚子在府裡休息，明日說公子在後院餵狗沒有出府。

將軍沒有懷疑過。

尹茹他們最近盯上了康貞仲，想讓花月打聽消息，花月沒應，轉頭卻偷偷問了霜降。

霜降說康貞仲最近升了任，從持節都督升到了內閣，主掌下個月的科舉之事，具體會在哪裡活動，還沒有風聲。

花月抽空出府見了一個人。

鬧市旁的茶樓龍蛇混雜，嘈嘈切切的議論聲響徹整個二樓。

她與人對坐在二樓最裡頭的廂房，借著熱鬧的掩護，低聲問：「可查到了你頭上？」

馮子襲一身玄青便衣，眉間的刀疤顯得格外粗獷。他正抿茶，聞聲便笑：「怎麼查？誰會信堂堂兵器庫掌事，會做那白日殺人的勾當？就算是把韓天永的屍體擺在我面前，只要我不認，他們就拿我沒法子。」

頓了頓，他放下茶杯問：「什麼時候能殺韓霜？」

馮子襲是大魏良臣馮子虛的弟弟，馮子虛死於長公主手下，馮子襲對韓家人便是深惡痛絕，上回五皇子生辰宴會，她傳信讓他殺了韓天永，事成之後，馮子襲便來拜了她。

他不知道什麼西宮小主，只知道跟著她可以報仇。

但是韓霜……

花月心情複雜：「自從之前被人擄過一回，韓小姐如今身邊護衛極多，貿然動手許是會打草驚蛇。眼下倒是有另一個人，殺了他，東宮會大亂，亂時再對韓家動手，你可以全身而退。」

馮子襲略略一想，哼笑：「康貞仲。」

「你怎也知道他？」花月挑眉。

「國師也找過我。」馮子襲悶聲道，「我不想跟著他們，我這人心裡沒什麼家國大義，就是想給我哥報仇。」

花月很好奇：「國師來找你，也不怕被太子知道？」

「怎麼知道？我若去告密，以太子那多疑的性子，能放過我這個魏人？」馮子襲搖頭，「國師大人精明著呢，哪怕沒幾年活頭了，他也不會提前找死。」

心裡一跳，花月抬眼：「沒幾年活頭了是什麼意思？」

「你不知道？」馮子襲哼笑，「我也是偷聽的，國師曾來找我哥說話，當時我就躲在簾子後頭，聽他說什麼天命也有盡頭，至多不過十年，算算歲數，如今也就剩兩年了。」

第51章　低頭向暗壁，千喚不一回

猶如晴天一個霹靂，花月愣在了當場。

她想起沈知落那個人，一身繡滿星辰的紫黑長袍，滿是符文的中衣和髮帶，眼尾彎起來，便是個蠱惑人心的弧度。他眼裡有蒼生命數，有國之禍福，一個朝代在他身側倒下去，他也能安然無恙地站在廢墟上惘望。

這樣一個人，只有兩年活頭了？

花月不信，沈知落說他沒有算過自己的命數，他說的天命，或許是別的什麼東西。

他那樣的人，對別人殘忍至極，對自己向來是最溫柔的，就算拿世人作祭，也絕不會允許自己短命。

心裡的複雜情緒一閃而逝，她搖搖頭，重新看向馮子襲：「我不知道國師為什麼要殺康貞仲，但我想殺他，是為了報仇，你若願意幫我，那殺了他之後，我也幫你報仇。」

十分簡單的交易，馮子襲捏著茶杯想了好一會兒，道：「若有機會，妳像上次那般讓人喚我便是。」

花月起身，以額觸手背，給他行了個禮。

馮子襲喝完一杯便起身走了，花月收了他的茶杯，用清水洗過疊放在旁邊的木架上，然後坐在桌邊發呆。

茶樓上依舊嘈雜，有人大聲呵斥，有人飛快反駁，繈褓裡的嬰兒開始啼哭，罵罵咧咧的婦人嗓門尖銳，眾多的聲音混在一起，真真是鮮活又熱鬧的人間。

沈知落是不喜歡這份熱鬧的，馬車從茶樓旁邊過，甚至吩咐車夫加了一鞭子，走得更快。

他慵慵懶懶地靠在車廂裡，紫黑色的袍子鋪散開，襯得四周都陰沉沉的。

「大人。」車轅上坐著的奴才與他稟告，「蘇小姐說午膳要同您一起在寺裡吃，咱們現在回去，許是還趕得及。」

眼裡戾氣更多兩分，沈知落別開頭冷聲道：「往羅華街繞一圈。」

奴才掀開半幅簾子，詫異地道：「這，蘇小姐若是鬧起來……」

「隨她去鬧。」他垂眼。

不敢再問，奴才放下簾子，低聲吩咐車奴改道，馬車晃晃悠悠地往前駛。沈知落抵在窗邊看了一眼外頭熙熙攘攘的行人，又不耐煩地收回了目光。

滿目瘡痍，不堪入目。

孫耀祖同他說，殷花月不受差遣，望他早些想法子約束，以免最後潰於蟻穴。

他覺得好笑，堂堂西宮小主，為何要受昔日宮人的差遣？孫耀祖總是極易在權勢之中迷失，拎不清自己的位置。

貪、嗔、痴。

人世間多的是面容可憎的走獸，半分清淨也無。

正想著，行進的馬車突然一頓，他的身子跟著前傾，眉間皺得更緊：「怎麼？」

車輪停下，簾子被人猛地掀開，外頭刺目的光霎時湧入車廂。

「你瞧瞧，這地方都能遇見，是不是天定的緣分？」蘇妙半蹲在車轅上，捏著簾子衝他笑得眼波瀲灩，「我就說昨兒求的姻緣是準的，上上籤。」

額角跳了跳，沈知落抬袖擋住光，分外煩躁地道：「妳怎麼會在這裡。」

「林家姐姐身子不適，我才看了她出來，正打算回寺裡，就瞧見了你的馬車。」蘇妙進了車廂，毫不顧忌地挨著他坐下，將他抬著的袖子拉下來，嘻笑道，「你來接我的？」

「不是。」沈知落渾身上下都散發著抵觸，「我要去前頭買東西。」

蘇妙彎著眉眼瞧著他，一副「你別裝了我知道你想來接我」的表情。

沈知落嘆了口氣。

就像無法救贖這世上的每一個人一樣，他也無法改變蘇妙這極為跳脫的性子。

「先前不是挺不待見我的。」馬車繼續往前走，他看著晃動的車簾，冷聲問她，「怎麼又想與我待在一處了。」

蘇妙坦蕩地道：「我不喜歡你對我不好，你凶我、推我，我都會生氣，但只要我還喜歡你，那你哄上一哄，我就沒事啦。」

滿是符咒的髮帶落在他的側臉上，堪堪將他的眼神遮住：「我沒哄過。」

「大司命記性不好啊？」她咯咯地笑開，伸手就將那髮帶拂去他腦後，「昨兒夜裡不是還在我窗外站了半個時辰？」

「……」

那叫哄嗎？那是他跟常歸議完事，有東西沒想明白，隨處站著繼續想罷了，哪裡注意到是她的窗外。

沈知落神色複雜，覺得這蘇小姐別的時候都挺聰明的，對上他，怎麼就總是犯傻呢。

「你這是什麼神情。」蘇妙挑眉，手肘搭在他的肩上哼聲道，「我也就在你面前的時候好哄，換個別人來試試，理他才怪。」

雖然很不想接這話，但是他還是沒忍住吐出個名字：「霍庚。」

「你怎麼又提他。」蘇妙樂了，「別是被我說中了，當真在吃味吧。」

「蘇小姐。」沈知落平靜地提醒她，「按理來說，妳我是有婚約的，我在意妳來往過密的外姓男子，是情理之中。」

把人送去再舀三池子水，更是理所應當。

「可咱倆這事，不用講道理的呀。」蘇妙聳肩，「就算是有婚約，你又不喜歡我。」

紫瞳半瞇，沈知落捏了捏袖口裡的羅盤，更是不解了：「既知在下無意，妳又何必強求這姻緣。」

清澈的狐眸睨著他，蘇妙似笑非笑。

他以為她又會說些插科打諢的話，可這一回，她開口說的卻是：「不是你需要與我的姻緣，好讓太子對你放心的嗎？」

心口一窒，捏著羅盤的手驟然收緊，沈知落抬眼，震驚地回視她。

面前這人笑得狡黠又平靜，似乎早就知道了這件事。

「妳……」他抿唇，頗為狼狽地移開視線，「妳既然知道這是利用，做什麼不拒絕。」

蘇妙毫不在意地道：「你用我牽制太子，我也能享用你的美色，與其說是利用，不如說是你好我好大家好，我為什麼要拒絕？」

眼眸呆滯，沈知落怔怔地盯著自己衣擺上的星辰，許久才回過神來，黑了臉道：「什麼美色！」

蘇妙滿眼讚嘆地摸了摸他的下巴，唏噓道：「整個京華都找不出第二個比你好看的人了，連我表哥也得往後排，坐擁你這樣的美人兒，我還惦記什麼利用不利用，早些成親，也好讓我嘗嘗你這——」

嘚吧嘚吧亂說話的小嘴，被人一把捂住，蘇妙無辜地眨眼，笑意盈盈。

沈知落臉色微紅，當真是氣得沒了半條命。

他平時也不算什麼正經人，行走在東宮裡，衣裳也總不穿好，宮廷畫師給他的畫像，都能看見他那滿是符文的中衣。可是，他這也就是做派不羈，哪裡料到會遇見蘇妙這樣的人。

在她面前，他的外袍再也沒敢只穿一半，甚至還想多繫一條腰帶。

堂堂將軍府的小姐，像話嗎！

拿開他的手，蘇妙放軟了語氣：「好好好，不逗你了，我也正好有事想問你。」

惱恨地甩開衣袖，他道：「說。」

「月底的祭祀是不是你安排的？」她正經了神色，「去年這個時候，可沒聽說要百官祭祀。」

沈知落皺眉：「朝堂之事，豈是能與妳妄議的。」

「哎，我也就隨便問問。」蘇妙撇嘴，「最近不是老出事麼？太子殿下那疑心重得，都讓你去永清寺了，若是祭祖之時再出點什麼亂子，可不得又牽連到你？」

她這話裡有話，似乎是知道了些什麼事。沈知落沉默片刻，突然道：「妳表哥若是當真心疼妳這做表妹的，就不該什麼都告訴妳。」

蘇妙一愣，當即不服地叉腰：「我怎麼了？」

「姑娘家，為何要管這些事？」

「你以為我想管吶？」她氣得鼓起臉，「還不是擔心你。」

定定地看著她，沈知落突然輕笑：「所以，妳表哥都同妳說了什麼？」

「……」被套話了。

蘇妙瞪他一眼，又覺得無奈，耷拉了腦袋道：「能說什麼呀，就說最近風聲緊，讓我看著你些，免得你想不開，動了不該動的人。」

沈知落不以為然：「多謝他關心，但用不著，大司命只做祭祀之事，其餘的與在下無關。與其操心我，還不如想想他那禁宮散令好不好當。」

「那有什麼不好當的。」蘇妙嘀咕，「挺好的差事。」

李家的大小姐入宮為良妃，雖無子嗣，也頗得聖眷，有她幫襯，李守天才將這差事順當拿下。放在別的人家，那可是求都求不來的榮光，怎麼被他這一說，像什麼刀山火海。

——的確也是刀山火海。

花月在東院裡清點李景允要帶走的東西，面色凝重得像一塊青石板。

宮裡勢力複雜，長公主與太子正是爭勢的當口，中宮皇后和北宮皇貴妃自然也是水火不容，餘下妃嬪都在這兩宮的鼻息下過日子，就算是良妃，恐怕也照拂不到李景允，甚至還會將他也捲進爭鬥中去。

今日霜降來同她說，夫人已經連續幾日做噩夢，夢囈的都是什麼皇貴妃饒命，想來也是頗為擔心。可偏生三公子像是吃了秤砣一樣，一定要去赴任。

花月很愁，連帶著看向李景允的眼神都充滿哀怨。

李景允正躺在榻上看書，察覺到她的目光，書皮一挪，露出半隻眼睛來瞧她，瞧了片刻，他哼笑一聲放下書，朝她勾手：「過來。」

花月慢吞吞地挪到他身邊坐下，黑白分明的眼眸盯著他身邊的書。

嗯，還真是兵法。

「昨兒不是剛哄好，妳這怎麼又擔憂上了？」他好笑地撫了撫她的臉蛋，「這可不像先前那雷厲風行的殷掌事。」

嘴角一撇，她抿唇道：「妾身倒是無妨，可夫人吃不好睡不好的，妾身看著難受。」

「那也沒辦法。」李景允不甚在意地把玩著她頭上的珠釵，「男兒建功立業，哪有不離家的。先前二哥遠赴邊關，她也是這模樣，過段時日就好了。」

李家有三個孩子，長姐進宮，二哥出征，剩他這個么子最得夫人疼愛，卻也最讓夫人傷心。

花月想了想，問：「二公子為何沒有子嗣？」

提起這茬，李景允坐起了身子，分外痛心地道：「戍守邊關是帶不得女眷的，府裡原本有個二嫂，可一直也懷不上身子，二哥憐她年紀輕輕要守活寡，於心不忍，便一封休書送她回家了。」

花月很意外：「懷身子，不是同房之後便能懷上麼，怎的還有懷不上的？」

李景允跟看傻子似的望著她：「誰教妳的？」

「國……教書先生。」差點說漏嘴，花月連忙改口，心虛地垂眼，「小時候我問過教書先生，小孩子都是哪裡來的。」

這是每個小孩兒都會問的問題，一般人家都會答是觀音送的，或者炭灰堆兒裡撿的。

結果李景允聽她繼續道：「教書先生回答說，是夫妻同房，行周公之禮，然後便能懷上肚子，生出小孩兒來。」

還真是個誨人不倦的教書先生啊。他感嘆。

腦子裡有什麼東西飛快地劃過去，李景允一頓，突然想起沈知落說的什麼七歲畫的畫十歲寫的字，心裡陡然生出個不好的想法。

「妳的教書先生。」他瞇眼，「也教妳寫字畫畫？」

「自然。」花月點頭，「琴棋書畫都是先生教的。」

話沒落音，腰身就是一緊。

李景允將她抱到自己膝蓋上，微笑著問：「還教過妳什麼？」

他分明是笑著的，語氣也算溫和，可不知為什麼，花月聽得背脊發涼，下意識地就猛搖頭：「沒了。」

「沒教過妳男女之防？」

「……沒。」

了然地點頭，他笑得更和善了：「那爺可以教妳。」

像受了驚的旺福，花月渾身汗毛都要立起來了，皺眉看著他，扭身就想掙扎。

然而，只掙扎了一下，她突然停了動作，眼裡光芒一動，不僅沒躲開他，反而是迎了上來。

李景允被她這難得一見的主動給震住了，還沒來得及反應，嘴唇上就先是一軟。

啄他一口已經是她每天必定會做的事情了，可過了這麼多次，李景允還是沒有習慣，唇角摩挲，依舊是心動得一塌糊塗。

她身上有他喜歡極了的香味兒，親近間氤氳過來，好聞得讓他晃神。喉結上下滾動，他沒由來地就覺得燥熱。

往常他只要洩露出兩分侵略的意味，花月都必定不安想逃，可今日沒有，他眼裡的暗光已經灼熱到要把人吞噬，面前這人也只顫了顫，沒有躲。

那麼清然自傲的一個人，因為動情而朝他低下枝頭，擺出了任君採擷的姿態。

這誰控制得住？李景允捏緊了她的肩，眼裡顏色更深。

但是，掃一眼她水色的裙擺，他一頓，拉開她喘著氣啞聲道：「還有一件事——」

花月「嗯」了一聲，不等他說完。

「……」

壓抑許久的東西像火一樣燒了上來，方圓百里，無水可救。

意識尚存的時候，李景允告訴自己不能傷著她，這是他的寶貝。可到後頭，最後繃著的線也燒斷，再顧不得其他了。

外面日頭正好，光穿透花窗，整個東院都是亮亮堂堂的，八斗高興地端著補湯來敲門，手還沒落下，就聽見裡頭一聲古怪的響動。

神情一呆，他側頭又聽了一陣，臉上一紅，放下補湯就跑。

東院主屋的門，直到晚膳的時候才被拉開。

往常一直吊兒郎當豪放不羈的公子爺，眼下竟是一直在出神，只個開門的功夫，就開始盯著某處走神輕笑，藏也藏不住的饜足從眼尾露出來，他搖頭，又捏拳抵著嘴角一陣偷樂。

花月額頭抵著牆壁趴在床裡，任他怎麼笑也沒回頭。

李景允欺身上來，溫柔地哄：「爺帶妳去沐浴更衣，嗯？」

「不必。」她硬聲答，「等妾身緩一緩，自己去。」

他忍不住又笑：「是妳突然招爺的，怎麼自個兒氣上了？」

在他的預料裡，這小狗子至少也還要個幾天才會行動，誰曾想今日突然殺了他個措手不及，他一時都沒明白她是怎麼想的。

花月也沒明白。

她以為的同房周公之禮，就是脫了衣裳睡在一起，誰曾想除了睡還有別的舉動，疼得她差點沒了半條命。

早知道會遭罪，她也不想什麼子嗣不子嗣的了，這多划不來啊。

越想越氣，要不是沒力氣，她還想把李景允打一頓。

孽障，混帳，小畜生！

額頭抵著牆壁，她鑽了鑽，很想把自己鑽進去埋住。

李景允「嘖」地伸過手來墊在她的額頭上，好笑地道：「不疼？」

渾身上下都疼，也不差這一點。花月撇嘴，不搭理他。

他將她抱過去，半摟在懷裡道：「這是天大的喜事，妳為何要動怒？想想啊，往日去主院，都送什麼髮簪步搖，說是爺買的，夫人也未必會信是不是？」

想起上回夫人收到金滿福釵誇她乖巧的樣子，花月皺眉，當時沒明白她為何不誇公子爺，眼下聽這麼一說，她倒是明白了。夫人也不傻，到底是不是公子爺在盡孝，她很清楚。

「現在就不一樣了，妳若是能懷身孕，那再去主院，就指著肚子說是爺孝敬的，她必定不會懷疑，甚至會高興得多吃兩碗飯。」

李景允眼含笑意：「妳說是不是？」

好像是這個道理，花月點頭。

她一開始就是這麼想的，若能留個子嗣，那莊氏也就不會為公子進宮而日夜傷懷，她在這世上也能多個親人，是兩全其美之策。

但她沒想過會這麼疼。

尖牙又齜了齜，花月瞅著他橫在自己面前的胳膊，突然嗷地咬了上去。

這回沒省力，她咬得他倒吸涼氣，直到嘴裡有了血腥味兒才鬆口。

看了看那深深的牙印，心裡總算舒坦了兩分。

低眼瞧著她這舉動，李景允笑得那叫一個歡，哪有狗不咬人的，他養的狗，就算是咬人也比別人家的狠吶。

「公子。」她忍不住道，「您能不能別笑了？」

李景允莫名其妙地摸了摸自己的臉：「哪兒笑了？爺這麼正經的人，又不是賣笑的，怎麼會一直笑。」

說著說著，嘴角就又咧去了耳朵根。

花月：「……」

用過晚膳，她強撐著身子要去主院請安，這回三公子二話沒說，不但與她一同前去，而且坐在莊氏面前笑了半個時辰。

霜降一臉驚恐地拉著她小聲問：「公子爺這是怎麼了？」

花月惱得滿臉紅：「不知道，中邪了吧。」

莊氏是看不見他的表情的，只聽著幾聲笑，連忙問：「景允是有什麼喜事？」

「有。」李景允難得正經地答，「回母親話，兒子想立正室了。」

屋子裡的人都是一驚，花月也是心頭一跳，詫異地看向他。

「這才剛納妾。」莊氏直皺眉，「沒有納了妾就要立正室的，除非你休了花月，可花月又沒犯錯，你哪能平白糟踐人家？」

李景允點頭：「是不好糟踐。」

他轉眼看過來，眼角眉梢都是笑意：「那索性讓她做正妻好了。」

花月一怔。

霜降愕然，其餘奴僕也是大驚失色。

殷花月可是頂著奴籍的人，做妾室還算尋常，哪能做人正妻？將軍府高門大戶，可與別的小戶人家不同，真要有個奴籍正妻，不得被人戳斷脊梁骨？

莊氏顯然也想到了這一點，眉心緊皺。

「兒子知道父親是斷然不會應允的，所以想請母親幫個忙。」一片震驚之中，李景允倒是從容自若，他掀出一張通紅的庚帖，拉過莊氏的手放了進去，「母親一定有法子的。」

莊氏臉色微白，猶豫為難。

李景允拉著她的手沒鬆，垂眼道：「兒子沒求過母親什麼，只這一回，請母親成全。」

想起些往事，莊氏嘴唇顫了顫，她看著面前這模糊的影子，點頭道：「好，好，你既然是當真想立，我自然是會幫的，只是……」

她扭頭，看向花月站著的方向，神色複雜地問：「囡囡，妳怎麼想的？」

花月張口想答，李景允伸手就將她扯過來站在自己身側，低聲道：「還不快行謝禮。」

「可是——」

「沒有可是。」他雙眼看著莊氏，輕聲在她耳側道，「爺的人，斷不受這嫡庶正側的委屈。」

第52章　夫君

他的嗓音裡帶著些戲謔的低啞，任誰聽著都覺心動。

蘇妙上回說了什麼來著——表哥那樣的人，向來不看重名分，他覺得正側嫡庶都是一群人吃飽了沒事做編排來作踐人的。但是，他若哪日願意力排眾議立妳為妻，那妳便信一信他是真的栽在妳手上了。

眼裡的光動了動，花月默默將喉嚨裡卡著的話咽了回去，雙手交疊抵在額上，恭恭敬敬地朝莊氏跪下磕頭。

李景允瘋了，那她也瘋一回，左右也是一條繩上的螞蚱。

「好。」莊氏沉默片刻，閉了閉眼，「你們都這麼想，那我也沒什麼好說。」

景允是最不願娶妻的人，花月也是最不該做將軍府兒媳的人，他們沒一個傻子，卻都願意做這個決定，她這個瞎了眼的老婆子，又能攔得住誰？

莊氏抿嘴，眼角細紋微微皺起，惆悵又擔憂。

怎麼偏生是這兩個人撞在一起了。

禮畢起身，李景允道：「妳們先出去吧，我同母親說兩句話。」

他肯多陪夫人，花月是求之不得的，連忙帶著霜降等奴僕退出去，仔細地關上了門。

門弦扣上，㖔地一聲響，屋子裡霎時安靜了下來。

莊氏略微不安地摸了摸裙擺，猶豫著開口：「這是怎麼了，你許久也不曾與我單獨說話。」

臉上笑意淡去，李景允坐在她面前，眼簾低垂：「母親是在害怕嗎？」

「……怎麼會。」搓了搓掌心，莊氏勉強笑道，「你是我九月懷胎生下的麟兒，骨血是連著的，我怎麼會害怕。」

「既然不怕，那您躲什麼？」他看著她蜷縮的身子，疑惑地偏了偏腦袋，「花月是您的心腹，也算您獨寵著的奴婢，她沒少替您監視兒子，都這麼久了，算著她的功勞讓她做兒子的正妻，不合適嗎？」

搓縮著的手一顫，莊氏神情略有慌亂，她下意識地想往旁邊抓花月的手，可一抓落空，她才想起屋子裡只有兩個人，嘴唇當即就白了。

李景允擰眉看著她。

他不明白莊氏到底是怎麼回事，分明對他諸多禁錮算計，卻在面對他的時候惶恐得像一隻沒了殼的蝦。

「花月她，是個好孩子。」她喃喃道，「是個很好很善良的孩子，你既然想要，就好好對她，但，景允，花月是個可憐孩子，她跟別的高門小姐不一樣，就算做了正妻，也還是個奴籍的人，沒辦法替你與別府的夫人往來，你若真疼她，就將她養在府裡，別讓外人欺負。」

話說得吞吞吐吐，口齒含糊得像個風燭殘年的老嫗。

李景允很有耐心地聽到最後一個字落音，然後輕笑：「既然是骨血相連的母子，母親與其說這些，不如直接告訴兒子，她是前朝重要的人，是母親寧可放著親生兒子的性命不顧，也要去救的故人遺子，她不好在外頭拋頭露面，以免哪日撞見知道事的，惹來抄家之禍——這樣兒子能聽得更明白些。」

「……」莊氏抬起那雙沒有焦距的眼睛，顫抖著望向聲音傳來的方向。

「你……你說什麼？」

先前心裡還都只是揣測，可看見莊氏這般激動的反應，李景允心裡沉了沉。

他伸手打開放在她手裡的庚帖，看向上頭那個琢磨了千百遍的八字，目光幽深。

有什麼東西能讓沉寂已久的大魏舊臣突然開始活泛？魏朝已覆，就算挖出什麼印鑑，也絕無復辟的可能，那群老頭子憑什麼要放著榮華富貴和身家性命，去奔一個連皇室都滅絕了的舊朝？

除非殷皇室壓根沒有被斬盡殺絕。

李景允閉眼，想起多年前莊氏那張冷靜又殘忍的臉，忍不住輕笑。

「您是向來不曾把將軍府的生死看在眼裡的，人常說有其母必有其子，兒子如今學您兩分，您可別露出這不安的神情來。」他起身，輕輕拍了拍繡著遠山的衣擺。

「景允！」莊氏回過神來，慌張地伸手來抓他，「你都知道了些什麼？你怎麼會知道的？你想做什麼？」

驚恐不安的語氣，像極了幼年時的自己。

那時候的他，也是這樣抓著她的衣袖，奶聲奶氣地問她為什麼，問她想做什麼，她當時怎麼回答的來著？

李景允低頭看她，心平氣和地道：「母親年紀大了，不該問的便不要問了。」

——你還太小，不該問的別問。

冷漠的聲音穿過十年的歲月，終於是狠狠地落回了她自己的耳朵裡。

如遭重擊，莊氏臉上露出近乎自棄的焦躁，她眼眸極緩地轉了轉，嘴唇張了又合，牙齒無意識地磕在一起，嗙嗙響了幾聲。像是想伸手拉他，可指尖一碰著他的衣袖，又像是被燙了似的縮回來，只往袖子裡塞。

「我不問，不問了。」她搖頭，摩挲著去拿妝臺上的發梳梳頭髮，可她頭上是綰好的髮髻，梳子一拉，花白的頭髮散亂成了一團。

李景允皺眉，想去制住她的手，莊氏卻跟受驚似的猛地一揮。

啪——

上好的白瓷胭脂盒摔在地上，清脆地一聲響。

花月正在外頭安撫霜降，聞聲一愣，飛快地推門進來：「夫人？」

「我沒事，我沒事。」莊氏連連擺手，眼珠子亂晃，「不用管我。」

掃一眼她凌亂的髮髻和地上碎裂的胭脂盒，花月輕吸一口涼氣，大步進去將她扶到床邊，摸出一個青瓷藥瓶倒了兩丸藥餵給她，又兌了一盞溫水，哄著她喝下去。

「不急不急，奴婢在這兒。」她半抱著莊氏，嘴裡安慰著，面上神情卻是比她還急。

「您二位要不先回去。」霜降連連皺眉，瞥著李景允道，「在這兒站著，夫人冷靜不了。」

花月反應過來，讓她接替了自己的位置，然後拉著李景允就往外走。

她捏他的力氣極大，像是抓著什麼殺人凶犯一般，李景允沉著臉隨她走到花園，還是停下了步子。

「妳怪爺？」

這話聽著，不但帶氣，還有兩分委屈。

花月冷著臉，著實是覺得荒謬：「公子能不能說點像樣的話？夫人許久沒發病了，妾身也是相信公子，才敢讓公子與她單獨待著，結果呢？這才說上幾句？」

眸色陰沉，李景允道：「我只是把她曾經對我說的話給她說了一遍，她有病，我沒病，所以活該錯的是我？」

微微一噎，花月氣得笑了出來，她甩開他的手，站在他面前朝他仰頭：「妾身能問一句嗎？主院裡住著的那位到底是不是您親生的母親？」

喉結微動，李景允懨懨地別開眼：「這話妳該去問她。」

「妾身當真問過。」她咬牙，「所以現在才問您。」

想起些舊事，李景允眼含譏諷：「答了又能如何？妳總歸是偏幫她的，心一開始就長歪了，還指望妳能斷個公正？」

花月頓住，盯著他看了一會兒，慢慢冷靜了下來。

他說得沒錯，她是偏幫夫人的，一有事定會先怪他，其實這母子倆之前到底發生過什麼，她全然不知，敢這麼與他叫板，也不過是仗著他這兩日寵她得緊，不會怪罪。

神色柔軟了些，花月抿唇，伸手去勾他的手指。

方才剛被甩開過，李景允瞇眼看著她，帶著些賭氣的意味，飛快地將手躲開。

「誒。」她低聲道，「有話好好說。」

「妳方才同爺好好說了嗎？」他冷眼問。

頭頂上若是有耳朵，此時肯定耷拉下去了，花月眨眨眼，心虛地將他的手拉回來，裝作什麼也沒發生地重新扣住，然後小聲道：「妾身只是著急了。」

「著急了就可以對爺發脾氣？」

「不可以，是妾身的過錯。」她晃了晃他的手，眼眶跟著發紅，「可是夫人先前還好好的，她是將軍府的主母，由著你我胡鬧已經是不易，你怎麼還去氣她？她一著急就會發病，先前妾身還能哄著，但今日因為爺，妾身都不能在那屋子裡待著。」

目光落在她臉上，心裡沒由來地一緊。李景允微惱地道：「發脾氣的是妳，紅眼睛的也是妳。」

抬袖抹了把臉，花月頗為尷尬地想別開頭，結果面前這人二話不說就掰住了她的下巴，扯出她袖口裡塞著的手帕，嫌棄地擦著她的眼角：「什麼毛病，爺還沒怪妳，妳自個兒倒委屈上了。」

「也不是委屈。」她扁嘴。

「行，爺知道妳心疼夫人，就爺是顆沒人照顧的小白菜，別人都是那盆裡的花。」他自嘲地抬了抬下巴，「要哭也是爺先哭。」

驟然失笑，花月彎了眼。

他冷哼一聲扔了她的手帕，牽著她回東院，進了屋子便將她抱起來放去軟榻上，悶聲道：「先前還說身子不舒服，那就老實歇著，爺替妳打聽著主院的動靜，等沒事了就立馬讓人過來知會，行了吧？」

花月抱著軟枕，心想左右公子待在府裡的日子也沒多少了，又何必總拿這些事來拌嘴，等他進宮，她有的是機會去陪夫人。

於是點了點頭，乖巧地應下。

沒多久，霜降來傳話，說夫人已經休息了，沒什麼大礙，花月聽得鬆了口氣，瞥了一眼在院子裡與人說話的李景允。

霜降就站在她身邊，低聲問：「您當真想好了？」

屋子裡沒別的人，花月抵著軟枕，耳根微微有些發紅：「嗯。」

「孫總管和尹嬤嬤氣得不輕。」霜降搖頭，「他們是已經投靠了沈大人的，您突然來這麼一遭，不知會生出什麼枝節，他們定是不肯輕饒的。」

「饒？」聽見這個字，花月眼尾高挑，方才的兩分小女兒神情霎時消散了個乾淨，露出兩分譏誚來。

霜降一頓，像是突然想起身分，倏地笑了：「瞧我，怎麼也被他們給嚇住了。」

面前這看起來溫柔好說話的，可是當年獨霸整個西宮的小主子，除了帝后，沒人制得住她，跟自己的親哥哥鬥起來都毫不留情的人，哪裡會怕兩個奴才。

只是，小主子沉寂了太久太久了，久到連她都要以為，她就甘心這麼一輩子做奴婢。

霜降回神，給她行了禮：「左右三公子離進宮就這麼幾日，我就先不打擾了。」

花月闔眼，朝她擺了擺手。

院子裡站著的是柳成和，嘀嘀咕咕地與李景允說了半天，眼眸往主屋半開著的花窗，唏噓道：「您也不怕小嫂子生氣。」

李景允收了東西揣進衣袖，冷笑：「男子漢大丈夫，在家裡還能怕個女人？」

柳成和欲言又止地望著他。

「行了。」他拂袖，「過兩日別忘了來觀禮就是。」

要說狠，誰也狠不過三爺啊，就為了套牢小嫂子，竟如此大費周章，柳成和連連搖頭，回去知會朝鳳準備賀禮。

朝鳳坐在柳府裡，聽他說了半晌也沒太明白：「那小丫頭不是奴籍嗎，也能做正妻？」

柳成和道：「別家的奴籍頂天也是個側室，三爺府上的就不一樣了，只要他樂意，讓將軍夫人認個乾女兒，洗了奴籍往司宗院遞名碟就是。」

微微一怔，朝鳳問：「那韓家小姐呢？先前聽著風聲，三爺不是也對韓家小姐挺待見？」

「你哪兒聽見的風聲？」柳成和不以為意，「打從韓霜把馮子虛送上斷頭臺，三爺就再沒正眼瞧過她了。」

先前掌事院立得穩，長公主勢頭也正盛，太子多有顧忌，想借兵器庫之任奪李守天的兵權以掣肘長公主。三爺為了保全將軍府，拚著命救回韓霜，以自己為籌碼，逼得太子不得不與長公主一起在他的婚事上下功夫。

這一來二去，有了一段喘息的機會，兵器庫那邊塵埃落定，李守天沒有遷任，掌事院出事，太子忙於趁勝追擊長公主，大司命和表小姐的婚事定下，將軍府可以毫髮無損地度過這個難關。

婦道人家哪能知道這其中的門路，柳成和參與其中，只覺得五體投地。

換做他，是決計想不出這麼多彎彎繞繞的。

朝鳳更不解了：「不說三爺，先前我與花月聊起，她似乎也沒怎麼把三爺放在心上，錦衣玉食的側室不做，頂著韓家的壓力來做這將軍府的正妻，她也願意？」

想起今兒在將軍府給出去的東西，柳成和滿懷同情地道：「這就不是她願不願意的事兒。」

天上飛的地下跑的，有誰逃得過三爺這天網恢恢？

「這是何意？」朝鳳狐疑。

欲言又止，柳成和道：「馬上月底你就明白了。」

月底有什麼事呢？將軍府的公子要立妻，朝廷的科考也將舉行，將軍府大紅燈籠高掛，九族親朋都來賀正房添人之喜。

花月以為，從側室升為正室，不過也就擺一桌席，給老爺夫人行禮就好。

結果李景允給她弄了個轟轟烈烈。

日子緊，很多東西都是來不及準備的，她也不知他哪裡來的神通，嫁衣嫁妝有了，聘書聘禮甚至媒人都齊全，愣是天不亮地將她從被窩裡抱去客棧，收拾打扮了一個時辰，再敲鑼打鼓地抬回將軍府。

從熱鬧的喜堂上被人攙扶回洞房，花月都還沒回過神。

她扭頭看見身邊霜降的裙擺，愣愣地問她：「怎麼回事啊？」

霜降比她還愣，咋舌道：「公子準備好幾日了，聽聞還親自去五皇子那剛搬的府上送了喜帖，鑼鼓一敲，半個京華都知道了您的名姓，眼下沈大人正鐵青了臉坐在外頭呢，還有孫總管他們，沒喜帖也來了。」

她像是很不可思議，扭頭道：「您還當這是應付幾日嗎？往後不管您去哪兒，只要還用這名姓，人家就都知道你是將軍府的少夫人。」

花月：「……」

心裡略微不安，她捏著手裡的紅綢，開始反思自個兒是不是玩大了些。

然而，洞房花燭夜，李景允將她抱在懷裡，一邊拆她頭上珠翠一邊道：「爺也就能給妳這些了。」

下個月就要進宮赴任，趕著時辰成個親也算留個念想？花月很是理解地點了點頭，心裡稍鬆。

「妳會不會捨不得爺？」親昵地蹭著她，他溫聲問。

這要是說不會可就太不識趣了，花月想了想，用儘自個兒全身上下的溫柔，摟著他的脖子道：「自然是會捨不得的。」

「嗯。」他滿意地撫著她的唇瓣，「叫聲夫君來聽聽。」

「夫君。」

眼裡顏色微深，他應了一聲，拇指摩挲：「再軟一點。」

「夫君～」

花月聽著自己這聲音都覺得難受，可面前這人卻像是喜歡極了，墨瞳底都泛出了光。

床帳落下，桌上的龍鳳燭燃燃跳焰，燈火朦朧之中，有人低啞地問：「還有沒有什麼想要的？」

「沒，夫君該給的都給了。」

「嘖，不是該說想要爺留下來？」

「沒用的話何必一直說？」

「再說一遍試試，嗯？」

「嗯……留、留下來。」

話說到最後，意識都未必清醒，花月重複著這人教她的話，綿軟斷續，越來越連不成一句完整的，到最後支離破碎，泣不成聲。

今晚是個好月夜，蘇妙撐著下巴看著沈知落一盞又一盞地喝酒，也沒勸，甚至在他興起的時候端起旁邊的杯子和他碰了碰：「你乾了我隨意。」

沈知落惡狠狠地瞪了她一眼。

旁邊的人嚇得退避三舍，蘇妙卻覺得有趣，滿眼歡喜地看著他這微紅的臉，忍不住讚嘆：「我還沒見過你喝醉的模樣，瞧著也是別有風情。」

「妳會不會誇男人？」沈知落冷眼瞪她。

蘇妙咯咯地笑開，指尖劃過他這格外魅惑人心的雙眸，舔了舔嘴唇道：「那就風華無雙。」

他哼了一聲，算是認了。

蘇妙笑得更歡，抬手指了指另一桌坐著的五皇子，戲謔地道：「你看看人家，風平浪靜的，那樣才體面。」

周和瑨像是聽見這聲議論了，臉轉過來，唇紅齒白地一笑：「我身邊可沒個關懷備至的姑娘，喝醉了也不會有人管，哪像大司命，美人在側，還不與他斤斤計較，這才叫體面。」

蘇妙撫掌就笑：「殿下慧眼。」

她起身，似是想過去同人多聊兩句，沈知落眼皮也沒抬，伸手就將她的手腕扣在了酒桌上。

「嗯？」她回眸，「怎麼？」

他冷聲道：「那是別人的桃花，與妳沒有關係，別去沾染。」

蘇妙訝異地看了五皇子一眼，又坐回他身邊：「你連這個都知道？」

沈知落嗤了一聲，又倒一杯酒。

「那我就想不明白了。」蘇妙聳肩，「你知道的事情這麼多，為什麼還會借酒澆愁？按理說今日這場婚事，你也早該料到了。」

「借酒澆愁？」沈知落愕然了一瞬，接著就不屑地笑了，「這算什麼愁。」

蘇妙不解：「不愁你喝什麼酒？」

「沒喝過，想嘗嘗味道。」撚起酒杯，沈知落半瞇著紫瞳，「知道太多不是什麼好事，不如喝上了頭睡一覺，什麼也不記得。」

眼裡劃過一抹憐憫，蘇妙抱著他的胳膊，輕輕蹭了蹭臉頰。

沈知落納悶地側頭看她：「妳到底在同情我什麼？我是大司命，錦衣玉食榮華富貴，我一樣也不缺。」

「嗯。」她十分贊同地點頭，然後摸了摸他的腦袋。

這姿勢近似於安撫小動物，他更加不爽了：「別把我想成什麼可憐人，妳比我可憐。」

「我知道呀。」她笑，「我沒你富貴，也沒你有地位，甚至還算是寄人籬下。」

酒氣三分上心頭，沈知落抿唇，也學著她的樣子摸了摸她的腦袋。

蘇妙一怔，燦然笑開，又蹭了蹭他的胳膊。兩個人就這麼靠在一起，在人多眼雜的酒席上，甚為沒個體統。

不過誰也沒去管。

周和瑨聽著臺上唱的戲，覺得有些無趣，他掃了四周一眼，目光落在角落那幾個不起眼的人身上。

酒已經喝得差不多，庭院裡也有人開始走動，但那幾個人很奇怪，鬼鬼祟祟的，竟是要往後院走。

門口守著的奴才被支去端茶了，也沒人攔他們。

打了個呵欠，周和瑨收回目光。

沒有人給他講故事，他才懶得管這閒事。

第53章　會捨不得嗎

子時將近，皎月當空。

花月像隻熟透了的蝦，被人連衣裳帶被褥地捲著抱去府裡的浴閣，一路上似乎撞見了幾個奴僕，她埋頭在被褥裡聽著聲音，很是羞憤難當。

「可以明日起來再洗。」

李景允滿眼笑意：「不是妳說難受？」

「現在不難受了。」她惱道。

心口被填得滿滿當當，李景允抱緊懷裡那一團東西，低聲道：「別胡鬧，妳待會兒睡不好，吵著的還是爺。」

深呼吸一口，花月咬牙，想想也就這麼幾日了，忍忍，再忍忍。

伸手捂了滾燙的臉，她腦袋往他胸前一歪，決定裝死。

李景允拎著她送進浴池，懷裡這人企圖以禮義廉恥來反抗，但沒什麼用，最後還是坐在浴池邊，任由自己給她洗頭。

「夫君。」她善意地提醒他，「這活兒向來是丫鬟做。」

將溫水倒下去，看著這三千繁絲如瀑布一般傾洩鋪張，李景允眼眸微深，撩開她耳邊垂髮道：「丫鬟哪裡懂賞這美景。」

浴池子裡就這麼兩片白霧，能有什麼好賞不好賞的？花月想白他一眼，卻突然領悟了他在說什麼美景。

「……」

嘩啦一聲響，面前倏地綻開一朵水花，手裡的髮絲如滑嫩的青蛇，飛梭下去，跟著游潛入池。

岸上的人半跪在玄色的大理石上，盯著頭也沒露的水面看了一會兒，驟然失笑：「別憋壞了。」

花月這叫一個難受啊，水裡憋得難受，可上去就是羞得難受，她寧可憋上一會兒了。

從小到大，誰敢這麼對她？宮裡人都常說她脾氣古怪，不好相處，嘗不會人情溫暖，也懂不了人世悲歡，他們怕她，都鮮少與她親近。

日子長了，花月也就真的覺得自己是個沒心沒肺的怪胎。

結果現在，她被個更怪的胎勾出了喜怒哀樂，也勾出了七情六欲。

李景允可真是說到做到啊，沈知落沒教給她的東西，他統統都教了。不僅教一遍，還要帶著她溫習一遍。

一遍比一遍不要臉。

要不是只有幾日了，要不是——

算了，反正也只有幾日了。

一口悶氣在池子裡冒出一個泡泡，花月睜眼看著它浮上水面，也打算跟著上去透口氣。

結果她還沒起身，旁邊突然又是「咚」地一聲水響。

有人跟著下了水，寬厚的手穿過她的臂下一撈。

眼前光亮乍現，花月吐了口水，微微瞇起眸子。

「妳這麼倔的脾氣，也就爺容得下妳。」面前這人將她拉過去，手裡捏著澡豆，不由分說地就抹在了她的臉上，「換做別人，就妳這樣的，早趕出府了，還想當正室夫人。」

花月躲了兩下，皺著眉眼道：「您到底為什麼突然要立正室？妾身不是個怕委屈的人，丫鬟當慣了，沒有非要個好頭銜才能過日子。」

李景允哼笑：「爺樂意。」

神色複雜地看著他，她忍不住小聲道：「您當真不用這麼寵著妾身。」

她打小蹬鼻子上臉慣了，誰寵她，她就容易無法無天，對她嚴苛，她反而能冷靜自持。

眼下這情況，無法無天可不是個什麼好事。

他臉上好像出現了一抹羞惱，不過轉瞬即逝：「妳哪隻眼睛看爺寵妳了？這只是爺的人該有的排場，上回去周和珺的壽宴，妳不是還受了委屈麼，爺給妳找場子。」

上回壽宴？花月想了想，納悶：「您怎麼知道的？」

「徐長逸那夫人說的。」

明淑啊，花月點頭，上回她給的花生酥她還放著，那的確是個好人。

水有些涼了，李景允將她洗乾淨拎回東院，花月身上疲軟，眼皮子也重，挨著床就滾進去睡，結果一不留神，腰撞上了床榻裡開著的木抽屜，疼得她「嗯」了一聲。

李景允聞聲回眸，微怒：「不會看著點？」

她覺得很冤枉：「誰知道這玩意兒怎麼是開著的。」

抬眼掃向那抽屜，李景允一怔，接著臉色就變了。

抽屜本就藏得深，還上了一把鎖，結果眼下開著，裡頭乾乾淨淨。

原先放的那堆黃錦包著的東西，不見了。

花月看他神情不對勁，盯著這抽屜想了一會兒，也反應了過來：「這、這裡頭放的還是先前那些？」

「不是。」李景允垂眼，神色迅速恢復了正常。

他拿了帕子來擦她的頭髮，漫不經心地道：「先前那些東西在別處，爺換了銀票在裡頭。」

心口一鬆，花月連忙看了看房裡其餘的櫃子，發現只有床裡的抽屜被動了，不由地撇嘴：「也真是會偷，知道哪兒錢多。」

「妳先睡吧。」他哼笑，「這點銀子爺還不會放在心上，明日讓人去報官便是。」

「好。」花月本身也睏，打了個大大的呵欠，蹭著枕頭逐漸進入夢鄉。

李景允在她床邊守了一會兒，直到她呼吸綿長均勻，才悄無聲息地退了出去。

府裡有喜事，蘇妙沒有急著趕回永清寺，甚至把沈知落也留在了客房裡。今日遠道而來的賓客也有住在府上的，所以體統上還算過得去，但……

李景允是不知道，蘇妙為什麼會在沈知落的客房外頭站著。

「怎麼？」他沉著臉問，「演西廂記呢？」

蘇妙給他翻了個大大的白眼：「知落醉酒，一直鬧騰，剛剛才歇下。我這好歹也是人未過門的妻子，不該來看看？」

「是啊。」

眼眸微閃，李景允問：「妳一直在他身邊守著？」

「他沒單獨跟人說話？」

「沒，光喝酒了。」

蘇妙打量自家表哥兩眼，覺得他有些不對勁：「你怎麼過來了？」

「東院出了點事。」李景允沉吟，「原以為是沈知落陡生歹念，眼下一看，倒是我錯怪他了。」

蘇妙聽得愕然，接著就有點憤怒：「你怎麼一出事就懷疑他，他也不是什麼壞人。」

李景允沉默地望著她。

冷靜的視線之中，蘇妙終於弱了語氣：「立場雖然不同，有時候難免衝突，但也跟壞沾不上邊，今夜一過我就同他回寺裡去。」

「若是有什麼不對勁，妳要記得告訴我。」李景允叮囑她，「別瞞著，那樣只會害了他。」

蘇妙點頭，別的不說，在要動腦子的事上，她向來信任表哥。

李景允清點了賓客名單，問過了東院裡的下人，一無所獲，這東西顯然是不能當真報官去找的，他現在就好奇，是誰偷了那包東西，又會拿去幹什麼？

花月睡得香甜，壓根不知道發生了什麼事。

月色皎皎，照人美夢。

接下來的幾天，東院裡一對夫婦如膠似漆，基本沒離開過主屋。

花月很想發怒，這人著實不像話，哪有這麼……這麼厚顏無恥的人，滿腦子都是床笫之事，她壓根招架不住。

可三公子真是會哄人啊，看她不高興了就帶她去看京華的集會，但凡她皺一皺眉，都能換來他半日的惦記，衣裳首飾、寵愛呵護，她樣樣都有，哪能當真發得出火來？

還是那句話，反正就幾日了，忍忍吧。

六月初便是李景允要赴任的時候了。

京華下了一場小雨，花月盯著外頭從屋簷落下來的縷縷雨簾，長長地嘆了口氣。

霜降低聲問她：「妳是不是捨不得三公子了？」

「沒有。」她答，「十幾年的親人都捨得，這幾日的恩愛算什麼。」

說是這麼說，晚上在房裡收拾衣裳的時候，她還是笑不出來。

李景允從門外進來，看也不看地將她帶衣裳一起抱起來：「外頭這麼大的雨，妳怎麼還光腳踩在地上。」

花月抬眼看他，突然扔了衣裳伸手勾住他的脖子。

「夫君。」她像他教的那樣，輕軟地喊了一聲。

抱著她的手一僵，李景允眸光掃下來，喉頭微動：「嗯？」

她似乎沒什麼想說的，只是抱著他，眼眸一眨不眨地盯著他瞧。

李景允輕笑，與她一起坐去軟榻上，低聲道：「妳這兩日飯量甚少，昨兒晚上睡得也不踏實，可是有什麼心事？」

花月搖頭，想了想，起身去拿了個盒子過來。

李景允認得這個盒子，但他不能露出破綻，哪怕心裡一陣狂笑，面上也只能好奇地問：「這是什麼？」

「前幾日街上看見，覺得好看，便買回來了。」她含糊地說著，將盒子打開，拿出那雙用銀線繡了獸紋的靴子，「你可喜歡？」

他對衣物向來是挑剔的，做工精良的藍鯉雪錦袍都要被他嫌棄一番，更別說她這雙手藝不算很好的錦靴。

然而，等了半晌，她沒等來這人的諷刺。

疑惑地抬頭，花月看見眼前這人靠在軟枕上，看著自己懷裡放著的靴子，拳頭抵著嘴角，眼裡盡是笑意。

「喜歡。」他道。

花月很意外，翻了個收得不是很好的針腳給他看：「略有瑕疵，不是很貴重。」

「嗯。」他笑意更濃。

疑惑地看他兩眼，花月權當他是看得上這靴子的花紋，便想拿去一併放在行李裡。

結果一伸手，這人飛快地把她的手按住了：「就放在這兒。」

「放在這兒？」花月愕然。

李景允很是認真地點頭，拿開她的手，撐著下巴愉悅地盯著它瞧。瞧完覺得不夠，起身去將它放在了博古架最中間的位置。

花月：「……」

「妳鬆手。」他斜眼。

她這叫一個哭笑不得：「這話該妾身來說，哪有把靴子放在這兒的！」

「爺的屋子，爺的靴子，愛放哪兒妳也管？」他微惱，拍開她抓著鞋面的爪子，輕輕拂了拂灰，鄭重地將它放回去。

就差放個香爐在前頭，早晚焚香磕頭了。

有病麼這不是！

花月扶額：「靴子是用來穿的，您明日便要動身，留它在府裡做什麼？」

「這就是妳不懂了。」李景允神祕兮兮地道，「大梁有個說法，新買的靴子擺在架子上，便能當半尊菩薩，若是誠心拜一拜，更是能心想事成。反正爺赴任之後妳也能去探望一回，那時候靴子也不算新了，妳再帶來給爺便是。」

他說得很是正經，眼裡一絲調笑的意味也沒有，導致花月想罵他胡扯都罵不出口。

這真的不是在瞎掰嗎？她疑惑地看看博古架，又看看李景允。

李景允滿眼虔誠地站著，沒有絲毫逗趣的意思。

猶豫地收回目光，花月想，大梁的習俗，與她無關，她反正是做不出拜靴子這種傻事的。

雨下了一夜，第二日清晨，外頭還有沁涼的霧氣。

李景允拜別父母去赴任了，臨行前拉著她小聲問：「妳怎麼不難過的？」

花月交疊著手與他微笑：「妾身也很難過，夫君一切小心。」

甚是不滿地瞪她一眼，李景允上車走了，車輪吱呀吱呀地晃動，碾過不太平整的青石板，一路往宮門而去。

莊氏在低泣，丫鬟嬤嬤在小聲安撫，四周人有的祝賀，有的不捨。

花月看著地上的兩道車轍，說不出心裡是什麼感覺。

許是一早就料到了會有這一日，要想像莊氏那樣哭是不行的，只是，與李景允也算是有些感情，一別經年，再見就不知是什麼時候了。

不過也好，接下來她可以好生陪著夫人，不會有人再來氣夫人，也不會有人天天要她幫忙瞞著將軍；不會有人給她買集市上的點心，也不會再有人把她戲弄得面紅耳赤。

她同霜降說，過兩日就搬回主院。

至於為什麼是過兩日，霜降沒問，她也沒說。

偌大的東院只剩了她一個主子，每日起居都聽不見什麼響動，花月倒是覺得自在，每天清理帳目，餵餵白鹿，然後陪夫人說說話，日子也不是不能過。

只是，她好像又開始睡不好了，沒兩個時辰就驚醒，然後披衣起身，點燈看看帳目，就這麼打發時辰直到天明。

按照先前他的安排，朝鳳第二日就過府來陪她了，花月給她拿了點心，坐在軟榻上道：「也沒什麼大事，後宅的女人，哪個不是一日一日捱過來的。」

朝鳳輕笑：「妳倒是比誰都看得開，先前三爺那麼寵妳，如今只留妳一個在院子裡，妳也沒覺得不適應？」

「沒。」花月微笑，「是他多慮了。」

昔日或許算是嬌花，如今多少事過了，再嬌的花也不會還想著靠人活，身邊多一個人少一個人，差別不大。

只是莊氏當真傷心，花月變著法地哄她，直到謊稱肚子裡有了孩子，她才振作起來。

這才幾日，肚子裡有孩子是不可能的，但溫故知幫著她撒謊，幫得那叫一個盡職盡責，別說夫人了，就連她也差點信了他的鬼話。

於是夫人對她分外小心，只要她去主院，夫人一定是高高興興的。

這樣也挺好，花月想。

朝中出了點事，百官祭祀之日竟然有人妄圖刺殺當朝丞相，被禁衛拿下，牽扯了幾個大臣。花月聽見風聲，便讓人帶信給馮子襲，讓他先別輕舉妄動。

結果尹茹來傳話，讓她幫忙救一救進了大牢的鄭遇，說她已經是將軍夫人了，多少能有些門路。

鄭遇也是大魏之臣，如今在梁朝做個小官，受丞相被刺之事牽連，也在獄中。

花月覺得好笑，幫不了，也沒幫。

她與他們早就不是一路人，為何尹茹會覺得她就該聽他們差遣？

尹茹罵她狼心狗肺，她西宮裡曾經的奶娘，穿著一身綾羅綢緞，站在她面前指著她的鼻子罵：「沒有大魏皇室，哪來的妳這個人，半點情義也不曉得，養條狗都比妳會搖尾巴！」

花月不覺得生氣，反倒是有些走神。

她去了一趟西側門，旺福乖巧地窩在牆角，衝著她歡快地搖起尾巴來。

「為什麼會覺得我像你呢？」花月疑惑地摸了摸旺福的耳朵。

旺福聽不懂，只對她吐著舌頭。

花月給牠餵了吃的，起身回東院。

沈知落被召回了京華，他沒回東宮，倒是搬去了祭壇住著，周和朔一連好幾日都往他這兒跑，時憂時喜。

蘇妙看得好奇：「朝中又出什麼事了？」

披著外袍，沈知落咳嗽了兩聲：「能有什麼事？有人想對康貞仲下手，結果誤刺當朝丞相，陛下本就對東宮禁衛久乏人才之事頗為憂慮，這事又是在東宮禁衛的眼皮子底下出的，陛下便張羅著讓太子整頓禁衛，挑選人才。」

蘇妙眨眼：「這是好事啊，太子爺怎麼還不高興的模樣？」

也就只有她這個腦子才會覺得是好事了，沈知落搖了搖頭。薛吉死後，禁衛統領無人補上，太子是想培養自己的人坐上這個位置，奈何沒有人選。若是皇帝讓他挑，那挑來的人就未必是聽命於他的了。

不過也有好處，那就是太子能去巡查御林軍，那是中宮權勢之下的東西，皇帝開了口，中宮不敢攔。

周和朔三番兩次跑來，就是想問他該怎麼做。

分明已經失去了一大半的信任，慌起來卻還是會來找他。沈知落搖頭，眼含嘲意。

「噯，問你話呢，都沒答怎麼就又露出這種神情了？」臉被人掰過去，下頷微微有些疼。

沈知落回神，不悅地道：「妳表哥不是什麼都告訴妳麼？問他去。」

「他才沒空跟我說這些。」蘇妙撇嘴，眼珠子一轉，突然抱了他的胳膊問，「朝中不是正在科舉嗎？情況如何？」

眉心直跳，沈知落敲了敲面前的茶桌：「蘇小姐，三公子派妳來我這兒住著打聽消息，已經是不合規矩，妳能不能在打聽消息的時候適當遮掩一番，別問得這麼理直氣壯？」

長長的狐眸瞇起來，蘇妙不耐煩地擰了他一把：「哪兒那麼多彎彎繞繞啊，我想知道，你說給我聽。」

別人家藏的是奸細，他身邊這個是個土匪？

「……」

沈知落長嘆一口氣，又咳嗽了兩聲：「大梁人才濟濟，科考自然是英雄輩出，但陛下對去年三甲入殿試前受賄之事頗有忌憚，放榜之前是不會有消息透露的。」

蘇妙遺憾地收回胳膊撐著下巴：「你算卦也算不出來？」

額上青筋突起兩根，沈知落咬牙提醒她：「蘇小姐，在下是大司命，不是街邊算命的。」

「哦。」她點頭，看他咳嗽得厲害，微微有些不悅，「讓你早睡，你天天熬著看什麼星宿，還不如人家街邊算命的，能睡幾個好覺。」

沈知落別開頭，已經是懶得理她了。

「今晚我陪你熬。」蘇妙突然握拳，「夫妻就得是同林鳥，雖然還沒完禮，不過也就是這個月的事了，提前同一同林也沒什麼大礙。」

面前這人冷笑：「妳熬不住。」

「小看誰呢？」她叉腰，火紅的衣袖差點甩到他臉上，「今晚就熬給你看！」

豪氣沖天，言辭鑿鑿。

結果子時剛過，這團火就靠在他的肩上睡著了。

沈知落捏著羅盤看著滿天星宿，聽著她嘟囔的夢囈，無奈地搖了搖頭。

女人的話信不得，尤其是他身邊這個。

「大人。」星奴過來，看了蘇妙一眼，聲音極輕地道：「咱們還要在祭壇住多久？」

「怎麼？」他問，「宮裡有事？」

「也不是，奴才只擔心您這身子。」星奴給他拿了披風，小聲道，「祭壇冷清，溼氣也重，哪裡比得上東宮，您在這兒住著，總是要咳嗽。」

肩上的人腦袋一滑，沈知落反應極快地伸手接住，慢慢放回來。

側眼一看，這人睡得跟豬沒兩樣，吵也吵不醒。

眼裡有笑意一閃而過，沈知落回頭看著星奴道：「不妨事，宮裡總歸不太平。」

是宮裡不太平，還是宮裡守衛森嚴，容不得蘇小姐隨意出入？

星奴欲問又止，還是閉嘴退下了。

沈知落繼續觀星，紫色的瞳孔裡一片璀璨。

第二日下午，他睡醒起身，就看見床邊坐了個焉嗒嗒的人。

「我想回去幾日。」蘇妙眼下烏青，打著呵欠同他道，「左右也快到婚期了，有好些規矩要學，加上表哥走之前就吩咐了，讓我多陪陪小嫂子。」

眼眸一垂，沈知落拂開她去洗漱，悶聲道：「妳來時沒問過我願不願意，走時也不必問。」

蘇妙嘻笑：「我這不是怕你捨不得嗎？」

「不會。」他抹了把臉看向外頭，「沒什麼要緊。」

第54章 爺從來不騙人

人這一生都在捨不得，捨不得屈居人下，捨不得背井離鄉，捨不得骨肉分別，捨不得兒女情長。

沈知落是最不願意與凡塵俗世一樣的，他不會說捨不得，也不會問她為什麼非要走，哪怕渾身都是煩躁的氣息，他也只是望著窗外，將帕子裡的水一點點擰乾淨。

狐眸微動，蘇妙到底是撐著床弦起身，從他後頭伸出手去，臉頰貼上他的脊背。

「很快就會再見的。」她笑。

他不喜歡與她親近，這般姿勢，是一定會發火的，蘇妙反應倒是快，在他發火之前就迅速收回手，一溜煙地跑出了大門。

「等著我來與你成婚呀。」嬌俏的聲音從遠處飄過來，捲著外頭炎熱的風，輕輕拂過他的背。

沈知落頓了頓，眸子裡泛上一抹難解的情緒。

他放好帕子轉身。

知了在樹蔭裡發出嘈雜的叫喚，換好了水的魚池裡波光粼粼，目及之處，祭壇空蕩冷清，已經是半個人影都沒有。蘇妙向來是這樣，來得快走得也快，話讓她說了個盡，半句也不會給人留。

冷嗤一聲，他拖著半搭在臂彎裡的紫黑星辰袍，懨懨地往外走。

蘇妙回到將軍府，進門就覺得莫名的乾淨。

她納悶地上下掃視這門楣，扭頭問門房：「哪個院子的下人犯了錯，被罰來清掃了不成？」

門房愁眉苦臉地道：「哪兒能啊，自打三公子去赴任，這府裡沒誰敢犯錯的，是少夫人閒著無事，每日都在灑掃。」

小嫂子？蘇妙愕然，將行李扔給丫鬟就朝東院跑。

李景允走的時候與她說：「妳小嫂子那個人，看著溫軟，實則冷心冷情的，爺走後她不會傷心難過，但妳有空也去走動走動，看看她在做什麼。」

頓了頓，他又自己懊惱地道：「能做什麼，總歸是不曉得惦念爺的。」

蘇妙還笑他來著，說被留下的人沒成怨婦，這要走的怎麼倒還哀怨上了。

李景允搖頭說：「妳不懂，能討妳小嫂子兩分真心，那可太難了。」

他當時的表情太過認真，眼裡還隱隱有些難過，以至於蘇妙當真覺得，小嫂子從來沒把他放在眼裡過。

結果——

抬步跨進東院，蘇妙就見花月正站在主屋的博古架面前發呆，她好像又瘦了兩分，柳葉兒似的身段，一動不動地立著。

走近兩步，她聽得一聲冰冷的低語：「鬼才信你。」

這是在說誰？蘇妙不解地挑眉，想了想，還是笑著喊了一聲：「小嫂子。」

花月一愣，回過身來看她，眼裡含了兩抹笑：「表小姐回來了。」

「祭壇裡待著無趣，我趕著回來看熱鬧。」蘇妙進門去拉了拉她的手，「小嫂子最近可好？」

花月點頭，給她倒了茶，又拿來一盤點心：「三公子不在，這院子裡倒是輕鬆了，只是閒得有些發悶。」

蘇妙笑：「妳如今是這將軍府的少夫人了，再悶也沒有親自去灑掃門楣的道理。」

「閒著也是閒著，他們那幾個偷懶的奴才每次灰都掃不乾淨，今日便去教了一教，倒傳去妳耳朵裡了。」她說著，又拿了幾個繡花小樣出來給她看。

「表小姐婚期將至，夫人吩咐我幫忙挑選蓋頭的花樣，這幾個是繡娘送來的裡頭最好看的，妳瞧瞧？」

蘇妙只掃了一眼就道：「小嫂子隨便挑了便是。」

花月有些意外，別家姑娘成婚，樣樣東西都要挑自己稱心的，畢竟成親大事一生也就一次，表小姐倒是好，看都不看？

察覺到她的疑惑，蘇妙瞇起眼眸笑：「沈知落若當真是心甘情願娶的我，那我巴不得每根絲線都自己來挑。可他是不願的，趕鴨子上架，讓我撿了便宜。這婚事我要是再來精挑細選，那就沒意思了。」

花月若有所思地看向收著自己嫁衣的那個嵌寶櫃。

「哎，我這跟妳那是兩回事。」意識到她在想什麼蘇妙連忙將她的腦袋轉了回來，認真地道，「我表哥娶妳那可是真心真意，小嫂子也不是……嗯，也不是那麼不願意嫁，吧？」

說到後頭，蘇妙自己都心虛，狐眸直眨。

花月想了想，朝她點頭：「嗯，我自願的。」

她這個身分做將軍府的兒媳，便是要當出頭鳥，少不得被人究查，也許哪天暴露了身分也不一定。所以她給莊氏行禮的時候，霜降急得差點把地板跺穿。

花月後來安撫她，說這是不得已，也說反正三公子要進宮了，滿足人家一個願望，也不是什麼過分的事。

但是她很明白，那禮行下去，就是她自己願意。

蘇妙看著面前這人臉上那一閃而過的情緒，嘴巴張得老大。

她認識殷掌事也算有些年頭了，印象裡的這個人圓滑懂事又溫順，幾乎從來不會犯錯，把將軍府內外管得是井井有條，但是這麼久了，她也鮮少在殷掌事身上看見什麼女兒家的柔情。

甚至潛意識裡，她沒把這個人當姑娘家。

然而眼前，殷花月眼眸低垂，捏著小樣的手指微微收緊，像是想起了誰似的，勾唇一笑。

這笑得可太甜了，像將整個京安堂的蜜餞熬化在了裡頭。

蘇妙看得心尖都顫了。

她突然意識到了不妙。

自己那神機妙算的表哥，好像少算了一樣東西。

「表小姐可還有什麼東西要置辦？」花月面色恢復了平靜，低聲問她。

眼珠子轉了轉，蘇妙笑道：「我也不清楚，要不上街去看看？」

「好。」花月點頭，二話不說就去拿了銀票隨她出門。

蘇妙明白了，她的小嫂子並不是有多愛灑掃，她就是怕自己閒下來，怕自己想起什麼，所以拚命地在給自己找事做。

這人先前陪她上街，沒一會兒就要打道回府的，可今日逛得她腰酸背痛了，花月都還指著前頭問：「那家綢緞莊看過了沒有？」

蘇妙揉著腿苦兮兮地想，表哥造的孽，為什麼遭殃的人是她？

「看吧。」她嘆氣。

綢緞莊的掌櫃似乎是有喜事，給她們拿綢緞都是一副眉開眼笑的模樣，還不惜多給她們量半尺料子。

「您是家裡添丁了不成？」花月笑問。

那掌櫃的擺手便道：「我這個年紀，哪兒還能添丁，只是我那不肖子有出息了，入了科考場，至今還未遣返。」

大梁的科舉，因為當今陛下的一些顧忌，所以在京赴考之人都吃住在考場，落榜之人會被遣返，一榜一榜地遣，越晚歸的越好，直到三甲殿試問狀元。

算算日子，如今已經是殿試之日了。

蘇妙驚嘆地拍手：「這可厲害了，掌櫃的也不消開這鋪子了，跟著兒子享福去啊。」

「哪裡哪裡，他也就是運氣好。」掌櫃的謙虛著，臉上卻是遮也遮不住的驕傲。

花月挑好料子，終於與她坐上了回府的馬車。

揉著自己的小腿，蘇妙眨巴著眼道：「要是我表哥沒聽將軍的話，選擇去科考該有多好，另擇官職，還能在府裡住。」

花月淺笑：「木已成舟，再論也無用。」

她抱過剛買的綢緞，撫著上頭的紋路，又開始想要給夫人做件什麼衣裳。

蘇妙看了一眼她的手，微微皺眉：「小嫂子妳休息兩日吧，瞧瞧這上頭的小口子，表哥回來非得把八斗掛在後門當臘肉不可。」

「這與八斗有什麼關係。」花月輕笑搖頭，沒往心裡去。

等李景允回來，她這手上的皮都怕是已經換了兩層，哪裡還有什麼口子。

蘇妙回了府，花月的事情就又多了一些，每天做一盅烏雞湯送去主院、清算府裡的帳目、收拾兩個不聽話的下人、再添一添嫁妝的禮單。

這樣的日子很充實，但不知道為什麼，蘇妙看她的眼神裡總帶著些擔憂。

花月知道蘇妙在擔心什麼，她覺得自己沒有要借忙碌來逃避什麼的意思，也沒有很想念李景允。幾日恩愛罷了。

不屑地搖搖頭，她低眸繼續看帳本。

天近黃昏，所有的事都安排妥當，晚霞在天邊暈染開，東院突然就空曠了起來。

花月站在主屋裡，僵硬地瞪著博古架上那一雙錦靴。

她昨晚夢見這雙靴子從架子上跳下來，變成了一個人，那人生得討厭，眉眼討厭，身子討厭，渾身的痞氣也讓人討厭，墨色的瞳子朝她看下來，帶著三分笑意七分揶揄。

她狠狠地把他揍了一頓。

可是醒來之後，屋子裡只有靴子，沒有人，想揍也無處可揍。

惱怒地瞪著這靴子，花月的拳頭捏得死緊，瑩潤的指甲因用力而泛出清白色，指節攢在一起，一處紅一處青。

然而，片刻之後，緊捏的手指慢慢鬆開了，指尖動了動，往上一抬，與另一隻手合做了一處。

——**大梁有個說法，新買的靴子擺在架子上，便能當半尊菩薩，若是誠心拜一拜，更是能心想事成。**

博古架前站著的人微微有些恍惚。

她盯著靴子，薄唇微動，喃喃唸了一些什麼，然後朝著那雙嶄新的靴子，虔誠地彎下了腰。

一瞬，兩瞬，屋子裡安安靜靜，沒有任何反應。

半晌之後，花月直起身子睜開眼，覺得自己真是傻透了，惱怒地甩袖：「騙人！」

天邊的霞光突然一盛，昏黃的光線從門口照進來，拖出一道長長的影子，花月沒注意，扭頭就想往門外衝，結果餘光一閃，她僵在了原地。

修長的身子靠在門框上，被勾勒出一圈光暈，衣擺上的藍鯉繡紋逆著光，變成了一片玄色。

那人似乎在笑，肩膀微微顫動，低沉的嗓音像古老的琴，穿過黃昏直抵她的腦海。

「爺從來不騙人。」他說。

像年關裡的煙火突然全在眼前炸開，花月晃了晃神，下意識地伸手去撥弄餘暉，想撥開這些晦暗的光，看看這到底是誰。

她自然是沒撥開的，但這人往前走了一步，俊朗的眉目在她的眼前一點點清晰。墨色的眸子裡泛著熟悉的光，眼尾斜過來，略微有些嫌棄的意味。

「這才多久，妳怎麼就想爺想成了這個樣子。」李景允慢條斯理地笑。

呼吸停滯了片刻，花月眼眸動了動：「你……」

他低下頭來，拿有些青鬚印的側臉略微蹭了蹭她的耳畔：「不認得了？」

自然是認得的，花月迷茫地點頭。

下一瞬，她背後就被人一抵，身子不由自主地往上貼住了他的心口。

心裡一直吊著的東西突然歸回了原來的位置，花月反手抱住他，眼裡有驚有喜，嘴上卻還是困惑地問：「你怎麼出來的？」

「宮門開了，自然就出來了。」他含糊地答，眷戀地嗅了嗅她身上的香氣。

慌忙推開他，花月狐疑地睇眼：「又是偷跑？宮裡可沒人替你打著掩護，你這擅離職守……」

滿眼笑意地看著她囉嗦，李景允嗯了一聲，低頭堵了這碎碎念的嘴。

外頭突然熱鬧了起來，不知道哪個奴才喊了一聲，整個將軍府都沸騰了，敲鑼打鼓，奔相走告，甚至還有人在正門放起了鞭炮。

「表哥，小嫂子！」蘇妙在外頭疊聲喊，「快出來呀！」

胸口被人一推，李景允退後半步，不悅地往外看了一眼。

懷裡這人是沒回過神的，小爪子抵在他心口，聲音聽著都有點飄：「出去看看。」

「嗯」了一聲，李景允將她的手指一根根分開，與自己的手扣了個死緊，然後才帶著她往外走。

這個時辰，各家各院都該在用膳的，不知怎麼的，人都聚集到了正庭，李守天坐在主位上沉著個臉，莊氏在一旁卻是喜極而泣。

「好，好得很，快讓他過來給幾個一直照顧他的叔叔伯伯見個禮。」

花月跟著李景允踏進門，眼神還有些呆滯，她被他按在夫人身邊的矮凳上，茫然四顧。

「恭喜啊。」幾個遠房嬸嬸在她旁邊小聲道，「嫁夫婿就當嫁咱們景允這樣的，有出息，有抱負，誰能料到這一出去還摘下武試的魁首回來？將軍也莫要賭氣了，武狀元可比那禁宮散令有前程。」

「是啊。」莊氏也連忙扭頭勸，「這是好事。」

「好什麼？」李守天冷聲開口。

熱鬧的正庭倏地安靜下來，李景允正在與幾個叔伯見禮，也沒在意，規規矩矩把禮行完，才慢悠悠地跪到了李守天跟前。

「兒子給父親請罪。」他平靜地道，「辜負父親安排，擅自做主參與科考，讓父親為難了。」

花月這才反應過來到底發生了什麼。

這人，竟然去參加科考了？！

李守天胸口起伏，雙眉怒橫：「你眼裡還有沒有我的這個父親！與人說好的事，你說不去就不去，讓旁人怎麼看我李家？翅膀硬了，以為摘個魁首就能進這家門耀武揚威了？」

「兒子不曾有這想法。」李景允頭也不抬，十分從容地道，「本是要去赴任的，但路上聽人碎嘴，說我李家兒郎沒出息，一個在邊關幾年歸不得朝，一個靠著祖蔭混了個差事度日，實在是一代不如一代。」

「當晚輩的被人碎嘴倒是無妨，可這話說得難聽了，將軍府也沒個顏面，於是兒子就改道去考場看了看。」

「原以為武試嚴苛，高手輩出，兒子也不過是去長長見識，誰料裡頭沒幾個能看的，兒子就被扣到了最後，今日才能回府向父親稟告。」

他起身又拜：「還請父親寬恕。」

話說得體面，總結下來就一句：他們太弱了，我隨隨便便就回不去禁宮赴任了。

李守天一巴掌拍在矮桌上，氣得直哆嗦。

四下叔伯嬸嬸連忙上來勸，又是倒茶又是遞水，一聲聲地道：「景允都說了，也不是故意忤逆，誰讓你教得好，他有本事呢？」

「三哥快別氣了，咱們這幾個院子裡若是能出這麼個兒子，那可真是無愧先祖了。」

「孩子考了這半個多月了，看看，都累得沒怎麼收拾，快讓他去歇著，咱們來商議商議，擺個流水席。」

李守天橫眉怒目：「這不孝子，還給他擺席？」

「要擺的要擺的，我李家還沒出過狀元吶！」

莊氏給花月使了個眼色，花月會意，趁亂就將李景允帶了出去。

府裡到處都是奔走張羅的丫鬟婆子，兩人挑了僻靜的小道走，誰也沒說話。

李景允走著走著就覺得有點不對勁，眼角餘光打量著旁邊這人，輕咳著找話：「我爹會不會又關我禁閉？」

花月面無表情地搖頭：「不會，別看將軍方才桌子砸得響，你奪了個榜首，他比誰都高興。」

恍然點頭，他笑：「那妳呢，妳高不高興？」

繡鞋停在了青石板上，花月轉過身來抬眼看他，眼裡一片幽深。

「您是早就想好了要去參加科考。」

心裡咯噔一跳，李景允暗道不妙，連忙擺出方才堂上那副無辜的模樣：「哪兒能啊，也就是走到半路……」

「武試需要提前幾日向練兵場遞交名冊。」她微笑著打斷他，笑意不達眼底，「科考剛開始的時候，您還在與妾身說要去赴任之事。」

「那是旁人才需要遞交名冊，爺是誰？將軍府的公子啊。」李景允理直氣壯地道，「管名冊的是秦生，要他把爺的名字添上去還不簡單？」

花月轉頭就走。

「噯——」他連忙將人拉住，眉眼軟下來，甚為尷尬地道，「妳怎麼比我爹還精。」

胸口悶著一團氣，花月冷聲道：「這也不是頭一回被公子算計。」

完了，這是要新帳舊帳一起算？

李景允輕吸一口氣，將她擁進懷裡柔聲哄：「當真不是故意瞞著妳的，萬一沒考好，爺也不想丟這個人那。妳看看，武試可不是什麼簡單的事，爺身上沒少落新傷，從昨日傍晚到現在，爺還沒合眼，就想著回來告罪。」

「告罪？」她嗤笑，「三爺的規矩，向來是先騙著，騙不過了再認錯，哪會一上來就告罪的。」

還挺了解他嘿。

李景允樂了一瞬，又變成一臉痛心：「妳怎麼只在意這個，都不在意爺已經一天一夜沒合眼。」

腮幫子鼓了鼓，花月就著他拉著的手，將他帶回東院，取水淨面，然後用被子將他按進了床榻。

「公子好生休息。」她低頭行禮，「妾身去看看前庭。」

說罷起身，毫不留戀地走了。

房門「啪」地闔上，李景允捏著被子愕然地咋舌。

他走的時候還是個甜軟的小狗子，回來怎麼就變成一頭齜牙的惡犬了？

武試奪魁是李景允籌謀已久的一件事，混跡市井，雖也能有家財萬貫，但始終少些倚仗。太子給他謀的官職有禁錮，李守天給他安排的散令不自由，他想要的東西，還是要自己去拿才合適。

實在睏倦，李景允也來不及多想，打算先閉目找回些精神，再與她說道。

文武狀元都在這一天放榜公布，周和朔從一堆雜事之中抬頭，就聽聞了李府傳來的邸報。

「這李三公子，也是能耐。」屬官與他閒話，「往幾年武試，都有個榜眼探花的，可這回那幾個，在與他交手之後都傷重下不來床，殿試只他一人去的。陛下看見他，龍顏大悅，在殿上就賞了好些東西，想必接下來也會委以重任。」

周和朔哼笑：「到底是本宮看重的人。」

不過沒一會兒，他又有些不悅：「這事，景允沒提前來稟本宮。」

「何止是殿下您，連李將軍都不知道，府上鬧了好一陣呢。」屬官搖頭，「三公子獨來獨往的，向來沒幾個人知道他在想什麼，不過也好，他若有了官職，對殿下來說也是好事。」

李景允若受了他給的官職，那對他來說自然是好事，可他沒有。

周和朔瞇眼，想起很久以前的棲鳳樓，那人倚在細雨連綿的花窗邊，轉著玉扇同他笑：「我散漫慣了，哪裡吃得練兵場裡的苦？家裡還有二哥為國盡忠，我躲在他後頭，總也有兩分清閒可偷。」

偷清閒偷成了殿上欽點的狀元。

眉頭微緊，周和朔垂眼道：「本宮也該去送個賀禮。」

第55章　三爺這張嘴

往日門庭森嚴的將軍府，如今倒是大門敞開迎八方來客，金絲紅綢的燈籠往外掛了兩排，殷花月就站在燈籠下頭，低聲吩咐奴僕記上賓客名姓和賀禮名目。

前頭李家的叔叔嬸嬸都幫著在張羅宴席，需要她操忙的事不多，她低眸看著桌上那一張又一張的紅紙，略微有些走神。

她原以為李景允是想明哲保身，所以才在長公主和太子的拉扯裡給自己尋了個全身而退的路子，可沒想到的是，他不當那穩妥的散令，卻偏要在這朝局混亂的時候當出頭鳥。

武狀元與文狀元不同，當朝文臣濟濟，就算金榜題名，也未必會有高官厚祿。可武狀元就不同了，東宮禁衛出事在前，御林軍混亂權勢在後，李景允打小得皇帝賞識，皇帝會輕易放過這個可以倚仗的武將？

眉心微攏，花月捏著衣袖，輕輕嘆了口氣。

前頭報客名的奴才突然噤了聲，四下一凜，齊齊地往地上跪，花月反應倒是快，立馬跟著跪了下去。

尋常賓客自是要唱名姓等人來迎的，如果名姓沒人唱還要跪，那只能是皇家的人擺了架子來了。花月將頭埋低，半眼也不敢往上瞧。

然而她沒想到的是，自個兒身上如今穿的是李家主人的衣裝，哪怕將腦袋埋進沙子裡，也會有人小聲喊她：「少夫人，快與三公子一併上去。」

眼角一跳，花月深吸一口氣。

李守天和李景允已經聞訊從前庭裡迎了出來，有嬸嬸拉她一把，她不得不順勢挪去李景允身後，跟著一起行禮。

「恭迎殿下。」

周和朔滿臉笑意，與李將軍寒暄兩句，便笑著朝李景允道：「怪本宮最近實在忙碌，錯過先前的喜宴不說，今日這好宴也來得遲了，待會兒與你多飲兩杯，算是賠罪。」

李景允拱手淺笑：「殿下言重，大駕光臨已是恩寵，哪裡還需什麼賠罪，快裡頭請。」

周和朔頷首，目光掃過他，落在後頭那半支珠釵上，眼有疑惑。

李府迎了少夫人的事他是聽說了的，但到底立了誰，他還沒問過，今日一看，怎的有些小家子氣，這般場面，竟只會躲在李景允身後。

被人迎著往裡走，周和朔側頭看了好幾眼，可每回他轉頭，李景允那身板都恰好將人擋了個嚴實，只看得見頭上珠釵腳下裙擺。

看看景允這神色，也不像是故意遮擋的，迎上他的目光，還笑著問他：「殿下可有什麼吩咐？」

罷了，周和朔收回目光，不打算再看。

李景允將他請去上座，安置妥當又召來幾個能說會道的門客陪著，這才告罪退下。

庭院裡很熱鬧，與李守天有交情的官員幾乎都來了。大梁本是不許官臣私下來往集會的，但禮部前幾日給將軍府送來了幾罈子花雕，各家各院聽見消息，便知道是今上默許了，急匆匆地趕來道賀。能得陛下如此偏愛，這李家勢必是要昌盛的，可惜了宮中女兒沒個子嗣。

有人小聲碎嘴，說起這可惜事，康貞仲聞言就笑：「你懂什麼，就是宮中沒子嗣，李家人才會更加受寵。」

幾個大人沒聽懂這話的意思，康貞仲卻是不願再說，瞇著眼抿了一口酒，眺望遠處的飛簷立獸。

他坐的是靠前的桌子，身邊家奴環伺，都是自個兒帶來的。

花月在右側的月門後頭站著，瞥他一眼，神色凝重。

也不知是誰走漏的風聲，讓康貞仲提前有了戒備，先前在百官祭祀上朝他動手的人都已經在大牢裡了，她是不打算再輕舉妄動的。

可是，人就在眼前坐著，就這麼放他走，也太可惜了些。

眼裡暗光流轉，花月捏了捏月門弦上的雕花。

「妳這人，怎麼老是亂跑？」背後響起個微惱的聲音。

花月一怔，還沒回頭，身子就落進了他的懷裡。

李景允搭了一隻手來將她摟住，溫熱的下頷抵著她的側臉蹭了蹭：「叫爺好找。」

低啞深沉的嗓音，聽得人耳根發麻。

花月掙開他，扭頭板著臉道：「公子有什麼事，讓人吩咐一聲便好，怎的非要找著妾身。」

靛青的羅袍被她推得微微皺起，李景允伸了手指優雅地撫平，然後唏噓：「別人家的媳婦，都巴不得夫君天天惦記著，妳倒是好，自打爺回來，就又不讓找又不讓抱的。」

他想了想，眉梢耷拉了下去，長嘆一口氣：「怪道人都說，到了手的最是不會珍惜，妳如今過了門了，也得了爺的人了，就可以不把爺放在眼裡了。」

花月：「……」

哪兒來的妖怪上了身了這是？

她別開眼，冷著神色道：「廚房還忙著，妾身過去看看。」

「哎。」李景允將她拉住，眉目正經起來，墨瞳裡略微有些委屈，「這都三天了，就算是牛生的氣，也該消一些了。」

花月覺得好笑：「您裡外將妾身騙了個團團轉，有的是好手段好本事，何必在意妾身生氣不生氣？三天了，您給過妾身一個解釋嗎？這赴考之事，為何同蘇妙說得，同柳公子溫御醫說得，就是同妾身說不得？」

廢話，同她說了還怎麼騙人跟他圓房？

李景允輕咳一聲，低頭反省了一會兒，覺得自己也是有點過錯的。

怎麼能讓她發現了呢，太不嚴謹了，下回得改。

望進面前這人燃著小火苗的眸子裡，李景允換了一副誠懇的表情，捏著她的手心柔聲道：「是爺錯了，爺給妳賠不是，下回一定先知會妳，什麼蘇妙柳公子溫御醫，爺統統不告訴，可好？」

還有下回呢？她都怕下回他直接躥上天去。

咬牙鼓了鼓腮幫子，花月甩開他的手，轉頭說正事：「妾身先回東院了，若是夫人嬸嬸們問起，還請公子幫忙遮掩。」

她是不好讓周和朔瞧見的，就周和朔綁她去問話那事，這要是個普通奴婢，也就不妨，可若被綁的人變成了李景允的正室，那就很影響關係了。

李景允也明白她的擔憂，扶了扶她髮間珠釵，低頭笑道：「那爺晚上回去，妳可不能再將爺關在屋外了。」

行，不關他，她關自個兒就是。花月假笑著行禮，扭頭就板回了臉，捏著手往東院走。

裙擺甩起漣漪，上頭的青鯉躍然如活，一溜兒地隨著她往前游，漂亮又可愛。

他看得直笑，身子倚在月門邊，眼裡浮光粼粼。

「唉喲三爺，小嫂子氣性這麼大，您還笑得出來呢？」徐長逸湊過來，望著花月離開的方向嘖嘖搖頭，「可不好哄的。」

「你懂什麼。」李景允啐他一口，抱著胳膊笑，「她沒甩臉子離開東院，爺這事兒啊，就已經是成了。」

無恥歸無恥，但人是他的了，只要沒想著與他魚死網破，那日子就還長。

徐長逸似懂非懂地點頭，然後努嘴指了指庭裡的人：「那個，還被盯著呢。」

順著他的目光看向康貞仲，李景允臉上的笑意褪去，略微有些陰翳。

他已經給人提過醒了，這是個餌，誰咬誰落網，也不知道是不是沈知落那一夥的人，還要硬著頭皮上，誤傷了丞相不說，人還全進去了。

出手相救是不可能的，不是一路人，他至多站在旁邊看看熱鬧，順便防著自家後院起火。

「三爺，您選的這條路，自個兒走都不是很穩當，可莫要再管這閒事了。」看他眼神不對勁，徐長逸連忙勸了一句。

李景允擺手示意他放心，然後起身從檯子上拎了壺酒，坐去了康貞仲的身側。

「狀元郎。」康貞仲一見他便奉承，「年少有為，前途無量啊。」

笑眯眯地給他倒了一杯酒，李景允抬袖頷首：「常聽家父提起，說康大人閱盡人世，頗有胸懷。今日席上得幸相逢，還請大人多指教。」

「指教不敢當，不過也就是仗著一把年紀了，比你們這些晚輩多看過點東西。」康貞仲與他碰杯飲酒，臉上已是有些醉色。

他摸了一把鬍茬，渾濁的眼裡劃過一抹惆悵，放下酒杯比劃道：「想當年頭一回來你府上，你才這麼點大，被李夫人抱著，見人就笑。當時你的娘親還不是這府上主母，主母是誰來著……」

旁邊的人連忙按下他的手，忌憚地看了李景允一眼，小聲勸：「大人醉了。」

康貞仲反應過來，憨厚地笑了兩聲，不著痕跡地轉開話頭：「如今三公子是光宗耀祖了，好事，好事。」

李景允好奇地挑眉：「大人還見過我小時候的模樣。」

「見過，你小時候就招人喜歡，除了你爹，誰不是把你放在心口疼的？」他打了個酒嗝，摸著腦袋道，「你爹，你爹也不是不疼你，雖然——但現在，他還是以你為傲的，別看他總是板著個臉，跟我們幾個老頭子一起喝酒的時候，沒少為有你這麼個兒子驕傲。」

話說得不著五六，李景允卻是聽得懂，似笑非笑地捏著酒壺，眼底一片晦暗。

旁邊的人七手八腳地將康貞仲扶住，另一個人小聲與他告罪：「康大人最近煩心事多，喝點酒就喜歡提舊事，狀元爺可千萬別往心裡去。」

李景允抿唇垂眼：「當長輩的，自然是愛說什麼便說什麼，小輩哪有上心的道理。」

說是這麼說，臉色卻不太好看，一副被人敷衍後的不爽模樣。

康貞仲身邊的人急了，左右看看，低聲與他道：「這不是小人說場面話，康大人最近像是犯了太歲，連連倒楣，遇著好幾回要命的險事，連府門都出不得，要不是今日貴府這宴席，大人是要去請人做法除晦氣的。」

臉色稍霽，李景允道：「這倒是晚輩的不察，耽誤大人了。」

「哪裡哪裡。」那人賠笑。

不動聲色地起身，李景允回到柳成和面前，低聲吩咐了兩句。

柳成和戀戀不捨地放下吃了一半的雞腿，轉頭去找人。

李景允回到了太子跟前，太子面前的酒沒動，只聽著庭前彈的曲兒，一雙狹長的眼微微眯著，不知是高興還是不高興。

下頭伺候的人都戰戰兢兢的，見著他來，連忙讓了位置。

「殿下。」他往那將滿的杯子裡斟了一滴酒，抬眼道，「那曲兒彈得不好。」

周和朔看他一眼，輕笑：「他彈的是《忠君令》，男兒白骨為明君，何處不好？」

李景允搖頭，捏了筷子往桌弦上輕輕一敲：「此一『君』字，是為無上帝王，但放詞曲裡唱，到底是窄了些。景允拙見，『君』當改為『主』，社稷明主，男兒都當效之。」

神色和緩，周和朔瞥他一眼，輕輕哼了一聲。

眾人都沒聽懂其意，只瞧見方才還繃著的太子殿下，突然鬆了一身怒意，開始與三爺談笑了。

「這是怎麼的？」蘇妙拉了拉溫故知的衣袖，壓低嗓門問，「什麼君啊主的，我沒聽明白。」

溫故知滿眼敬佩地唏噓：「不用聽明白，表小姐只消知道，三爺這一張嘴，只要是個人，就沒有哄不住的。」

蘇妙恍然，然後揶揄地道：「我要去告訴表哥，你說小嫂子不是人。」

「……」溫故知哭笑不得，「小祖宗饒命，我可惹不起這一茬。俗話說一物降一物，三爺這麼厲害，總要有個能收拾他的人。」

還收拾呢，蘇妙撇嘴：「小嫂子是個嘴硬心軟的，也就生生氣。」

「這就是表小姐不懂了。」溫故知摸了一把自己下巴上不存在的鬍鬚，老道地搖了搖頭，「擱有的人身上，這生一生氣，也夠三爺受的了。」

旁人生氣，珠釵錦緞銀子，總有一樣能哄個眉開眼笑，可嫂夫人是什麼人那，要哄她真心實意地原諒這一遭，溫故知想了很久，沒個對策。

流水席擺的是三天三夜的排場，府裡直到半夜都還有人飲酒對詩，花月早早收拾好自個兒，躺在東院的側屋裡睡下。

她將門窗都上了栓，以為萬無一失。

結果子時一到，一把軟劍從門縫裡伸進來，輕鬆地就挑開了卡在上頭的門栓，接著李景允就帶著滿身酒氣捲進來，坐在她床邊就怨：「不是說好的不關門？」

額角一跳，花月轉過身背對著他躺著，悶聲道：「妾身說的是不關主屋的門。」

「這不是主屋嗎？」他茫然。

「爺喝醉了。」她輕哼，「這是側房。」

「妳才喝醉了。」他將她撈起來，半擁住哼笑，「妳在的地方都是主屋，都不能關門。」

花月覺得牙酸，伸手捂了腮幫子冷眼道：「這些話您還是留著去哄別的姑娘，她們肯定受用。」

李景允搖頭，抵著她的腦袋晃來晃去：「就妳了，沒別的姑娘。」

情至濃處，當真話都只會撿好聽的說，花月撇嘴，又覺得懊惱。自個兒是當真蠢吶，嘴上說不信他，可回回都被他騙，還圓房呢，還生孩子呢，就連拜個靶子，也是她自個兒幹出來的蠢事。

眼下再聽他說這些，她更氣了，倒不是氣他信口開河，而是氣自己不爭氣。

耳根子怎麼就這麼軟呢……

「妳是不知道，陛下有多喜歡爺。」他真是醉了，抱著她哼哼唧唧地開始說，「朝堂上頭，那麼多人聽著看著，陛下說要給爺在這京華新修一處宅子，命人去運觀山的土，一車一車地運來，給爺修宅子。」

「觀山是什麼地界兒啊，平日裡沒人上得去的，那地方土好，當今最受寵的姚貴妃想用觀山土修觀月臺，陛下都沒允。」

神色一動，花月突然扭過頭來看他。

面前這人眼裡醉意醺然，漆黑的眸子看下來，深情又動人。

「爺帶妳住新宅子，可好？」

心頭微跳，花月抓著他的衣袖，不確定地問：「觀山嗎？觀山的土？」

他像是沒聽見，迷迷糊糊地低下頭來吻她，花月有些走神，被他吻得輕輕一抖。

「妳想要的，爺都會給妳。」他含糊地呢喃，「爺是當真想跟妳過日子的。」

只說了這一句，他身子就沉下來。

花月愕然地摟著他，瞳孔望著房梁出了好一會兒的神，才反應過來將他扶上床，脫了靴子蓋好被褥。

那話，是什麼意思？她想要的，他都會給？

她覺得好笑，低頭去看他熟睡的臉，又情難自抑地覺得心動。

他哪裡知道她想要什麼，就算知道了，又怎麼可能給。

搖搖頭，她伸手撫了撫那好看的輪廓，安靜地等了一會兒，等他睡得沉了，才輕手輕腳地起身下床。
霜降在前庭忙了個半死，匆忙過來見她的時候，眉眼間盡是疲憊。
「見了鬼了。」她小聲嘀咕，「我分明是送了消息去馮大人那邊的，但他沒來，方才剛有人回話，說消息沒傳到馮府，大人不知情，這已經是錯過了最好的機會了。」
康貞仲只在將軍府吃了半個時辰的宴席，就因醉酒胡言被人送了回去。
遺憾地嘆息，花月道：「這人還真是命大。」
頓了頓，她覺得有點不對，拉了霜降的手問：「妳讓誰出去遞的話？」
「賀老三，回回都是他，您放心，他是絕對不會出什麼岔子的。」霜降想了想，「許是遞出府之後誰弄丟了，反正寫的是密信，旁人撿去也只當是一張尋常採買單子。」
遲疑地點頭，花月瞥了一眼側房裡的人，擺手讓她下去歇著了。
直覺告訴她，好像有誰在攔著不讓她對康貞仲下手，但沒有絲毫證據，也可能只是她多想。
李景允若當真知道她在做什麼，定是要將她趕出府去的。
沉吟片刻，她進屋躺回他的懷裡，慢慢閉上眼。
沈知落也是來了這宴席的，只是敬了一杯酒就走了，與蘇妙連面也沒見上。蘇妙也不急，總歸婚期是近了，讓人追上他的馬車，塞給他一包炸油酥。
「這麼膩的東西，也虧她喜歡吃。」沈知落嗤之以鼻，連打開也不曾，徑直塞進了衣袖。
他坐在車廂裡，旁邊是愁眉苦臉的孫耀祖和老神在在的常歸。

孫耀祖也不在意他藏什麼東西，只道：「鄭遇是重要的線人，他一進去，咱們這聯繫斷了好幾條，本來想拉著那幾個貪生怕死的人共事就不容易，這一出事，他們全急著撇開關係，眼下該怎麼是好？」

常歸哼笑：「急著找康貞仲的麻煩幹什麼，生怕人家不知道你們尋仇來了？」

「這是我要找的嗎？是他的位置本就重要，他一死，底下那幾個人也能趁機奪權，於咱們都是有利的。誰想到前頭的薛吉會讓他們起這麼重的戒心啊，薛吉也不是咱們動的手。」孫耀祖叫苦不迭。

常歸很好奇：「你們沒動手，薛吉怎麼死的？」

孫耀祖猶豫地轉了轉眼珠子，想說也許是小主，可想想小主那不爭氣的模樣，還是懊惱地搖頭：「不知道，國師倒是出出主意，怎麼把鄭遇給撈出來？」

沈知落不甚在意地擺手：「太子盯得緊，咱們最近最好別動手。」

常歸跟著點頭。

孫耀祖看看面前這兩人，眼神微變：「你們兩個……折的不是你們的人，你們就袖手旁觀。」

「孫總管說笑了。」常歸道，「如今都是一條繩上的螞蚱，分什麼你的人我的人？鄭遇的確是沒法救了，康貞仲也動不了，休養生息吧。」

惱恨地別開頭，孫耀祖兀自生氣。

車輪一路往前碾，常歸看著搖晃的車簾，突然問了一句：「聽聞國師也要與大梁人成婚了，該不會像西宮小主那樣，成了婚便胳膊肘往外拐吧？」

這人說話總帶著一股冰寒之感，分明對誰都笑，可好像對誰都有懷疑的情緒。

沈知落不悅地垂眸：「多慮，大人若是不信任在下，大可另謀高就。」

「哪兒能啊，您手裡有兩枚印鑑，我自然是要跟著您的。」常歸彎著眼皮，朝他躬了躬身，「只是，最近我也得了些稀罕玩意兒，想請國師看看。」

沈知落不經意地抬眼，就瞧見他從懷裡掏出一塊分外眼熟的玉佩。

第56章　魏人和梁人

大魏皇室之人，自出生起就戴銘佩，正面是自己的字，背面將那生辰八字細細雕成一圈，中間擱些花鳥山河之像。

所有人都是這個制式，只有一人例外。

西宮小主殷氏，不入族譜，不進宗廟，銘佩的正面自然也沒有自己的字，只有背面那一圈，刻著「坤造元德年十月廿辰時瑞生」，並一朵未開之花。

眼下常歸手裡拿著的就是這塊銘佩。

沈知落怔愣了一瞬，接著臉色就有些難看：「你怎麼會拿著這個。」

「在下也很好奇呀。」常歸神情古怪地摸著那玉上墜著的絲條，抬了眼皮看他，「大皇子的遺物裡，為什麼會有西宮的銘佩？」

在常歸的眼裡，殷寧懷和西宮是不共戴天的，這東西能在大皇子的陪葬裡，一定是西宮的陰謀。

沈知落看向常歸，眼含唏噓：「去觀山之前，我陪殿下往西宮走了一趟，殿下說，小主從來就不算殷皇室的人，大難臨頭，也不必擔著殷皇室的禍，所以他收了這銘佩，一併帶在了身上。」

臉色一沉，常歸冷笑：「你撒謊，大皇子那麼討厭西宮小主——」

「那麼討厭她，還會到死都將她護得好好的？」打斷他的話，沈知落嗤笑，「有仇怨的向來是你們這些下人，他與殷花月，是骨血相融的兄妹。」

常歸一噎，眼裡露出兩分凶光。

凡人總有自己的執念和心結，沈知落懶得與他多說，伸手將這銘佩拿過來，輕輕擦了擦。

「你手裡還有別的東西？」他問。

常歸哼笑，將手揣進了衣袖裡：「最重要的兩樣都在你手裡，在下不過撿些小玩意兒，又哪裡需要國師惦記。」

「別胡來。」沈知落垂眼攏袖。

常歸頷首，也不知道聽沒聽進去，朝他一拱手，帶著孫耀祖下車走了。

沈知落摩挲著銘佩，看著他們的背影，眼底微有戾氣。

袖子裡放著的油紙包像是被馬車的顛簸弄散了繩子，炸油酥的香氣突然飄出來，充斥了整個車廂。

淺紫的瞳子微微一怔，沈知落低頭，將那紙包拿出來，皺眉打量這一包又膩又鹹的東西。

哪會有姑娘家愛吃這個的。

蘇妙每回遇見什麼好東西，不管是吃的還是別的，都一定會分他一份，若是當面給的，那漂亮的狐眸便會瞇起來對他笑，小嘴嘰裡呱啦地說上一大堆，若不是當面給的，那一定會……

指尖撥弄開兩塊油酥，沈知落挑眉，果不其然在這一堆東西下面刨出一張紙條。打開一看，上頭就兩個字。

聘禮。

先前的糟糕情緒像被人連鍋端走了似的，他瞪著這倆字看了許久，倏地失笑出聲。她的聘禮可真是五花八門，上回給他拿了一張分外好吃的餅，再上回讓人給他送了一包臘梅乾花，這回這個也算是葷菜，能做得聘禮裡的大定了。

也虧她想得出來。

搖頭嘆氣，沈知落捏了一塊炸油酥放進嘴裡。

將軍府的流水宴擺了三天三夜，花月累了個夠嗆，沐浴都差點睡在浴桶裡，還是李景允將她抱出來擦身子更衣。

她有點惱，迷迷糊糊地伸手去推他，被他一把抓住手，嫌棄地道：「指甲都長成什麼樣子了。」

眼皮子重，花月乾脆閉著眼嘟囔：「明兒來剪，公子不必操心。」

還等什麼明兒啊，李景允撇嘴，捏過她的手指拿了剪子，低頭就想動手。

目之所及，纖長的指尖上多了兩道疤，一道像是被細刺劃拉的，一道像是刀切的，結的痂還新。

臉色一沉，他放了剪子：「這怎麼弄的？」

花月都快睡著了，被他晃了晃，眼睛艱難地掀開一條縫：「嗯，幹活兒的時候不小心。」

「還幹活兒？」他氣笑了，「這將軍府是短了下人了還是家道中落了，要妳一個少夫人幹活兒？」

被他吼得一哆嗦，花月睜開了眼，哭笑不得：「就這點小口子，您急什麼？」

「爺沒急。」他咬牙，胡亂找補，「爺就是面子上過不去。」

這關面子什麼事？花月看了看那小傷口，嘆氣道：「行，妾身下回當心點。」

說罷，打了個呵欠，抱著被子就睡了過去。

李景允氣悶地瞪了她半晌，見她實在是睏極了，也只能冷哼一聲，捏了她的指甲來修齊整，然後起身往外走。

先前就說好了流水宴之後府裡奴僕會有半日的休息，所以第二天花月也沒忙著早起，懶洋洋地蹭著被褥，任由陽光從花窗照在自個兒臉上。

「小嫂子。」蘇妙提著裙子衝進門來，咋咋呼呼地撲到她床邊，「小嫂子，妳怎麼還睡著呢？」

費勁地睜開半隻眼，她疑惑地「嗯？」了一聲。

蘇妙滿臉笑意：「起床來看熱鬧呀，表哥嫌府裡飯菜不好吃，把珍饈閣的大廚丫鬟連帶打下手的奴才都一併買回來了。」

花月驚醒了：「什麼？」

蘇妙連忙安撫：「我知道這府裡奴僕一向是小嫂子在管，但表哥這回做的也不是錯事，府裡原先的廚子做來做去就那麼兩樣菜不說，那幾個丫鬟婆子還猶為嘴碎，天天說些有的沒的，表哥借此將他們遣了，我還覺得高興呢。」

花月起身，俐落地洗漱收拾乾淨，坐回蘇妙面前皺眉：「好端端的怎麼跟廚房的人過不去？」

「不知道，下人說表哥早起吃了半塊杏仁酥，就突然生氣了。」

別的人都還好說，廚房裡有個叫小采的丫鬟，是尹茹安插來與她傳遞消息的，李景允是不是發現了什麼，所以突然動手？

心裡忐忑，花月眼神沉了沉。

她起身走去廚房，裡頭當真已經全是新面孔了，見著她倒是行了禮，規矩很足。但她想像往常一樣去幫著剁個肉挑點菜的時候，這廚房裡的丫鬟跟見了鬼似的，連連行禮請她往外走。

站在外頭尋覓了許久，發現小采真的是不在了，花月有點茫然。

李景允到底想做什麼？

扭過頭，她問蘇妙：「三公子去哪兒了？」

蘇妙笑道：「一大早就去康府拜望了。」

康府？花月不解，滿臉困惑。

蘇妙立馬給她解釋：「那康貞仲康大人，是舅舅的世交，最近他多有磨難，舅舅便讓表哥過去拜望，也是為表哥好，畢竟康大人如今也算得上大梁重臣。」

「原來如此。」花月垂眼，「我什麼都不知道。」

寬慰地拍了拍她的肩，蘇妙道：「小嫂子想知道什麼，問我就是了呀，我打小就借住在將軍府，沒有不知道的事兒。」

眼眸一亮，花月扭頭問她：「那你知道妳表哥為何與夫人生了這麼大的嫌隙麼？」

蘇妙一頓，略微有些尷尬：「我這話還沒說完——沒有不知道的事兒，除了表哥和舅母之間的。」

「……」花月失望地低頭。

「哎，我能說點別的，就說這康大人。」蘇妙拉著她的手往廚房外走，邊走邊道，「康大人也古怪，雖然有人說他與舅舅是拜了把子的兄弟，但我記得，他這麼多年都不怎麼與將軍府來往的，也就最近才走動了一二。」

康貞仲當年是力主剿滅魏人的，李守天與他政見相左，兩人能有什麼來往？只是近幾年康貞仲手裡權力旁落，人也老了些，這才消停了。

花月眯眼，對怎麼也殺不了這個人的事，還是有些苦惱的。

「聽府裡的老嬤嬤說，舅舅年輕的時候也時常與康大人一起策馬出遊。」蘇妙撇嘴，「真要好到那個份上，去年舅舅在朝堂上又怎麼會孤立無援。」

花月聽得若有所思，之後見著霜降的時候，順口便讓她去打聽打聽康貞仲和將軍府是什麼關係。

霜降狐疑地道：「上回那密信沒送到馮府，會不會跟這事有關？」

康貞仲與將軍府交好，所以有人暗中阻撓她們對康貞仲動手。這個說法也算有條理，但花月沉聲道：「若是如此，那阻撓的人便知道我們的身分和目的。」

驚得打了個寒顫，霜降連忙讓人去查。

查回來的東西很少，只說李將軍與康貞仲是一起長大的，但在十年前，兩人不知為何鬧掰，再也沒見過面。

這麼古怪的關係，值得將軍府裡某個人護著他嗎？

花月一臉凝重地盯著窗臺上的花，陷入沉思。

六月中，李景允受陛下親封，出任大都護一職，內督京華兵力，外察各地駐軍，手握實權，每月都可進宮面聖，直抒所見。

這是個不得了的差事，李守天再嚴厲清肅，都忍不住樂了好幾日，各處送來將軍府的賀禮更是綿綿不絕，連帶著花月都被塞了幾個滿滿當當的首飾盒子。

她有點不安，這不是她該收的東西，所以琳琅滿目的鳳釵珠環，她一樣也沒敢碰。去觀蘇妙出嫁的禮，也戴了先前李景允給她的首飾。

李景允更了衣，伸手就想去拿博古架上放著的靴子。

「你做什麼？」她攔住他，一臉戒備。

李景允這叫一個哭笑不得：「穿靴子啊，還能做什麼？」

花月給他找了另一雙靴子來：「穿這個。」

「為何？」他好笑地道，「那靴子都放了快一個月了，妳該不會真的還想拜它？」

「沒有。」花月一臉正經地否認，但就是不讓他去拿。

什麼叫搬起石頭砸自己的腳，李景允抹了把臉，將人抱過來軟聲道：「爺錯了，爺已經認過錯了，下回再也不胡謅騙妳了。」

花月抬眼看他，顯然是不信。

低頭在她耳鬢上啄了一口，他輕笑著哄：「等送蘇妙出了嫁，爺帶妳去一個地方，要穿著這靴子才走得過去。」

這不還是胡謅嘛，花月伸手就擰他一把，李景允笑著躲開，越過她拿了錦靴，穿上打量兩眼，勉強道：「嗯，還行。」

然後就邁著八字官步出去找溫故知等人。

這幫子兄弟，成了家的占一大半，平日裡也沒少穿戴自己夫人做的衣裳鞋子，閒來聊天，也會顯擺兩句，說這個是內人的手藝，做了大半個月云云。

李景允覺得他們太沒見過世面了，靴子而已，怎麼還要顯擺呢？像他，站在這群人面前，就一句話也不說。

「三爺。」溫故知打量他兩眼，關切地問，「您這右腳是傷著了麼，抬得這麼高。」

「沒。」他雲淡風輕地拂了拂鞋面，「方才走過來，沾了點灰。」

柳成和不明所以：「靴子穿著，還能有不沾灰的？」

徐長逸也不明白這是什麼意思，看了看那靴子的花紋，隨口道：「這還挺精巧。」

「哪裡哪裡。」李景允擺手道，「不值一提。」

說是這麼說，抬著的右腳也沒放下。

溫故知琢磨過味兒來了，眉梢一動，接著就笑：「小嫂子手藝過人，這一看就是花了功夫的，怎麼不值一提了？三爺也要學會心疼人吶。」

其餘兩人一聽，直敬佩溫御醫這靈活的腦子，跟著拱手：「好靴，好靴！」

李景允滿意地笑了，施施然放下腿，這才扭頭去看前面的熱鬧。

今日是蘇妙大婚，場面十分盛大隆重，嫁妝也是一箱又一箱地往外抬。蘇妙父母皆亡，臨行拜別只給李守天和莊氏行了禮。

別家姑娘出嫁，少不得哭上幾嗓子的，可蘇妙不，要不是有規矩壓著，她能直接笑出聲來。

「妳收斂著點。」將她送出府的時候，李景允低聲道，「不知道的該以為將軍府是什麼火坑，看妳跳出去這樂得。」

蓋著大紅的蓋頭，蘇妙低聲答：「我樂什麼你還能不知道麼，別跟這兒耍嘴皮子，你成親的時候笑得比我還過分。」

「那也是爺娶了個好姑娘。」

「我嫁的也是好人吶！」

蘇妙分外不服氣：「你別成天擠兌人，當心我嫁出去就成了潑出去的水，幫著沈知落來對付你。」

李景允不屑地翻了個白眼。

臨上轎的時候，他看著這丫頭，還是低聲道：「受了委屈就往我這兒跑，虧不得妳什麼。」

蓋頭下傳來一聲淡淡的「嗯」，蘇妙轉身，搭著喜娘的手上了轎。

吹吹打打的，十里紅妝一路往前鋪，李景允目送那轎子消失在路的盡頭，才側頭道：「跟爺走。」

花月正有些失落呢，冷不防地被他往馬背上一放，下意識地就抓緊了馬鞍。

「抓這個幹什麼。」身後的人坐上來，哼聲道，「要抓就抓爺。」

她撇嘴，小聲嘀咕：「你這人喜歡往馬下跳，我才不抓你。」

都多久了，還記著仇呢？李景允失笑，策馬前行。

「一開始爺也不是要跟妳過不去，實在是那韓家的婚事定不得，一旦定了，東宮要與爺翻臉。」耳邊風聲呼嘯，駿馬疾行之中，他低聲笑她：「妳也是，早知道會嫁給爺，為何不早點跟爺同仇敵愾同流合污？也省去好幾頓鞭子。」

還講不講理了，那時候誰能料到後來會發生這麼多事？花月牙咬得死緊，伸著胳膊肘就懟他一下。

身後這人吃痛，悶哼一聲：「養不熟啊妳，甭管爺怎麼寵著妳，妳都不識趣。」

花月瞇眼：「妾身有謝過您賞的衣裳首飾。」

「那叫識趣嗎，那叫敷衍。」他不悅，「往後爺也懶得花心思寵妳了，反正好的半點沒被妳記著，壞的全讓妳記牢實了。」

她這不是該記他好的時候啊，他功業將起，她四面楚歌，往後不知道會發生什麼事，哪敢就沉浸在這兒女情長裡。

馬疾馳到了一處正在修建的曠地上，四處都是搬運土木的匠人，李景允勒馬抱她下去，示意她往前走。

花月想起來了，洞房花燭夜的時候他說過，聖上要給他修一處宅子，還用的是觀山上的土。

心裡莫名一跳，她回頭看他。

眼前這人一臉平靜，像只是帶她來散散步似的，指著前頭剛起的牆道：「這是妳的院子。」

花月懵懂地望過去，點了點頭。

他牽起她的手，一處處同她說：「這兒是廚房，這兒是後院，這兒以後會修個魚池，這兒做浴閣。」

兩人在這嘈雜的地界兒一步步往前走，最後停在了一處修得最快的屋子邊。

「這兒做佛堂。」李景允不甚自在地道，「往後若是想上香祈福，也不用往外跑了，就在這兒便是。」

這屋子已經快修到合梁了，中間留了一個空閣，壓梁的東西就放在旁邊的高臺上，還沒擱進去。大梁人的習俗，修佛堂祠堂都一定會在房梁裡藏物鎮八方，有的放桃木黃符，有的放玉器寶物，也有家世坎坷的，會在佛堂房梁上頭放先人遺物，以讓享香火。

花月有些遲疑地走過去，掀開層層紅布，看了一眼裡頭放著的東西。

一方金絲楠木雕花盒，嚴絲合縫地釘死了。

伸手比了比這盒子的大小，花月怔愣地看向李景允，張嘴想問他點什麼，可話在嘴邊，她又咽了回去。

目之所及，那人一身赤色蟒紋羅袍，負手而立，眉目迎著她的方向，似笑非笑。

「裡頭裝的是被妳弄壞的那幅八駿圖。」他道，「不用看了。」

若當真是那八駿圖，怎麼會用盒子裝？他不說這話還好，一說花月倒覺得鼻酸。

觀山上埋得有個大盒子，裡頭有黃錦包著的遺物，和一個瓷白的罐子。她當時拿回了遺物，沒來得及動罐子就被人發現了。原以為他什麼都不知道，也想過明年再去找那個罐子，可現在，這東西多半就在這盒子裡。

旁邊施工的匠人朝她行了個禮，抱起那盒子爬上房梁，放進了房梁裡，開始封口。

花月就站在下頭，看著木榫一塊塊扣攏，微微有些出神。

尹茹曾經同她說，魏人和梁人不能共處的，滅朝之仇，覆家之恨，但凡是經歷過的魏人，都恨不得生啖梁人肉。而梁人自視甚高，不屑與亡國奴為伍，就算是虛與委蛇，也早晚會露出真面目。

她側頭看向身邊站著的人。

這梁人的真面目，是這樣的嗎？

微風過處，墨髮輕起，李景允安靜地看那房梁合完，轉過頭來深情款款的問——

「這麼無聊的事，妳怎麼能看這麼久的？」

花月：「……」

心頭剛湧起的感動霎時消散無蹤，她捏著雙手優雅地收回目光，小聲道：「不懂禮制的梁人果真還是很討厭。」

「爺還沒嫌棄你們魏人多思多慮，禮節繁瑣呢。」他胡亂揉了揉她的後頸，不甚在意地道，「走了，回家用膳。」

她皺眉跟上，固執地道：「魏人那是禮節周到，怎麼能叫繁瑣。」

「就是繁瑣。」

「蠻夷之輩。」

「爺送妳去京兆尹衙門喊喊這句話？」

「……夫君待會兒想吃點什麼？妾身讓人去準備。」

兩人漸行漸遠，背後修葺中的房梁也放上了最後一塊瓦。

瓦落之處，日頭正好。

成親之前，沈知落一連幾日都沒睡好，他也不知道自己在慌什麼，坐立不安，心頭難定，哪怕周和朔來寬慰了他許久，說只要他好生與蘇妙過日子，別的事不用管，他也還是沒能平靜下來。

這是一樁充滿利益往來的婚事，有足夠大的排場和足夠多的賓客。

但是最後，坐在洞房裡的還是只有他和蘇妙兩個人。

教規矩的嬤嬤說，洞房裡要喝合巹酒，要繫衣角，還要睡桂子床，沈知落記了很多遍，但當真坐在這裡的時候——

不是他忘了，是蘇妙徑直掀開了蓋頭，撈起厚重的裙子就坐去了桌邊，叫苦不迭：「可餓死我了，一整天了什麼都不讓吃，這一身行頭又重，我差點在喜堂上昏過去。」

沈知落捏著衣角的手，茫然地僵在半空。

「誒，這兒沒人了，你也別愣著，來吃點。」她大方地招呼他，「這燒雞還不錯。」

盯著她看了許久，沈知落失笑。他怎麼會以為蘇妙這樣的人是想規規矩矩成親的？在她眼裡，這婚事就是能讓她名正言順與他親近的路子，不是什麼交易，也不是什麼緊張忐忑的嫁娶。

起身坐在她身側，沈知落問：「妳就沒往袖子裡偷藏些什麼？」

「哪兒藏啊，光這一身衣裳就重死了。」她齜牙咧嘴地伸過腦袋來，「快幫我解開頭上這冠，還有這衣裳。」

第57章　陳舊的祕密

沈知落是很不想搭理她的，自己又不是沒長手，隨便取了就是，他哪兒會解這些東西。

但是，這人身子傾過來，毫無保留地往他懷裡一倒，若是退開，她勢必要戴著這沉重的頭飾摔下去，血濺洞房，可若是不退——沈知落眼角一抽，伸出手去。

於是蘇妙就帶著滿頭珠翠和厚重的嫁衣砸進他懷裡，沉得他悶哼一聲。

「妳是真不怕死。」他咬牙。

蘇妙仰頭看著他，狐眸彎彎，笑得肆無忌憚：「你必定會接著我的，又哪裡會死，不過是同你撒個嬌。」

沒見過誰家姑娘會拿命來撒嬌的。

沈知落搖頭，想把她扶坐回去，卻見她在自個兒懷裡懶洋洋地半睇起眼來，蔥白的食指挽著花往頭上一指：「先取這六隻小釵，再動這三頭鳳釵。」

長眉微蹙，沈知落不情不願地伸出手去。

他這手會轉司南算天命，可從來沒拆過女兒家的髮髻，動作僵硬笨拙，一連好幾次扯到她的頭髮。他垂眼去看，懷裡這人卻一點要生氣的模樣也沒有，只哼唧兩聲，欣慰地道：「果然是沒有過別的女人。」

沈知落：「……」

眼角有點涼意，他悶聲道：「也曾有過婚事。」

「你呀？」蘇妙感興趣地睜開了眼，「那後來怎麼沒成？」

「前朝淪陷，天各一方。」

蘇妙咋舌，眼睛都瞪圓了：「那我這算不算是鳩占雀巢？」

也真是什麼話都能往外說，罵自己也罵得順溜，沈知落嗤笑一聲，不予置評。

蘇妙是當真有些愁了，頭上釵冠取下，她散著長髮躺在他懷裡，皺著鼻尖道：「你這心裡惦念著我小嫂子，名義上又有別的婚事，這身心我沒一個能占得便宜，可怎麼是好？」

身子一僵，沈知落差點將她扔下去。

這種話也能隨便說的？還是在這洞房花燭夜，從她一個新娘子嘴裡說出來？

他有些惱，連帶著臉色也陰沉了下來。

「哎，別生氣呀，我又沒同其他人講。」蘇妙看著他這表情，也不慌張，仍舊是笑瞇瞇的，「你放心，我喜歡小嫂子，不會給她添麻煩的。」

「蘇小姐心裡清得跟明鏡似的，又為何還要嫁過來？」他沉怒，淺紫的瞳子裡一片陰晦，「圖個什麼？」

蘇妙眼裡泛光地瞧著他這模樣，嘻笑道：「圖你這張臉呀，我不是一早說過了，整個京華，我就看你容色動人，你心裡有誰跟我沒關係，長得好看就行。」

怒意一點沒消，反而被添了一把無名火，沈知落將她撈起來推到旁邊，冷眼道：「那還多謝小姐抬愛了。」

「嘖，這龍鳳燭還在面前燃著呢，你喚我蘇小姐，不覺得喪良心？」她解開嫁衣的繫扣，扁著嘴道，「快喊一聲娘子。」

「蘇小姐言重。」沈知落眼皮半垂，懨懨地道，「不過就是想看這張臉，娘子看得，小姐也看得。」

眼波一轉，蘇妙舔了舔嘴角，嫁衣還沒褪下，就著這半穿半落的模樣摟過他的脖子，輕笑道：「可有些事兒，那就是娘子做得，小姐做不得了。」

沈知落一身冰寒，拒人千里，蘇妙也不嫌，愣是將他拉過來胡作非為。

要是以前，有人告訴星奴，你家大司命有一日會被人拉入紅塵，享盡那郎妾之事，星奴肯定是不信的，大司命那寡淡又目空一切的性子，就算成親，也至多不過身邊多一個人。

可眼下他守在主院裡，聽得屋子裡那張揚的動靜，下巴掉在地上，差點沒能撿起來。

這是成親還是逼良為娼呢？蘇家小姐這等大膽，不怕大人以後再不見她麼？

蘇妙自然是不怕的，沈知落有一百種法子躲她，她就有一千種法子能把人找出來，哪怕他恨她恨得咬牙切齒，有這名正言順的夫妻身分，他也就躲不開她。

「你以後會喜歡我嗎？」床幃之中，有人笑瞇瞇地問了一句。

「不會。」答她的聲音果斷又絕情。

「那可太好啦。」她歡喜地道，「反正你都不會喜歡我，那我喜歡你，可以什麼都不管。」

「……」

沈知落覺得，自己永遠不會明白蘇妙在想什麼。

最近喜事太多，莊氏高興歸高興，到底是累著了，蘇妙出嫁之後她便生了病，躺在床上斷斷續續地發高熱，時醒時睡。

花月不敢再怠慢，成天在她床前守著，尋醫問藥，熬藥餵食。

莊氏時常會哭，一雙眼裡半點焦距也沒有，只盯著床幃喊：「娘娘。」

她問她喊的是哪個娘娘，莊氏聽不見，只一邊喊一邊哭，淚水浸溼了枕頭，渾渾噩噩地就又發起高熱來。

花月急得嘴上生了燎泡，吃飯都疼。

李景允看得火冒三丈：「妳能不能少操點心？」

她看著他，很想問您能不能多操點心？但話到嘴邊，還是咽了回去，無聲地搖頭，繼續夾排骨啃。

身邊這人是氣性上來了，揮手就讓八斗把這一桌子菜都撤了下去。花月筷子落空，也不想與他爭執，索性放了筷子想去看帳。

「妳給爺坐在這兒。」他將她按住，冷聲道，「不說話就沒事了？真當爺是什麼好脾氣的人，能一直慣著妳？」

花月抬眼，略微有點委屈。

心口一頓，李景允頗為煩躁地別開臉：「別給爺擺出這模樣，爺最近很忙，好不容易回來吃頓飯，妳就不能老實點？」

「妾身什麼也沒說。」她更委屈了，「何處惹了您不快？」

哪哪都不快。李景允沉著臉道：「果然狗是不能慣著的，再慣著妳，爺是狗。」

花月垂眼，心想這才幾天，竟就膩煩了，男人的話果然是不能信的。

端走菜的八斗沒一會兒又端著菜回來了，還是一樣的菜色擺上桌，只是，排骨的骨頭被剔了，魚肉的刺也被去了個乾淨，清炒的蔬菜剁得更碎，還放了銀勺在盤子邊。

她怔愣地看著，眨了眨眼。

李景允板著臉吼八斗：「誰讓廚房多管閒事了？」

八斗脖子一縮，轉頭就跑。

這位爺吼完，把筷子往她手裡重新一塞：「吃吧。」

花月：「？」

李景允是真的很忙，陪她用完午膳就又出門了，臨行前拉過她來親了親額頭，低聲道：「最近都老實點，別惹禍。」

這話好像有別的意思，她聽得若有所思，目送他策馬遠去。

因著丞相被刺一事，周和朔順著查了查那些刺客，發現十有八九都與前朝有關，遂大怒，下斬令，並讓人徹查朝中魏人，一時百官自危，風聲鶴唳。

沈知落成親之前，周和朔就賜了他一套三進三出的宅院，那院子裡除了星奴都是他的人，所以對沈知落，他尚算放心，只要他有與將軍府的姻親在，這兩處可以互相制衡。

但周和朔沒想到的是，手下的人突然來報：「將軍府的夫人莊氏，與前魏頗有淵源。」

周和朔臉色很難看。

其實大梁攻魏也不過五年，兩朝人並存是常事，但有他麾下兩人被害在前，又有丞相被刺之事在後，周和朔對重臣家眷與魏人有沾染，還是分外顧忌的。

他問：「將軍府的莊氏，不是一向與中宮那一派走得近麼？」

「是，莊氏與長公主有些交情，先前也是因此想給三公子和韓家小姐訂親，後來陰差陽錯，不了了之。」手下細細稟告，「但小的打聽到，她似乎也是魏人，受過大魏皇后的恩德，還曾供奉過其牌位，只是後來怕惹禍，匆匆將牌位抹了送去了永清寺。」

周和朔瞇了瞇眼。

康府正庭。

李景允正喝著茶，突然覺得脊背一涼。他皺眉，放下茶盞往外瞧了瞧。

「等急了吧？」康貞仲拿著東西跨進門來，迎上他的目光便笑，「都是舊物件了，找起來費些功夫。」

陳舊的長條紅木盒放在桌上，蓋子翻開，便能瞧見一個泛黃的卷軸。李景允回神，拱手道：「勞煩了。」

「哪裡哪裡，難得你會想看這個東西。」康貞仲笑起來，腫大的眼袋都變得慈祥了些，「一晃就是十幾年了，我們都老了，只有這畫上的人還年輕，還是當初那個樣子。」

卷軸展開，上頭有三個人像，兩個男子或站或倚，另一側池塘邊坐著個端莊的小姑娘，眉似柳葉，眼若星辰。

李景允認得她，這是李守天的第一任夫人，將軍府曾經的主母，尤氏。

尤氏還在的時候，對他也是諸多寵愛，時常將他抱在膝上，聽他背三字經，若是背得好了，便給他吃點心，若是忘了兩句，她也不惱，只軟聲軟氣地教他。

那個時候他是見不著莊氏的，莊氏總不在府裡，不是去採買東西，便是陪父親去外頭遊玩，回來的時候，也多是關懷大姐和二哥，順帶看看他。

李景允曾經懷疑過自己是不是被抱錯了，他其實不是莊氏生的，是尤氏生的。

但——眼下再看這幅畫，他和尤氏一點也不像，他的眉眼裡，全是李守天和莊氏的模樣。

康貞仲看著他，神思有些飄遠，不過片刻之後，他還是笑道：「這東西老夫留著沒用了，瞧來也心煩，不如就送給你。」

李景允向他謝過，又笑：「大人其實並未釋懷。」

與李守天重新恢復往來，不過是利益所驅，要說這一段舊怨，與其說是放下，不如說是算了，人都死了那麼多年了，他再強也強不出什麼來。

康貞仲意外地看了他一眼，驟然失笑：「你這孩子聰明，只做個武狀元倒是可惜了。」

李景允朝他頷首，知道他是在拿話搪塞，不想與他多說，也就沒有硬問。收攏卷軸，他起身告辭。

外頭溫故知在等著他，見他出來便與他一同上車。

「小嫂子也是活泛，府裡都忙成了那樣，也沒忘找康大人的麻煩。」他一落座就道，「要不是底下人發現得快，這一遭康大人怕是要逃不過去。」

李景允輕嘖一聲：「都告訴她別妄動了。」

「康貞仲政見極端，主殺盡魏人以平天下，故而前朝不少人都是死在他的牢獄裡的，您要小嫂子放著這仇不報，似乎有些難。」溫故知搖頭，「小嫂子倒是會來事，也沒學旁人大動干戈，只翻了康大人前些年犯下的舊案，想借著長公主欲報復太子的東風，一併將人收拾了。」

他不由地擔憂：「之前誰能想到這小嫂子這麼厲害，看著柔柔弱弱的，背後倒是盤根錯節。」

李景允輕哼：「就她還厲害，若不是爺攔著，她早把自己送進去了。」

神色複雜地看著他，溫故知道：「咱說歸說，您能不能別這一臉驕傲的，小嫂子如今是你的人，她幹這掉腦袋的事，您一個不小心也得跟著掉。」

「掉不了。」李景允閒適地往手枕上一倚，「爺知道分寸。」

殷花月心裡是有怨氣，所以逮著機會一定要報仇，但對她來說，有件事比殺了康貞仲更讓她感興趣。

他回府，默不作聲地往屋子裡掛了幾幅畫。

花月從主院回來，進門就瞧見原先掛那破洞八駿圖的地方，補上了一幅郎情妾意圖。

嬌小的姑娘被人拉著身子半倚在軟榻上，嬌羞又怔忪，榻上坐著的人低下頭來，在她臉上輕輕一吻。

——這玩意兒怎麼瞧著有點眼熟？花月瞇眼打量半晌，突然想起先前被李景允扔出窗外的那個隨筆。

哪兒是扔了啊，分明是撿回來細細畫好，還給裱起來了。

臉上泛紅，她上前就要去取下來。

「哎。」李景允從旁邊出來，長臂一伸就將她摟開了，「爺好不容易將這屋子重新打點一番，妳可別亂來。」

打點？花月迷茫地扭頭，就見四周不僅多了這一幅，床邊和外室都掛了新畫，外室掛的是新的八駿圖，而床邊那幅——

她湊近些瞧，面露疑惑：「這人怎麼這麼像將軍。」

「今日康大人送的畫，的確畫的是我爹和他，還有以前的尤氏。」李景允解釋了一句，表情自然地道，「是個舊畫了，工筆不錯，能充當個古董掛在這兒裝門面。」

花月怔了怔，眸子裡劃過一抹暗色。

李景允裝沒看見，欺身將她壓在軟榻上，舔著嘴角輕笑：「那郎情妾意的畫兒都掛上了，不跟著學？」

懷裡的人微惱，尖牙又露了出來，他見怪不怪，將手腕伸給她咬，等她咬累了哼哼唧唧地鬆開嘴，低頭便接上去。

在怎麼治殷掌事這件事上，李三公子已經算得上頗有心得。

他將人好一頓欺負，然後與她道：「母親以前身邊的老嬤嬤最近似乎也病了，在西院的後頭住著，妳若是有空，便去看看她，爺小時候她也經常帶著爺上街玩呢。」

「好。」花月應下。

她一直想知道這將軍府裡曾經發生過什麼，但總也打聽不著，李景允說的這話倒是給她指了明路，原來西院裡還有個知道事的老嬤嬤。

給莊氏侍過藥，花月立馬帶著霜降去了西院。

老嬤嬤年紀大了，病起來難受，花月給她餵了藥換了衣裳被褥，她高興得直把她當親人：「這府裡還有好人吶，有好人。」

霜降覺得奇怪：「既然是在夫人身邊伺候過的嬤嬤，怎麼會落得這個田地？」

將軍府裡的規矩，奴僕年過五十便可領銀子回家安度晚年的，這嬤嬤少說也有六十了，不回去受兒女孝順，竟還住在這小屋子裡。

花月也好奇，抬眼去看，就見這老嬤嬤眼裡溼潤，囁嚅道：「我做錯了事，是我錯了，該罰。」

兩人一愣，霜降立馬去關了門，花月握著她的手輕聲道：「三公子還惦念著您，特意讓我過來照看，您若是有什麼冤屈，只管說一說。」

聽見「三公子」這幾個字，老嬤嬤眼淚掉得更凶：「他是個好孩子，是我不好，我沒看好他，叫他撞見了不該撞見的東西，這十年都沒處說，沒處說啊。」

她嗚嗚咽咽地哭起來，花月連忙拿了帕子過去，耐心地等她哭完，才聽得她娓娓道來。

莊氏不是嫁過來就是正室，她是將軍從外頭救回來的孤女，很得將軍歡心。

原先的夫人是尤氏，尤氏寬宏大量，把莊氏當親妹妹看，未曾計較爭寵，卻不曾想莊氏得寵之後目中無人，未曾禮遇尤氏半分。就連李景允，都是老嬤嬤和尤氏帶著長大的。

某一日，莊氏從宮裡出來，突然就去見了尤氏，當時下人都退走了，院子裡沒人，老嬤嬤帶著三公子從外頭回來，正好就聽見主屋裡有動靜。

他們過去看，就見莊氏給尤氏遞了一瓶藥，尤氏將藥塞子打開，笑著問她：「妳這樣做，往後當真不會害怕嗎？」

「不會。」莊氏答得冷漠又堅定。

尤氏深深地看了她一眼，仰頭就將藥倒進了嘴裡，李景允趴在門縫上，眼睜睜地看著尤氏嘴裡吐出血，如枯花一般從床榻上萎頓進莊氏的懷裡。

年僅十歲的孩子，沒發出半點聲音，只拉著老嬤嬤走開，低聲同她道：「嬤嬤年紀也大了，總隨我進出，也受累，不如去西院住著，我讓幾個丫鬟伺候妳。」

說起三公子那個模樣，老嬤嬤手都發顫：「妳是沒見過，那麼小點兒的人，周身卻都是將軍身上的氣派，奴婢大他那麼多輪，竟是怕了，怕了啊。」

花月聽得臉色發白。

她想過很多種李景允與莊氏不和的原因，獨獨沒想過，李景允會撞見過莊氏殺人。
自己的生母殺了府裡的主母，他當時那點年紀，第一反應竟然是把另一個撞見的人安頓好，這麼多年了，他似乎一直沒有讓這位老嬤嬤有離開將軍府的機會。
可是莊氏，莊氏那麼溫柔的人，為什麼會殺人？難不成就因為想做這將軍府的正室之位？
花月眉頭直皺，遲疑地問：「尤氏死了，將軍沒有追查過？」
「沒有。」老嬤嬤搖頭，「將軍只將尤氏厚葬。他大概是有所懷疑的，所以自那之後，再也沒有寵幸過莊氏。但他沒有問過那毒藥是哪來的，也沒有把莊氏趕出府。」
這又是何原因？
腦海裡浮現出李景允掛在書房裡那幅畫上的人，花月起身告辭，出門便對霜降小聲道：「先讓他們停手，康貞仲這個人，先留一留。」
霜降不解：「這事與康貞仲有關？」
「尚且不知，但先留下他的命定是沒錯。」花月大步往主院走，神情還是很複雜，「有些事情，可能還需要從他嘴裡套出話來。」
「這還有什麼好套的，不是清楚得很了麼？」霜降道，「就是夫人因妒生恨殺了先前那位主母，將軍因此冷落夫人，三公子也不願與夫人親近。」
花月搖頭：「不對，最重要的一點，莊氏性情溫柔，她做不出那等心狠手辣之事，這其中也許會有什麼隱情。再者，老嬤嬤都說了將軍以前甚為寵愛夫人，夫人為何要妒忌尤氏？甚至不惜賠上自己的榮寵，也要殺了她。」

霜降沉默半晌，偷偷打量她兩眼，低聲道：「人都是善惡交織的，對您好的，未必對別人也好。奴婢先前就想說了，夫人待您好，是因為欠著先皇后的恩情，她在您眼裡是個善良的好人，可您方才也聽見了，這人性，誰說得清楚？」

步子一頓，花月側頭看她：「先皇后的恩情？」

意識到自己說漏了嘴，霜降身子微僵，不過只片刻，她也乾脆直說了：「咱們夫人之前就是魏人，她在宮裡當差，曾經因為犯了事，差點就要沒命，是先皇后將她救出來的，夫人也是因此，才在多年之後不顧這將軍府的安危，將您從宮裡救出來，接回了身邊照看。」

瞳孔緊縮，花月捏緊了袖口。

「先前不說，是因為您對夫人十分感激，夫人也足夠疼愛您，奴婢覺得沒必要說這一茬，只讓您覺得夫人是舊朝故人，雪中送炭。可方才聽了那老嬤嬤的話，奴婢覺著，您也沒必要非覺得夫人無辜。」

能給人餵毒藥的，再無辜能無辜到哪兒去？莊氏落得如今這個下場，也算是罪有應得。

第58章　故事

花月想起三年前莊氏接她出宮的那個光景。

那時候莊氏的眼睛已經是看不見，站在宮門外頭等著她，模糊間瞧著她走到跟前了，才伸出手來摸她的臉。

她的手又軟又熱，一點點摩挲著她的輪廓，待摸仔細了，原本沒有焦距的眼，跟著就慢慢亮了起來，像是將熄的蠟燭，重新點了煙，火光燃起來，人都鮮活了兩分。

「妳往後就跟我過。」她笑著同她道，「生得這麼俏，別喪著一張臉吶，外頭花好景美，有的是活頭。」

音容笑貌，都溫柔漂亮得不像話。

花月閉眼，低聲吩咐霜降去安排幾樣事，霜降一一聽了，也不再說莊氏的事，只行禮退走，裙釵片刻就消失在了屋子拐角。

「少夫人。」管家從外頭繞過來，滿眼為難地朝她拱手，「三公子方才傳來消息，說被陛下留在了宮裡下棋，今晚不一定能回來。」

這倒是尋常，李景允初上任，能得聖眷，有利無害。花月點頭，不解地問：「您怎的是這副神情？」

管家嘆氣：「原先夫人吩咐了，說您就將養在這宅院裡，不用出去與別家走動往來。若是平日裡倒也罷，可眼下這府裡，將軍忙於政事，夫人病重，三公子不在，偏巧五皇子被封親王，開門立府發來請柬，要請咱們府上過去享晚宴。奴才若是不來稟，怠慢了王爺也擔罪不起，可若來稟，三公子回來，指不定要將奴才打發去看後院了。」

他越說越愁，似是想起先前那些個被遣走了的廚房奴僕。

「我以為是什麼事，就這小事，竟也能把您急成這樣。」花月不以為然，提了裙子便走，「我帶人去一趟便是。」

「那三公子問起來可怎麼是好？」管家忙跟上她問。

哭笑不得，花月道：「三公子也不是那洪水猛獸，官邸之間往來是常事，眼下府裡無人，我去一趟，他還能怪罪不成？當真怪罪，就說是我要去的，與您沒關係。」

管家鬆了口氣，立馬吩咐人收拾車馬轎輦，將準備好的賀禮也一併捆抬上去。

自從上回羅華街一別，花月已經許久沒見過周和瑁了，路上忍不住先與八斗打聽：「五皇子是立了什麼功業麼，怎的突然就封親王了？」

八斗坐在車轅上晃著腿笑道：「五皇子要封親王是一早就有的消息，只是如今突然落下來了而已。要說功業，他定是沒有的，先前還因在羅華街上策馬疾行而被言官彈劾領了罰呢，還能開府封王，算是聖上眷顧。」

花月一愣，後知後覺地想起，京華的確是有羅華街上不得策馬的皇令，可當時救人心切，誰也沒想到這一茬，倒是連累他了。

心生愧疚，花月行禮的時候都多了兩分虔誠。

「見過王爺。」

周和瑨正吃果子呢，冷不防見著她，笑著就道：「妳這人怎麼這麼沒規矩，人家來道賀送禮，都是跪著行禮的。」

神色複雜地抬頭，花月瞧了瞧他這架勢：「您這像是想受正經禮的模樣？」

「我怎麼了？」周和瑨挑眉，手裡的摺扇一轉就端起了自個兒下巴，「這不是儀表堂堂的？」

是挺儀表堂堂，如果下半身沒騎在那院牆上就更儀表堂堂了。

花月無奈地搖頭，費勁地揉了揉脖頸，仰著腦袋問他：「您怎麼在這兒啊？」

「這話該我問妳。」周和瑨撐著牆頭微微低下身，揶揄道，「尋常賓客都在正庭飲酒喝茶，妳怎麼就找到我了？是月老的牽引吶，還是這天上扔下來的鵲橋？」

面無表情地看著他，花月指了指旁邊的茅廁。

「是您會挑地兒。」她道，「要不您繼續，這廂就當沒來過，小女也不會往外說。」

周和瑨：「……」

半柱香之後，兩人坐在了敞亮的六角亭裡，四下丫鬟奴僕站成兩排，花月就坐在他對面，低聲問他：「都遭什麼罪了？」

他撇了撇嘴，長嘆一口氣：「宮裡的日子本來就乏味，一出點什麼亂子，便都是那一套——去中宮認錯領罰，再跟父皇告罪，然後回宮抄寫文書，半個月不得出門。」
「那還好。」花月道，「宮裡沒掌事院那樣的刑罰。」
「也沒好哪兒去。」周和瑨唏噓，「妳是沒瞧見中宮裡皇后娘娘同姚貴妃吵起來的時候，謔，妳擱下頭跪著都少不得要被東西砸。」
花月愕然：「姚貴妃、這貴妃娘娘還敢與皇后當面吵架砸東西？」
你們大梁果然都是沒規矩的野蠻人。
「姚貴妃妳不知道？」周和瑨挑眉，「太子的生母，宮裡最得寵的娘娘，她自然是有底氣與中宮爭執的，父皇也寵慣她，任由她鬧騰，從來沒問過罪。」
還有這等事？花月咋舌不已：「這姚貴妃是個什麼出身？」
「姚家不是什麼名門望族，先前與你們將軍府還頗有交情，李將軍還曾救過姚貴妃的命，只是打姚貴妃入宮之後，兩家就沒什麼往來了。」他展了扇子輕搖，「父皇也不是因為家世寵慣她，我也弄不明白，反正姚貴妃就算無法無天，以後也是要做太后的。」
花月想起莊氏每回進宮都只去給皇后娘娘請安，不由地捏一把汗，這姚貴妃以後會不會記恨將軍府？
「今日來是讓妳說故事的，怎麼反倒是聽我說得津津有味？」周和瑨不悅地抵著扇頭看著她，「快講講，妳在做這丫鬟之前，是幹什麼的？」
花月回神，無奈地道：「領著奴籍的人，能有什麼好故事？不過就是在家裡養著，也曾養出一身不管不顧的頑劣性子，後來家道中落，寄人籬下，才開始懂了事。」

「妳這模樣可不像是家道中落這麼簡單。」丹鳳眼睨著她，周和瑨似笑非笑，「說是被滿門抄斬也不為過，妳眼底都帶著恨吶，半點不敞亮，想要的東西都不敢要，擺明了是個沒打算活到頭的。」

唇紅齒白的少年人，說起話來卻是剝皮刮骨似的直楞，花月聽得心裡跳了跳，伸手捂臉：「王爺能不能別老給人看相？」

「也不是我非要看，妳這太顯眼了。」他無奈地攤手，「我見過的人也不少，沒一個像妳這麼矛盾的，實在是比那箱子裡藏著的皮影人兒還有趣。」

意識到自個兒給人當笑話看了，花月沉了臉，起身道：「故事說完了，這廂也就先告退。」

「哎別，我不說這個了。」他捏著扇子擋了她的路，「妳別急著走，哪有人說故事一句話就囫圇完了的？妳家裡先前做什麼的，又是怎麼來的中落，都與我說說。」

這說出來，怕是剛開的王府就得貼上封條了。

殷花月嘆氣，回身坐下，想了想，一本正經地將茶盞往桌上一按：「這說來就話長了，還請王爺聽我細細道來。」

然後她就開始細細地編。

兩人坐在這亭子裡，一個撒謊一個聽，倒也挺自在，周和瑨沒出聲打斷她，就聽她從自己五歲識字編排到十五歲為奴，眼底盡是笑意。

李景允從宮裡回來，瞧見的就是連燈也沒一盞的漆黑東院，他一愣，抓了管家來問：「少夫人呢？」

管家哆哆嗦嗦地道：「去了王府酒宴，還未歸來。」

說罷，怕他問罪，連忙按照花月的吩咐道：「少夫人自己說要去，府裡也沒別人能頂梁。」

王府，周和瑫的酒宴。

李景允沉默了半晌，目光落在那空蕩蕩的大門口，皮笑肉不笑地點頭：「行，知道了。」

管家嚇了個夠嗆，貼著牆根往外退，等逃出這位爺的視線了，扭頭就朝側門跑。

花月回來得不算晚，但是一下車就瞧見管家滿頭大汗地迎上來道：「三公子已經在東院等了您半個時辰了。」

「他回來了？」花月一邊往裡走一邊道，「那還算回來得早，想來最近不會有什麼大事要忙。」

跨進東院門檻，裡頭燈火通明，她推門進去，就見李景允沉著臉坐在軟榻上看文書。

「怎麼？」闔上門，她過去關切地問，「宮裡出事了？」

餘光睨她一眼，李景允悶聲道：「沒有。」

「那您這一臉凝重是做什麼？」花月湊過腦袋去瞧，「哪個字不認識？」

將書合攏扔去一旁，他看著她笑了笑：「妳這麼晚回來，就沒有話要同爺說？」

這才酉時末，也算晚麼？她打量他兩眼，決定順著他的意：「妾身回來晚了，還請夫君恕罪，不過今日也不是妾身貪玩，是那王府開宴要請安，才去了一趟。」

想起先前溫故知說的，但凡她知道欠了五皇子的人情，就不會那麼好交代，李景允心裡不痛快，冷聲問：「與旁人一起請的？」

「倒也不算。」花月老實地道，「在亭子裡單獨說了兩句話，有家奴丫鬟在側，也沒壞了規矩。」

她說罷，覺得有些不太對勁，低頭看他：「夫君該不會連這種事都會吃味？」

「哪兒能啊。」他別開臉，「隨便問問。」

「那您這陰陽怪氣的是做什麼？」花月覺得好笑，「妾身就這麼不值得相信？」

這就不是相信不相信的事兒，李景允覺得煩，他從來不是個小氣的人，可就是不願意讓她跟周和瑒沈知落之流見著，尋常說話也不樂意，在他眼皮子之外相見，那就更煩了。

一口氣憋在心裡，也不能朝她吐，李景允撿回書來擋了臉，沉聲道：「沒事，妳去歇著吧。」

面前這人沒說話了，屋子裡安靜了下來。

李景允盯著書上的字，一個也沒看進去，過了幾炷香，氣性下去兩分，然後就開始有點後悔。

自個兒話是不是說重了？這小狗子會不會瞎想？

該不會又哭了吧？

心裡一驚，他連忙將書往下一拉，急急地往旁邊看。

花月端了一盤子蜜餞，正笑盈盈地看著他，見他抬頭，便將盤子遞過來：「回來的路上京安堂還沒關鋪子，妾身便帶了些，您要是當真生氣，那就咬兩個，也好消消火。」

眼裡一片愕然，他接過盤子，有些心虛：「妳如今倒是脾氣好多了，竟也不同我鬧。」

「夫君最近本就辛苦，妾身若還鬧騰，也怪累的。」她擺手，「上位者，有疑心也是尋常事，妾身問心無愧，等您讓人查了便能清白，有什麼好鬧的。」

心裡一軟，李景允將她拉過來，咬了一口側頸，悶聲道：「爺在妳跟前不是什麼上位者，也不會讓人去查妳，就是——就是一時不痛快，妳也別往心裡去。」

花月挑眉，神色古怪地問他：「爺當真沒吃味？」

「沒有。」他答得果斷。

眼裡泛出笑意，花月抵在他的肩上勾唇，覺得這孽障竟然也有可愛的時候，像小孩兒被大人問起來，說沒偷吃糖葫蘆，結果嘴邊還沾著糖渣呢。

「三爺大度。」她笑。

「那是。」這人咬了蜜餞，含糊地道，「將來要上戰場的人，能同那些個酸腐文人一般小氣麼。」

「是不能。」攬著他的脖子，花月笑著去看窗外的月亮。

皎月初升，又亮又圓，庭院裡幾分淺笑，染上了開著花的枝頭。

沈府離祭壇不遠，離京華那幾條大街可是有好長一段路，每次車馬來回，蘇妙都覺得骨頭要散了，索性就在府裡待著不出門，赤紅的輕紗攏袖一罩，人就趴在花臺上看外頭的鳥兒。

沈知落推門進來，恰好就撞見那紅紗下頭若隱若現的冰肌玉膚。

「蘇妙。」他皺眉，「妳這是什麼體統？」

窗邊的人回過頭來，衝著他便笑：「你快來看，外頭兩個鳥兒吵架呢，吵得還挺凶。」

他走過去看了一眼，紫眸半闔：「無趣。」

眉眼垮下來，蘇妙委屈地道：「就這麼大的院子，天天讓人待著，能有什麼趣？昨兒讓你陪我到處走走，你也不願意。」

沈知落是不想同她計較的，但還是忍不住咬牙：「三更半夜想去山上走走，這是個人都不會願意。」

嬌俏地哼了一聲，蘇妙拉了他的衣袖：「那你現在給我講故事聽，你知道的事兒那麼多，隨便挑兩件有趣的事講。」

在她身邊坐下，沈知落掃了一眼手裡的羅盤，欲言又止。

他方才算了一個極為不好的卦象，是關於將軍府的，想告訴她，又覺得沒必要。

殷花月說得對，能窺天命是他的本事，可非要把不好的命數告訴旁人，便是作孽。

想了想，他道：「是有一件很有趣的事兒，這世上恐怕沒什麼人知道了。」

蘇妙抓了一把瓜子來，狐眸一眨不眨地盯著他。

「很多年前有個宮女，被挑選跟著去出使鄰國，那宮女運氣不好，路上與隊伍走散了，只能流落異鄉街頭。不過她運氣也沒壞到底，在快死的時候，還是被人救回了家，納做了小妾。」

「這姑娘念恩吶，也沒想著回家，就在這府裡好生伺候那一對主人家。主人家夫婦二人也算恩愛，待姑娘也都和善。但這姑娘沒幾年便發現，宮裡始終有人跟那夫人過不去，想著法兒的挑剔為難，連帶著整個府上都岌岌可危。」

蘇妙聽樂了：「這還是被個大戶人家撿著了？」

「是啊。」沈知落意味深長地道，「大戶人家向來是非多。」

「這姑娘著急啊，跟著問夫人宮裡那位跟府上過不去的緣由。一問才知道，這主人家不得了，與宮裡娘娘有舊情，娘娘善妒，看不得他移情別戀，愣是給那龍椅上坐著的人吹枕邊風，導致主人家官途坎坷，幾度入獄。」

還能這樣？蘇妙直皺眉：「缺德。」

沈知落輕笑：「妳猜那姑娘想了個什麼主意？」

眼珠子一轉，蘇妙拍案：「不就是嫉妒麼？假意告訴那娘娘，說將軍心裡有的還是她，連哄帶騙，先將這府上保下來再說。」

……還真不是一家人不進一家門。

沈知落很感慨：「妳同那姑娘一樣聰明，但那娘娘也聰明，妳三言兩語說服不了她，她要這那府上的夫人死了才肯饒過全府上下，妳當如何？」

蘇妙咋舌：「宮裡的女人都這麼狠吶？」

面前這人白她一眼：「慎言。」

苦惱地撓了撓耳鬢，蘇妙道：「也沒別的法子了，問問夫人的想法？」

「那夫人說她願意，但她怕主人家疼她心切，在她死後不願苟活，還少不得要想法子報復，連累全府上下，所以要姑娘妳幫她隱瞞，就說她是病死的。」

他眼尾掃過來，下巴微抬：「妳又當如何？」

蘇妙臉都皺成一團了：「這不是為難人麼？誰會信好端端的人突然病死？主人家查起來，還有我的活路不成？」

「這妳就比那姑娘聰明，那姑娘選擇了答應。」沈知落哼笑，「所以她後來，沒什麼好下場。」

蘇妙不太高興：「那宮裡的娘娘呢？」

「活得好好的，兒子做了太子。」

「這算什麼有趣的故事？」她急了，撲上來抓他的衣襟，「好人沒好報，壞人倒是逍遙，符合你說的天道有輪迴嗎？」

被她撲得一個趔趄，沈知落伸手扶住她的手臂，低聲道：「輪迴也要先輪，妳急什麼。」

兩人驟然四目相對，蘇妙咽了口唾沫，臉上的怒意散去，眉梢又勾了兩分媚：「那我不急，我慢慢來。」

沈知落：「……」

咬牙將人推開，他道：「沒閒工夫陪妳耗。」

受傷地滾到旁邊，蘇妙穿鞋下榻，攏了赤紗道：「那我出去找人玩去。」

喉間一緊，沈知落將她撈回來，捏著她這清涼紗衣怒道：「換一身。」

狐眸輕動，蘇妙坐在他腿上，唏噓地道：「真不愧是我大梁的司命，也太晦深難測了些，您這一份在意，瞧著像是喜歡我似的。可真遇著什麼事，心裡半點我的位置也沒有。」

沈知落皺眉：「妳我都成親了，怎麼還說這些。」

「我也就是隨口一說，總歸也不會與你計較。」起身去換了衣裳，蘇妙合攏衣裙，笑吟吟地回首道，「殿下若是問起來，你只管說咱們如膠似漆，這聯姻穩當著呢。」

胸口沒由來地有些不舒服，沈知落張口想再說，面前這人卻已經像陣風似的刮了出去，只留兩抹香氣縈繞指尖。

他沉了臉，盯著門口看了一會兒，繡著符文的髮帶被窗外風吹得卷上來，懨懨地蓋住眉。

下午的時候，霜降過來了一趟，她跪在他跟前，恭敬地道：「國師，有人讓我來問一聲，您可算著了莊氏的命數？」

沈知落坐在主位上，也不答，只道：「她說了不信，就別一直問。」

霜降抬頭看向他：「旁人不知道，您還能不知道？若不是走投無路，她向來不會朝您開這個口。」

未知苦處，不信神佛，莊氏這幾日是病情越來越重，殷花月才會亂投這個醫。

沉默地摩挲著乾坤盤，沈知落嘆了口氣，過了許久才道：「生死有命，妳還是讓她自己小心吧。」

霜降聽明白了，回去卻沒敢直接同花月說，只編了兩句好話讓她寬心。

殷花月當真是信了，放心地往面前的瓷杯裡倒了一盞茶。

她正坐在棲鳳樓的一間廂房裡，這房間牆上有暗洞，能清楚地聽見隔壁傳來的聲音。

「好些年了吧？」康貞仲似笑非笑地端著酒杯朝面前這人拱手，「能再這麼坐著，我也是沒想到。」

李守天神色複雜地看著他，接酒飲下，聲音裡沒由來地多了兩分蒼老：「難得你肯邀我。」

「我是不情願邀你，奈何景允那孩子討喜。」康貞仲滿眼譏誚，「天道也是不公，你這樣的人，竟能得這好妻好兒。」

滿眼不解，李守天身子前傾：「這麼多年了，我一直想問你，我到底是何處對不住你了，沒由來地被你斷了兄弟之情，還一直冷嘲熱諷？」

左右看了看，康貞仲失笑：「這兒就咱們兩個，你何苦還跟我裝不明白呢？齋月地下有知，怕是悔極了嫁得你這麼個狠心人，連死都沒死得其所。」

第59章　委屈

李守天的臉色霎時難看起來，他捏了袖口將酒壺端起，倒滿兩盞，沉聲道：「我知道你這麼多年一直沒邁過這道坎，但逝者已矣，你總不能還說她的不是。」

「我說的是她嗎？我說的是你！」握拳砸在那桌上，杯盤齊響，康貞仲惱恨地道，「若不是你，她那年華正好的當口，能就死得不明不白了？老哥哥，你當初迎她回家，與我說的是什麼——定會好生護著她，不會讓她受半點委屈。可後來呢？你都做了些什麼？」

「我——」

「還裝，你我都這個歲數了，再裝糊塗就是真糊塗了，以後死了也不會想得起來！齋月是為你死的，為你這個將軍府，被姚貴妃給送下的黃泉。老哥哥你是全身而退了啊，白讓你那房裡的小丫頭背了一輩子的黑鍋，到現在還被景允記恨！」

話說到後頭，嗓子都發顫，康貞仲咳嗽起來，像風箱拉快了似的，肺葉兒都跟著響。

花月愣住了，她不敢置信地回頭，起身俯去牆邊，湊近那小洞往裡瞧。

李守天僵硬地捏著酒壺，半側著臉背對著康貞仲，腮邊那起了褶子的肉輕輕發顫：「我沒有，她死的時候，我不在府裡。」

康貞仲氣得笑了起來，一邊笑一邊拍桌：「是啊，你不知道，你特意挑了個日子走得遠遠的，給足了那小丫頭送毒藥的機會，人死了跟你沒關係，你還冷落了凶手這麼多年，給外人看去，只算是你情深義重，是不是？」

向來莊重嚴肅的將軍，眼下臉上竟是露出幾分孩子似的慌張。

花月看得背脊發涼。

莊氏有多喜歡將軍呢？都已經看不見了，每每提起將軍，她的眼裡還會有光。

這麼多年了，莊氏每天都往將軍書房裡送湯，她記得將軍愛吃什麼不愛吃什麼，回回都要仔細囑咐廚房一番。將軍不待見她，瞧見她就沉臉，她便讓下人去送，天天也不落下。

前幾年將軍在朝中立不住腳，幾度要有滅府之禍，新來的幾個姨娘跑得沒了影兒，莊氏還是不離不棄地陪著，想法子給將軍開路，噓寒問暖，扶持安慰，就差把一顆心也一併熬了湯餵他嘴裡。

有時候花月會聽見夫人唸叨，說她對不起將軍，所以要贖罪。

先前聽老嬤嬤那話，花月以為自己終於明白了夫人是在贖什麼罪，以為這麼多年的謎題終於有了個真相。

可眼下看見將軍這神情，她眼角都泛酸。

李守天也曾是風流武將，一日看盡長安花，玉身立馬。他招得了裙釵回眸，招得了妻妾成群，可如今鬢髮花白坐在這裡面對老友的質問，他也狼狽得面紅耳赤，風流不剩分毫，只剩了亡妻墳頭草。

「你哪裡會愛別人。」康貞仲笑出了滿眼的淚，「我早同齋月說過，你愛的只有自己，是她傻，她不信。」

李守天喉嚨裡響了兩聲咕嚕，終究是沒有吐出話來，他垂了眼皮，頗為疲憊地揉了揉眉心。

康貞仲又哭又笑，好一會兒才冷靜下來，將杯子裡的酒一飲而盡：「今日找你來，也沒別的好說，那姚貴妃是害死齋月的真正凶手，她的兒子你若要幫，齋月九泉之下都不會安生，你但凡還有一絲良心，就莫再往那東宮靠。」

回頭看他，李守天皺眉：「老弟弟，你還說我？這幾年向來是你與東宮走得親近。」

「我是不會看著東宮那位坐上龍椅的。」康貞仲嗤笑，「做的什麼事兒你別管，總也不會像你這麼糊塗，養出個出息兒子，還上趕著往東宮送。」

「……」

兩人先前就政見不和，眼下說開了話，倒開始爭執起來。

花月沉默地等著，等他們話說完酒喝盡，等將軍離開棲鳳樓往將軍府走，等他踩著車轅醉醺醺地跨進側門。

「老爺。」身子往他前頭一擋，花月恭敬地行了個禮。

李守天醉得雙目泛紅，抬眼看著她，漠然問：「何事？」

「夫人病了多日了，老爺可要去主院看一眼？」她問。

面前這人擺手，抓著管家的手就往書房走：「妳好生照看便是。」

「可是老爺，夫人一直惦記您呢，哪怕過去走一遭也好。」花月是想心平氣和地勸他的，可看著他這毫不在意的模樣，火氣終究是沒壓住，冷聲道，「前夫人死的時候您沒見著面，這個要是也錯過了，又不知會怪去誰的身上。」

背影一僵，李守天猛地轉過身來，像一頭被激怒的熊，喘著氣怒斥：「妳說什麼？！」

管家白了臉將花月拉開，轉身想去勸，李守天卻像是酒勁上來了，急赤白臉地道：「妳就是個奴才！當了那東院的主子也是奴才出身，哪兒聽來的什麼混帳話就敢往我面前搬？妳給我滾，滾出府去！」

念著將軍府收留她這麼多年，花月從來都很聽主人家的話，也寧死都不願離開這兒。可眼下，她倒是覺得很冷靜，李守天罵得越凶她越冷靜，抬了眼皮輕笑：「奴婢滾容易，這府上不過就少了個人，滾之前也想請將軍往主院走一走，不為什麼夫妻一場，就為您還有兩分人味兒。」

「妳放肆，放肆！」李守天揚手就要打，被管家苦苦攔住。

這哪裡打得啊，管家流著冷汗直勸：「少夫人快走吧，老爺酒上頭了，您又何必這時候來氣他呢？」

「還能為什麼，就是仗著景允會寵慣她！」李守天怒罵，「真拿自己當個玩意兒，我是他老子，妳只是他箱子裡一件衣裳，新鮮了穿著好看，不新鮮了扔去生灰的，今日我把妳打死在這兒，他敢說半個不字，就是不孝！」

到底是武將，喝醉了酒力氣更大，管家雙手環抱都沒能攔住他，厚重的手掌劈頭蓋臉地就朝她打下來。

花月退後了半步，想躲遠點，背後卻抵上了個人。

李景允上前，手一橫將她往懷裡一護，另一隻手硬對硬地將李守天這一掌接住，只聽得骨肉悶響，他手接著往下一翻，敲在了李守天的腕子上。

手側一麻，李守天酒醒了大半，站直身子怔愣地看著他。

懶洋洋地往自家媳婦臉側一靠，李景允似笑非笑地道：「爹，您打小就罵我不孝子，也不差這一回了。」

溫熱的氣息從他身上傳過來，花月這才發現自個兒的身子在這三伏天裡竟然是涼的，她眨了眨眼，神色慢慢緩和下來。

「您怎麼這個時候回來了？」

「再不回來就成鰥夫了。」他輕哼，「八面玲瓏從不犯錯的殷掌事，這還是頭一回上趕著進棺材。」

她今日要去棲鳳樓他是知道的，就是不知道去做什麼，那邊也還沒回話，瞧她這架勢，跟狗鏈子被撒開了似的，李景允倒是很好奇，抬眼問李守天：「您這急的是哪齣啊？」

雙手負去身後，李守天找回了自己的架勢，沉聲道：「長輩教訓晚輩，合情合理。」

「我也沒說您不該教訓，就是問個由頭。」李景允甩著手笑，「也不能白挨這一下。」

腮幫子緊了緊，李守天看了花月一眼，眼含警告之意。他許是知道這事沒法跟自己兒子說，站了一會兒，扭頭就走了。

「您慢走。」吊兒郎當地行了個禮，李景允轉身，拉著身邊這人就回東院去。

「怎麼回事？」

花月仰頭看著他這張臉，沒由來地就湧了淚。在將軍面前她覺得生氣，可在李景允面前，她就只替莊氏覺得委屈，骨肉白白疏遠十年啊，什麼也沒做錯，兩個自己最愛的人都把自己當仇人。

今日怎麼就沒拉他一起去棲鳳樓呢？眼下她要是再來給他解釋這一遭，想想她和莊氏的關係，公子爺是不會信的，只會覺得是她在給莊氏開脫，而她手裡又一點證據也沒有。

越想越委屈，花月別開臉，淚跟斷了線的珠子似的往下掉。

李景允：「……哎，爺也沒凶妳吧？照常這麼問上一句，何至於哭成這樣？妳惹了他，又不是爺犯了錯，快別哭了，哭也不會心疼妳。」

面前這人霎時哭得更厲害了，從脖子紅上了臉，哭得抽抽噎噎。

嘶——他抹了把臉，將人抱過來捂在懷裡，軟了兩分語調：「行，爺不問了，不問了成不成？不是沒挨著打麼，爺還在這兒呢，他要真想讓妳滾，爺跟妳一塊兒滾出去，趕巧府邸修得快，百十來匠人日夜忙活呢，咱們出去住兩日客棧就能搬新府了。」

哭得夠了本，花月啞著嗓子抵在他懷裡道：「那還真成了狐狸精拐帶年少有為的都護大人了。」

拿了帕子給她抹了眼淚鼻涕，李景允哼笑：「妳拐帶爺也不是頭一回。」

花月瞪眼：「哪有？」

「說妳有就有，別狡辯。」他有一下沒一下地拍著她的背。

氣息慢慢緩和下來，花月仰頭問他：「爺能不能去看看夫人？夫人昨兒發高熱還在念您，她現在病得重，也不會拉著您囉嗦什麼，您只管去屋子裡坐會兒，妾身給您看茶。」

李景允垂眼，很不想應，但看她這哭得雙眼紅腫的，萬一不應又哭起來還得哄，想想算了，點頭跟著去。

進主院的時候，霜降拉過花月去小聲道：「還是妳厲害，管家去請了兩回，公子爺都沒來看夫人。」

說著又打量她兩眼，驚奇地道：「您這是哭過啊？」

花月點頭。

神色複雜，霜降想起些舊事，直搖頭：「您以前最討厭女兒家在您跟前哭哭啼啼，那遠縣來的小郡主在您跟前摔哭了，您還讓人把她扔出了西宮，說哭是最沒用的事兒。」

「是我說的。」花月很是坦蕩地認下，然後指了指主屋，「可我現在發現，哭有時候也挺頂用的，該哭還是要哭。」

霜降：「？」

彎了彎眉梢，花月捏了袖口跟著往裡走。

莊氏得的是風寒，但養了這麼些日子，不見好轉，反而是更嚴重了。她靠在枕上眼眸半闔，知道李景允就坐在面前，也說不出什麼話來。

母子二人對著沉默，花月一連給李景允行了好幾個禮，這人才開始說起最近應酬遇見的趣事。

莊氏聽著，似乎在笑，等他們要走的時候，她拉了花月的手虛弱地道：「妳好生養身子，不用總是過來，怪累的。」

花月一愣，這才想起自個兒騙她說的懷了身孕。

這肚子裡一個月也沒什麼反應，她有點心虛，連聲應下，起身告退。

「夫人，喝藥了。」

霜降把藥給她端來，莊氏伸手接過，一口口喝完，末了靠在軟枕上問：「最近外頭可有什麼事？」

「回夫人，都好著呢，咱們將軍府正是得聖眷的時候，公子官途坦蕩，將軍……將軍最近也挺好。」

眉眼溫柔地彎下來，莊氏點頭，似乎是想說：這樣就挺好。

但她沒力氣了，靠在枕上奄奄地閉上眼。

花月尋了個機會，去找了一趟蘇妙。

李景允不相信的事情，她可以說給蘇妙知道，只是，蘇妙聽了好像不怎麼驚訝，倒是神色複雜地喃喃：「說的原來是舅母嗎。」

「什麼？」

「沒什麼。」蘇妙擺手，「我只是覺得舅母不容易。」

「所以表小姐能不能幫幫忙？」花月殷切地看著她，「我想找足了證據給三公子知道，好讓夫人沉冤得雪，可現在將軍與我急了臉，他不肯再吐露相關之事，只有那康大人，妳也算熟悉，他還能說一說這內情。」

撐著下巴看著她，蘇妙道：「熟悉歸熟悉，他也不至於跟我說這陳年舊事，若是願意說，何不直接跟表哥說了？」

這倒也是，花月皺眉。

「再過兩日宮裡要省親，舅母病成那樣，不如就小嫂子帶我去看看表姐吧。」蘇妙道，「咱們這兒沒主意，表姐是個聰明人，她許是能有辦法。」

將軍府的長女，入宮好幾年了，封的是惠妃，雖無子嗣，但也一直受著寵。

花月是不太想進宮的，幾個推脫的理由都在肚子裡打轉，但蘇妙又說了一句：「也能順便見一見姚貴妃。」

往日這些官眷進宮請安，都是往中宮走的，但李景允與東宮關係親近，李景允剛得了官職，他們這一家人順道去給姚貴妃請安，也是規矩之內。

「好。」花月應下了。

那禁宮過了五年，早已不像當初大魏皇宮的模樣，好幾處宮殿翻修改建，就連宮牆也已經重刷過。也是，那麼多魏人的血，怎麼洗也洗不掉空氣裡的腥味兒，不如蓋了去。

僵硬地起身告辭，花月乘車走了。

蘇妙推開沈知落的房門，進去就往他書桌上爬，爬上去坐好，兩隻腿不規矩地晃來晃去：「你怎麼也不出去見見？」

白她一眼，沈知落道：「她又不是來找我的。」

「我以為你會想見一面呢，還特意留著小嫂子喝了會兒茶。」蘇妙揶揄，狐眸瞇起。

放了手裡的書，沈知落抬手搭在她腿兩側的桌沿上，沒好氣地道：「她是我看著長大的人，也是我傾注了心血救回來的人，多的是生死交情，不是非要纏膩膩地見著人。」

羨慕地嘆了口氣，蘇妙道：「我也想同你有生死交情，要不我去死一下試試，你救我回來，咱們就有了。」

「別瞎說。」

沈知落看她兩眼，餘光瞥見她撐著桌的手上有條刮傷，還冒著血絲。

臉色一沉，他伸手拿起來：「這怎麼弄的？」

不甚在意地看了一眼，蘇妙道：「方才起身送小嫂子，起得急了，刮桌弦下頭了。」

「妳個姑娘家，能不能斯文些？」他連連皺眉，「也不知道拿個東西包一包？」

「我這不趕著來見你麼？」蘇妙左右看了看，晃著腿道，「也沒什麼東西好包。」

她是個不帶手絹的小姐，沈知落這人更是一身清冷，渾身上下除了個乾坤盤什麼也不帶。

「也沒什麼要緊，這點小傷，還不如我在練兵場上摔得疼呢。」她甩開他的手，剛想揮一揮，卻又被他抓了回去。

沈知落看了那傷兩眼，順手扯了自個兒那滿是符文的髮帶，就著乾淨的地方給她纏上。

「以前魏國有一名武將來與我問命，我說他命不久矣，他不信，說這一仗歸來身上無重傷，只手上幾個細得包都不用包的小口子，如何會命不久矣。」

蘇妙聽得來了興致：「然後呢？」

「然後沒兩日他就死了，就死在這幾個小傷口上。」沈知落面無表情地道，「妳眼下要是也死在這兒，太子會找我麻煩。」

黑底紅線繡出來的髮帶，襯得她的手格外白嫩，蘇妙滿眼歡喜地摸了摸，小聲問：「這東西就送我了？」

「沒有。」他重新拿起書，「洗乾淨還給我。」

入了她的手裡了，還能拿得回去？蘇妙哼笑，寶貝似的捂著髮帶，跳下桌就往外跑。

這流氓勁兒也不知道跟誰學的。

眼裡劃過一抹笑意，又很快消失不見，沈知落垂眼看著那乾坤盤，微微皺眉。

尹茹等人知道花月要進宮去省親的消息，嚇得連忙來攔。

花月沒有搭理她，尹茹氣得去找沈知落想法子，可誰知沈知落竟然也道：「讓她去吧，她還有一件事要了。」

莊氏一日比一日不清醒，花月也一天比一天著急，她急切地想找出姚貴妃謀害尤氏的證據，可已經十年過去了，再有證據也化了灰，進宮去一趟，也都是徒勞。

沈知落知道這個理，但他不會再去攔著。

人都是有自己的命數的，哪怕算到了，也要硬著頭皮把這路走完。

花月進宮見著了惠妃，這是個極為端莊的姑娘，聽她前後說完話，也只是雙眼泛紅，半分沒露狼狽。

「三弟娶了個好媳婦。」惠妃笑著道，「母親有妳心疼照料著，本宮也放心。」

「娘娘可有什麼辦法？」花月低聲問。

惠妃搖頭，輕嘆著氣道：「姚貴妃在宮裡便是隻手遮天的，莫說還有太子給她撐腰。眼下各家各府的掌事院還在拆撤，中宮那邊也無暇顧及，妳就算問破了天，也不會有人敢出來說姚貴妃半句不是。」

「妾身還有一事不解。」花月皺眉，「這姚貴妃因為私情害死臣子正室，就不怕陛下知道她有二心？」

惠妃嚇了一跳，扶著鳳座道：「妳哪來那麼大的膽子，還敢將這事往陛下面前捅不成？這裡頭可還有父親在，早早就是個死局。」

定了定神，她道：「妳也別多想了，好生回去照看母親吧。」

「……是。」

兒女夾在這當中，自然是先考慮父母的命，冤屈不冤屈的，能活著就行。

花月嘆了口氣，

離開了惠妃宮裡，蘇妙與她一起走在宮道上，小聲道：「表姐都說沒法子，那咱們也不用非去跟姚貴妃請安了。」

「得去。」花月捏了手，雙眼平視前方，「就算束手無策，也總要見見這位娘娘長什麼模樣。」

行禮而已，她以前在宮裡也是這麼過的，不會覺得繁瑣，姚貴妃宮裡人多，她也只是帶著蘇妙行禮叩頭，再遠遠地看上一眼便走。

周和朔今日也在姚貴妃宮裡陪座，聽見將軍府的人來請安，臉上盡是笑意。還是景允的夫人懂規矩。

「殿下。」身邊有個奴才突然開口，「方才那穿淺青色錦服的，是李將軍府上的夫人？」

尋常時候奴才是不會這麼問話的，周和朔側過頭，納悶：「怎麼？」

「奴才瞧著有些眼熟哇……」那老奴摸了摸下巴，「也不知是不是眼花了，倒有些像個故人。」

這老奴才是大魏舊臣，大梁攻魏之前就向他投誠了，沒少替他抓些前朝餘孽，他說眼熟，周和朔臉色就沉了。

花月和蘇妙剛想出宮，身後突然就追上來個宮人，笑著道：「奉貴妃娘娘之命，兩位這是頭一回來咱們宮裡請安，先別急著走，去側宮看茶。」

察覺到有些不對，花月拉了拉蘇妙的衣袖，蘇妙眼珠子一轉，笑著便應：「好啊，只是我這肚子有些不舒服，讓我小嫂子先過去，我去去便跟著來。」

「您這邊請。」宮裡也不疑有他，轉身便給花月引路。

第60章 爺給妳兜著

姚貴妃住的是西宮，雖也有翻修，但花月對這地界還是很熟悉，過院穿廊，跨門進殿，她捏著裙擺在側殿裡跪下，餘光瞥向前頭那落著的紗簾。

「給娘娘請安。」

偌大的側殿裡只站了一個奴才，瞧著就知道不是什麼好陣仗，四周寂靜得令人窒息，花月沒等來裡頭的喚起聲，便稍微側頭往那奴才的方向瞥了一眼。

不看還好，一看她便沉了臉。

孟省。

這人是投了周和朔的叛徒，比沈知落投得還早，但凡魏宮人，都知道他是走狗鷹爪。

他能站在這兒，那這簾子後頭也不會是姚貴妃了。

「竟當真是你。」周和朔抬指掀開紗簾，狹長的眼微微一瞇，「士別三日當刮目相待，房裡一個丫頭，轉身竟就成那將軍府的主母了。」

暗吐一口氣，花月閉了閉眼。

算她倒楣，今日這麼多人，竟也能被他從中逮出來，更倒楣的是，旁邊站的還是認得她的孟省。

花月猜到自個兒是為什麼被叫回來了，不過倒也沒慌，身子一軟就又朝周和朔行了個禮：「叩謝殿下。」

周和朔沉了眼神瞧著她：「謝什麼？」

「若不是殿下將那鴛鴦佩賜還奴婢，奴婢也飛不上這將軍府的枝頭。」花月細細軟軟地道，「先前一直不得機會給殿下行禮，眼下得蒙殿下召見，奴婢當磕頭以謝隆恩。」

說罷，規規矩矩給他磕了三個響頭。

原本心裡還惦記著這人被他抓來套過話的事，突然被她這麼一磕，周和朔神色稍緩，倒是有兩分不解：「一個鴛鴦佩，就能讓妳坐統領軍府的正妻之位？」

怯懦地咬了咬嘴唇，花月低聲道：「此事說來話長，先前殿下賜還那寶貝，奴婢就拿去給公子了，誰知公子突然大笑，連說了幾個『好』字，還說什麼今生必不負殿下信任。奴婢嚇了一跳，這可半個字都沒將見過殿下的事說給公子聽啊，公子怎麼這樣說，嚇得奴婢幾夜沒睡好。」

眼眸微閃，周和朔出來在外殿裡坐下，衣擺一鋪，認真地聽她說道。

殿裡這丫鬟還是以前那副唯唯諾諾的模樣，聲音又輕又細，神色也惶恐。她看了旁邊的孟省好幾眼，喉頭微動：「奴婢也是來瞧見這位大人了，才知道要謝殿下。」

「哦？」周和朔好奇，「妳見過這位大人？」

「這是自然，就在您傳奴婢問話前一日，這位大人就去了一趟棲鳳樓，與公子爺喝酒聊天，當時奴婢守在外頭，就聽見這位大人讓咱們公子小心，說有人栽贓陷害，要找公子的麻煩了。奴婢當時沒明白這話是什麼意思，公子許是明白了，所以後來，奴婢將鴛鴦佩送回去，公子便說是殿下信任，要一生效忠。」

她一邊回憶一邊說，神情誠懇真切：「打那之後，公子便連帶著高看奴婢一頭，為了不與韓家訂親，這才將奴婢納下。」

周和朔沉默地看著她，眼神凌厲似刀。

花月低著頭，姿態卻很是輕鬆，沒有半點撒謊後的心虛，任是他將她看穿了，也看不見半點破綻。

孟省站在旁邊，冷汗直冒。

他是沒想過這位小主還活著，更沒想過一見面就給他送來這麼大一禮。那天他是去見過李景允，想借著給他透風撈點兒好處，李景允也大方，在棲鳳樓直接就拿了三百兩銀子給他。

做奴才的，可不就指著這點油水活麼，但怎麼就被她給知道了？眼下竟還說給太子聽，太子殿下多疑啊，知道他與外臣私下往來，這宮裡還有他的活路嗎？

孟省眼珠子直轉，一撩衣擺也跟著跪下：「殿下，老奴冤枉啊，您是知道的，老奴一直跟在您身邊，哪兒有別的地方去？」

周和朔沒吭聲，渾身氣勢陰沉沉地壓人。

花月一臉無辜地左右看看，對上孟省，就見他眼含威脅地瞥了過來。

要不怎麼說虎落平陽被犬欺呢，這些個奴才現在都愛威脅恐嚇她，還把她當西宮裡那個半大的孩子呢。

收回目光，花月微微一笑：「奴婢瞧的也不仔細，反正就是這個身形的一位大人。說的也就是那幾句，奴婢是沒見過世面的，瞎編不了話，所以不會騙人，還請殿下明鑑。」

幾年不見，這小主姿態變了，沒了先前的盛氣凌人，可這睜眼說瞎話的本事倒是見長。她還沒見過世面，那誰見過世面？

孟省覺得牙疼，老胳膊老腰直往地上拜：「殿下明鑑，當真不是老奴啊。」

淡淡地「嗯」了一聲，周和朔有一搭沒一搭地敲著太師椅的扶手。

按照這丫鬟的意思，李景允當初是丟了鴛鴦佩之後知道有人拿鴛鴦佩扔去了東宮，正忐忑不安的時候，見丫鬟把玉佩拿回來了，當下便明白是東宮主子寬宏大量，哪怕手握疑證也願意相信他，所以他後來拒絕了長公主那邊要給的婚事，堅定地跟隨他。

這麼一想，周和朔心裡就舒坦了，原以為讓李景允知道自己拷問他的身邊人，會生嫌隙，不曾想倒是歪打正著，倒反是收了人心。

大殿裡重新安靜下來，周和朔打量著面前這個小丫鬟，突然問了一句：「孟省，她說她見過你，那你可見過她？」

花月抬眼，朝旁邊這人看過去。

蘇妙一刻也不耽誤地去找自家表哥，李景允正在前宮巡察禁軍，聽她說了原委，神色一緊就大步朝外走，一邊走一邊脫衣裳。

他今日穿的是紅邊銀甲，內襯墨青長袍，踩一雙銀灰官靴，看著甚是有氣勢，不過這氣勢沒兩步就被他扔進了她懷裡，七零八落的，蘇妙撿了半天。

「表哥你這是做什麼？」蘇妙哭笑不得，心虛地回頭看了看四周，「這給人撞見還得了？」

白她一眼，李景允道：「妳覺得我穿這一身能立馬進得去後宮？」

「是進不去，但您也不能全脫了啊。」她話還沒說完，那墨青色的袍子就兜頭朝她蓋下來。

「妳收好，別讓人發現了。」他吩咐了這一句，便穿著那白色的中衣飛也似地往前走。

蘇妙想說他這不成體統，被人撞見還不得掉腦袋？可她目之所及，前頭這一條宮道半路有扇門，自家表哥路過就進了那門，沒片刻出來，身上就換了一身內侍的官服。

「……」還能這樣？

小嫂子若是被姚貴妃那宮裡的人為難，表哥穿這一身去救，那便是擅闖後宮之罪啊。蘇妙急了，瞧見遠處有宮人過來，連忙將懷裡這一堆衣物團成一堆，往自個兒裙下一塞，塞成了個圓滾滾的大肚子。

「勞駕。」她攔住那宮人，捂著肚子道，「御醫院何在啊？」

片刻之後，她如願以償地見到了溫故知。

「姚貴妃宮裡？」溫故知一琢磨，安撫她，「妳放心，三爺有分寸的，這一去，未必就是為了救人。」

小嫂子還在那宮裡，表哥不為救人，又為何要去？蘇妙滿臉疑惑。

溫故知是李景允身邊知道事兒最多的人，稍微一想，他也能猜到三爺在急什麼。

孟省這個人，以背叛原主而飛黃騰達，貪財又好勢，多年前就是他指認了馮子虛，還給他畫了通緝的畫像。三爺為著能知道太子的動靜，一向是拿銀子養著他的，但這回，他若是威脅到了小嫂子的性命，三爺就未必能留他了。

「瞧著眼熟，但一時想不起來了。」

孟省跪在周和朔面前，轉眼盯著花月道：「應該是在哪兒見過，老奴年紀大了，還請殿下寬限兩日，讓老奴回去翻翻名冊，仔細想想。」

他這話說得就跟花月先前指認他的那一句差不多，留有餘地，以為籌碼。

本來孟省認出她來，是想直接說的，外人都不知道大魏還有一位小主，甚至宮裡人都說她未必是皇室血脈，但好賴也是個主子，被錦衣玉食養著的，說出來太子若是高興，也能賞他些東西。

可眼下這情形，他若是說了，這小主子定要與他玉石俱焚，將他那點事往太子面前一抖，他也沒好日子過。

孟省向來最是識時務，說完就給周和朔磕了頭。

花月暗鬆了口氣。

周和朔頗為厭煩孟省這行徑，他又不是看不出來這老東西頗有私心，在主子面前時常耍把戲，若不是還有點用，他早將人廢了。

既然都說想不起來，他也不會白白把將軍府的少夫人留在這兒得罪人，當即便讓花月起身，誇了李景允好一通，還賞了兩樣玉器讓她帶回府去。

跨出門檻被外頭的風一吹，花月才發現自個兒出了滿身的冷汗。她這身分不適合到處露面，今日到底是自己莽撞，若當真丟命，也沒什麼好說的。

方才那些個話，也不知道周和朔信了多少，但有一點，只要孟省還在，她隨時可能給將軍府招來滅門的禍患。

手腳冰涼，花月急匆匆地跟著宮人往外走，想趕緊出去找人。

剛走到景安門，身邊的宮人突然躁動了起來。

「怎麼？」她側頭。

引路的宮人與守衛小聲嘀咕了兩句，便回來同她道，「宮裡有處走水了，夫人不必擔心，您再往前就能出去了，再鬧騰也連累不到您。」

禁宮之內還能走水？花月很驚訝，在他們大魏，宮裡若是能出這麼大的亂子，御林軍定是吃不了兜著走。

大梁的禁宮果然不可靠，她搖頭。

在宮外等了一會兒，蘇妙終於出來了，只不過瞧著神色有些古怪，一過來就拉了花月的手，與她一併上車。

車輪子骨碌出老遠，花月才問她：「出什麼事了？」

按著心口喘氣，蘇妙小聲嘀咕：「宮裡走水了。」

「這事兒我聽人說了。」花月點頭，「那又如何？」

定定地看著她，蘇妙道：「表哥前腳剛進，西宮後腳就著了火，燒了一間屋子，並著一個人。」

心裡咯噔一聲，花月垂眼。

蘇妙不明白這是為何，臉色發白地道：「我只是想讓他去救妳，誰知道他能捅出這麼大的簍子來，幸虧是沒人發現，這要是被逮著了，咱們都得下黃泉。」

花月有些走神，被她一拽，心虛地道：「沒被人發現就好。」

「小嫂子妳怎麼也不害怕啊，那可是禁宮誒。」蘇妙直搖頭，「不知道燒死的是誰，但這事可大了，今上本就對御林軍頗有微詞，再出這一檔子事，怕是要龍顏大怒。」

心不在焉地應著，花月送她回了沈府，自己再坐車回將軍府，一路上搖搖晃晃，不知道走了多久。等回到西小門的時候，她腦袋都發昏。

有人出門來接她，拎著她回了東院，將她這一身繁重的行頭拆了，又往她手裡塞一杯熱茶。

「瞧妳這點出息。」李景允哼笑，「老虎嘴裡走一遭，也沒咬下半塊肉，怎麼渾身都冰涼？」

她抬頭看他，眉頭直皺：「你殺的是誰？」

李景允垂著眼皮笑，沒答話。

她氣性上來，將他按在軟榻上，惱道：「我捅的簍子，你收拾歸收拾了，怎麼都不邀個功？」

墨瞳睨著她，他覺得好笑：「爺不邀功妳不是該偷著樂麼，怎麼還氣上了？」

他知道去動孟省，那便是什麼都知道，竟也不與她說明白，可不是讓人生氣麼。花月鼓了鼓腮幫子，可到底是嘆了口氣，伏在他胸口道：「給您添麻煩了。」

李景允嗤了一聲，伸手摸了摸她的腦袋：「自個兒娶回來的人，麻煩就麻煩吧，爺也沒怪罪妳。」

寵慣得上了天了，花月哭笑不得：「爺也不怕這樣下去，被人戳著脊梁骨罵沉迷女色？」

「女色？」他納悶地捏了她的下巴打量，恍然，「是有兩分。」

花月氣得咬他一口。

輕笑承著她這身子，李景允道：「妳也別惱了，爺早惦記上那人了，今日就算妳不出岔子，爺也留不了他多久。」

撒謊，她看那棲鳳樓的帳目上，有好幾筆都是給孟省的，兩人來往甚多，哪裡會肯輕易折了的。

也是巧了，他若沒讓她去清棲鳳樓的帳目，今日她或許就要在周和朔面前漏了餡，到那時候，可就不是折一個奴才能平息得了的了。

劫後餘生，花月靠著他，長長地出了口氣。

其實殺人滅口是最下等的主意了，走到這一步，也是實在沒有別的選擇。孟省一死殷花月就會毫無嫌疑了嗎？不會，相反，周和朔還會更加懷疑她兩分，但比起被孟省直接戳穿，這已經是很好的結果了。

西宮著火，還有人丟命，當今聖上哪裡肯輕饒，罷黜御林軍官員數十，將御林軍和禁軍整合，大權直接交在了李景允手裡。

這可是天大的恩寵，手握了實權，誰也不敢看輕了這三公子，周和朔暫時按下了查殷花月的動作，連長公主也一改先前敵視，往將軍府裡送了好些東西。

花月很好奇，精明如這大梁的皇帝，為什麼如此器重一個年輕人？但她也很高興，有這麼一遭，康貞仲往將軍府來得就更勤了，她開始計畫如何從他嘴裡再套一次話，好解開夫人這多年的心結。

然而，莊氏沒能等到她。

京華天氣剛開始轉涼的時候，莊氏已經病得面如枯槁，不管換多少大夫，開多少藥，她都沒再下得了床。溫故知來看的時候，連脈也不把了，只沉默了片刻，然後問她：「夫人還有什麼心願？」

花月雙眼通紅。

莊氏哪有什麼心願，最近這幾日她只會笑，聽見她來了便笑，然後拉著她的手同她說先皇后有多麼溫柔多麼好。

「我那時候就這麼點大，被關在柴房裡，命都快沒了。她推門進來，帶著一身的光，就跟仙女下凡似的，將我從那爛枝碎葉裡拉出去。」

她聲音很小，花月要貼在她嘴邊，才能聽得清她說的是什麼。

「那時候我就想，只要我能活下去，往後一定好好報答娘娘。」

「後來我見著了妳，妳真跟娘娘一樣好看，輪廓差不多，就是不高興，扁著一張嘴，連笑一笑也不肯。」

經歷了那樣的事，誰能笑得出來呢？莊氏眼裡有些淚光，摩挲著她的手道：「妳別忙活了，我知道妳最近在忙，想幫我，想讓景允那孩子原諒我。」

喉嚨一緊，花月反抓住了她的手。

「哪兒用啊。」她低聲道，「這都什麼時候了，妳叫他現在明白過來，餘生可怎麼過？倒不如就這麼著了，他心裡也不會難受。」

「夫人。」花月聽不下去，「這是公子欠您的。」

輕輕搖頭，莊氏笑：「他不欠，自他生下來我就沒好好陪過他，府裡大小姐二少爺都有尤氏這親娘疼愛，只有他，打小身邊就是嬤嬤守著，是我對不住他。」

她這一生似乎都在給人還債，還將軍的，還尤氏的，還先皇后的，到最後不曾想還欠下了景允的債。可惜她這身子骨弱，怕是來不及還了。

莊氏也有些不甘心，手背上的青筋微微鼓起，可只一瞬，便無奈地萎頓了下去。

花月回去就跪在了李景允面前，別的都不求，就求他最後陪莊氏兩天。

李景允滿臉陰沉，可到底還是應了。

莊氏閉眼的時候，李景允也在身邊，屋子裡就他們兩個人，莊氏定定地看著他，渾濁的眼球裡突然就有了焦距，她看見了自己孩兒穿著一身官服的模樣，也看見了他垂眼望下來的眼神。

「不再多留會兒了？」他問。

這話說得，像她只是要出門了一般。莊氏忍不住笑，笑得連連咳嗽：「你這麼有出息，為娘放心得很。」

李景允別開頭，冷聲道：「是啊，妳打小就對我放心，冷熱都不會擔心我。」

「對不起啊孩子。」她顫著指尖碰了碰他的手，「娘對不起你。」

喉結滾了滾，李景允梗著脖子，別開的眼裡到底是紅了。

「沒關係，反正我也長大了，不會再跟妳計較。」他痞裡痞氣地抹了把鼻子，「所以再多留會兒，我也不嫌妳煩。」

「當真不嫌嗎？」她欣喜地問。

李景允搖頭，頗為粗暴地抓了她那抖得厲害的手，慢慢握得死緊。

莊氏樂了，像個小孩兒似的笑起來，臉上都泛起了光。

不過也只這一瞬，光很快就滅了下去，連帶著床上那整個的人，燈盡油枯。

屋子裡安靜下來，連呼吸聲都只剩了一處。

李景允板著臉坐著，身子在空寂的屋子裡，被窗外的夕陽拉出了一條斜影。

轉涼的八月，將軍府掛了白幡，溫故知站在將軍府裡看著那眼睛紅得跟兔子似的小嫂子和旁邊漠然的三爺，唏噓不已。

「你們家三爺怎麼都不哭啊？」他身邊跟了個御藥房的小丫頭，嘰嘰喳喳地問，「逝者不是這將軍府的主母嗎？公子應該比少夫人哭得厲害才對。」

溫故知一把捂住她的嘴，給她比了個噤聲的手勢。

三爺向來不肯跟人服軟的，大概是從小就沒處可撒嬌，你打斷他的骨頭他的肉也是硬的，絕不會在外人面前示出半點弱來。

他們幾個向來最心疼三爺這點，都想替他分擔些，但走到如今，還是三爺罩著他們，替他們擺平家裡難事，替他們謀官職、尋出路。

不過幸好，他身邊如今多了個人。

「誒，那不是韓家小姐麼？」小丫頭掰開他的手又指，「你看，她怎麼來了？」

溫故知順眼看過去，就見韓霜穿了一身素衣，頭戴白簪花，進門來便在靈堂磕了兩個頭。

「景允哥哥。」起身走到旁側，韓霜頷首，「李少夫人，二位節哀。」

花月還她一禮。

許久不見，韓霜日子過得似乎不太舒坦，人看著都憔悴了不少，但她這雙眼睛沒變，望向花月的時候，依舊是帶著深切的敵意。

「有一件事，我想說給少夫人聽聽。」

李景允臉上還算帶著對賓客的和藹，吐出來的話卻夾著冰渣子：「也說給爺聽聽吧。」

「好。」韓霜竟是應下了，往旁邊僻靜的角落指了指。

Instagram　　Plurk

國家圖書館出版品預行編目資料

不學鴛鴦老（中）/ 白鷺成雙 著 . -- 第一版 . --
臺北市 : 未境原創事業有限公司 , 2025.02
面；　公分
ISBN 978-626-99199-5-6(中冊 : 平裝). --
857.7　　114000233

不學鴛鴦老（中）

作　　者：白鷺成雙
發 行 人：林緻筠
出 版 者：未境原創事業有限公司
發 行 者：未境原創事業有限公司
E—mail：unknownrealm2024@gmail.com
地　　址：台北市中正區重慶南路一段 61 號 8 樓
8F., No.61, Sec. 1, Chongqing S. Rd., Zhongzheng Dist., Taipei City 100, Taiwan
電　　話：(02) 2370—3310　　　傳　　真：(02) 2388—1990
印　　刷：京峯數位服務有限公司
律師顧問：廣華律師事務所 張珮琦律師
總 經 銷：聯合發行股份有限公司
地　　址：新北市新店區寶橋路 235 巷 6 弄 6 號 2 樓
電　　話：(02)2917—8022

定　　價：350 元
發行日期：2025 年 02 月第一版